친구 여동생이 나한테만 짜증나게 군다

vol. 10

작가
미카와 고스트
일러스트 **토마리**

코히나타 이로하
중학교 1학년. 오즈마의 여동생.

"아. 으음— 여동생, 인
코히나타 이로하예요.
오빠, 가, 신세 많이 지고 있다고
들었어요."

"아, 넵."
오토이
중학교 2학년.
《크림슨》 보스.
© tomari

“오오보시와 코히나타.
너희 둘,
체육관 뒤편으로 와~.”

© tomari
타치바나 아사기
이로하의 동급생.
짜증날 정도로 친한 척 군다.
“그거, 우리 학교 교복 아님까.
오빠, 농땡이 중임까?”

"뭐긴 뭠까. 돈 말입다.
제 노래, 들었지 않슴까?"

CONTENTS

친구 여동생이 나한테만 짜증나게 군다

vol. 10

미카와 고스트 지음

토마리 일러스트

이승원 옮김

000 ····· 지난 권의 줄거리 ·····

억지 친분 사양, 여친 사절, 친구는 진정으로 가치 있는 한 명만 있으면 된다. 『청춘』의 모든 것은 비효율적이며, 가혹한 인생 레이스에서 살아남기 위해서는 낭비를 극한까지 줄여야 한다— 한때 그런 신조를 가슴에 품고 살던 나, 오오보시 아키테루는 수학여행 중에 전 가짜 연인인 마시로와 친구 여동생인 이로하 사이를 오락가락하며 더블 부킹 데이트를 즐겼다. 그리고 이딴 쓰레기 짓을 벌였으니 두 번 다시 저런 신조를 써선 안 될지도 모른다는 우려를 느낄 새도 없이, 충격적인 사실이 밝혀졌다.

"믿기지 않는 것도 어쩔 수 없지만, 받아들이라고. 내가 마키가이 나마코란 말이야, 바보야~."

『믿기지 않는 것도 어쩔 수 없지만, 받아들이라고. 내가 마키가이 나마코란 말이야, 바보야~.』

관람차 안. 마시로와 단둘뿐인 밀실 상태에서, 눈앞의 여자애의 입과 스마트폰의 수화기에서 같은 대사가 동시에 들려왔다.

그렇다. 쭉 신세를 진, 인상 좋은 대학생 작가 청년이라 여긴 마키가이 나마코 선생님의 정체는 츠키노모리 마시로— 내 소꿉친구이자 가짜 연인인 여자애였다!

그 충격적인 사실에 당혹스러워하는 나에게, 마시로는 경위를 설명했다.

하지만 모든 비밀을 털어놓으면서 있는 그대로의 자신을 100퍼센트 보여준 마시로에게, 나는 아직 숨기고 있는 진실이 있다.

그렇다— 그것은 《5층 동맹》 최대의 비밀. 정체불명의 성우집단X의 정체가 코히나타 이로하라는, 탑 시크릿.

마시로의 각오에 답하기 위해, 그녀의 신용에 부응하기 위해, 나는 그제야 무거운 입을 뗐다.

이제부터 들려주는 것은 최초의 이야기. 《5층 동맹》이 생기기 전의, 0(제로)의 이야기.

친구 여동생이— 코히나타 이로하가, 아직, 누구에게도 짜증나게 굴지 않던 시절의 이야기다.

등장인물 소개

오오보시 아키테루

주인공. 극도의 효율충인 고2. 《5층 동맹》의 프로듀서. 환경음을 작업용 BGM으로 삼아서 집중력 상승을 도모.

코히나타 이로하

고1. 학교에서는 청초한 우등생이지만, 아키테루에게만 짜증나게 군다. 연기 천재. 노래방에서는 주위 분위기에 맞춰 선곡하는 타입.

츠키노모리 마시로

고2. 아키테루의 사촌이자 전 가짜 여친이자 작가 마키가이 나마코. 남 앞에서 노래하는 걸 좋아하지 않지만 노래 자체는 잘하며, 혼자 가는 노래방은 참 좋아한다.

코히나타 오즈마

고2. 통칭 오즈. 아키테루의 유일한 친구. 《5층 동맹》의 프로그래머. 전자음을 좋아해서, 실은 EDM을 때때로 듣는다.

카게이시 스미레

수학교사 겸 신급 일러스트레이터 무라사키 시키부 선생님. 취하면 곁에 있는 사람에게 칭얼대며 애니송을 불러대는 완전 민폐녀.

오토이 ●●●

고2. 이름은 비공개. 《5층 동맹》의 믿음직한 사운드 담당. 겉모습과 달리, 데스 메탈 마니아에 데스 보이스.

카게이시 미도리

고2. 연기 광인 연극부 부장. 전 과목 만점을 받는 괴물 우등생. 리코더를 보고 망측한 망상을 하곤 한다.

토모사카 사사라

고1. 이로하의 옛 라이벌이자 현 친구. SNS 인플루언서. 숨 쉬듯 자연스럽게 요즘 트렌드 음악을 정액제 서비스로 접한다.

키라보시 카나리아

마키가이 나마코를 담당하는 수완 좋은 아이돌 편집자. 말끝에 짹을 붙인다. 자기 아이돌 활동용 곡이 108곡 있다.

prolgue ······ 프롤로그 ······

내가 중학교 2학년이었던 시절의 이야기다.

7월 초.

매미 울음소리가 시끄럽게 울려 퍼지고, 햇빛에 달궈진 아스팔트에서 열기가 피어올랐다. 걷기만 해도 강제적으로 땀범벅이 되는데, 그렇다고 건물 안으로 도망치면 너무 차가운 냉방 탓에 배탈이 나려고 하는 지옥 같은 계절이다. 진짜 짜증난다.

우워어~~ 크오오…… 하며 어제 플레이한 좀비 게임 흉내를 내며 걷는 나는 거동 수상자 그 자체로 보였지만, 이렇게라도 안 하면 눈앞에 펼쳐진 언덕길을 끝까지 올라갈 자신이 없다.

하교 시간이 됐는데도, 왜 이렇게 더운 걸까. 저녁때면 좀 저녁때 다우라고, 일본의 날씨야. ……같은 푸념도 늘어놓았다.

주위를 둘러보니 친구끼리 즐겁게 대화를 나누며 하교하는 같은 또래 학생들이 눈에 들어왔다.

더워~ 하고 푸념을 늘어놓거나 서로에게 부채질을 해주는 것을 보면 쟤들도 더운 건 마찬가지겠지만, 저런 대화 덕분에 더위에 관심을 덜 가질 수 있을 테니 부럽기 그지없다.

나는 니얼리(nearly) 외톨이라고. 불만 있냐.

그런 삐뚤어진 본심을 겉으로 드러내지는 않으면서, 나는 언덕길을 터벅터벅 걸었다.

그리고 겨우겨우 우리 집이 있는 맨션에 도착했다.

로비에 발을 들여보니, 냉방 덕분에 시원했고—.

“어라?”

—로비 구석에서 몸을 웅크리고 있는 누군가가 문뜩 눈에 들어왔다.

머리카락은 귀찮아서 깎지 않은 것처럼 길었고, 교복도 그냥 걸치고만 있을 뿐 딱히 패션 같은 것은 신경 쓰지 않았다. 얼굴 또한 머리카락에 가려서 잘 보이지 않았기에, 타인에게 좋은 첫인상을 주기 어려운 그 모습을 본 나는 오히려 안도하며 표정을 풀었다.

친구이기 때문이다.

“이런 데서 뭐하는 거야? 오즈.”

“으음……. 어라, 아키구나. 어서 와.”

고개를 들자, 앞 머리카락 사이로 익히 봐온 눈이 보였다.

괴짜라는 소문이 돌면서 교실 안에서 고립되어 있던 오즈와 친해진 것은 벌써 1년 전 일이다.

오즈는 유일한 거처였던 과학실을 불량 학생들의 악의에 찬 밀고, 그리고 과학실 교사의 배신으로 빼앗겼다. 그렇게 갈 곳을 잃고 망연자실한 오즈에게, 나는 말을 건넸다.

『집에서 실험을 이어갈 수는 없는 거야?』

—하고 말이다.

그러자 그는 『우리 집에서 그런 건……』 하고 말하던 그는 갑자기 뭔가를 생각하듯 말을 멈췄다.

『집에서 발명품을 만들면, 아키는 보러 와줄 거야?』

『내가 보러 가기만 해도 활동을 이어간다면 얼마든지 가겠어. 활동 장소가 없다는 이유로 썩히기엔, 네 재능은 너무 아깝다고.』

『그래. 그럼…… 좋아.』

그 사람을 무시하고, 집에서 활동하겠어.

그런 말이 들려온 느낌이 들었지만, 나는 그 말의 의미를 몰랐다.

아무튼 그 후로, 나와 오즈는 더욱 가까워졌다.

나는 천재가 자신감을 가지고 천재인 채로 뭔가를 이룩하는 모습이 보고 싶다, 란 생각을 가지게 됐다.

—그래서, 지금…….

"맨션의 타일 도형을 보며, 삼각함수라도 생각했던 거야?"

"에이, 아무리 나라도 그런 무의미한 짓은 안 해."

내가 놀리는 투로 그렇게 말하자, 오즈는 딱 잘라 부정했다.

"로비에 쓰인 타일의 크기를 통해서 맨션 전체에 쓰인 타일의 숫자와, 그 금액을 계산해봤을 뿐이야. ……뭐, 머릿속으로 숫자를 가지고 놀았을 뿐이긴 해. 심심풀이 삼아 딱이거든."

"범골 주제에 어중간한 수학 지식 가지고 놀리려고 들어서 정말 송구합니다."

패배를 인정하며 용서를 구했다.

앞으로는 천재를 놀리지 말자. 오버킬이나 당할 게 뻔하다.

"……그런데, 왜 이런 데서 숫자놀음이나 하는 건데?"

"이 맨션의 현관문은 디지털 잠금장치가 아냐."

"미안한데, 중간 과정을 생략하지 말고 차근차근 설명해줘."

오즈는 이야기의 중간 과정을 확 생략할 때가 있다.

컴퓨터가 CPU로 어떤 계산을 처리하는지 유저에게 하나하나 전하지 않고 원하는 결과만 재빨리 처리하듯, 오즈가 하는 말에서는 중요한 부분이 빠져 있곤 했다.

자각은 없지만 나를 배려하려는 마음이 있는 건지, 오즈는 으음~ 하고 신음을 흘리면서 말을 골랐다.

"디지털 잠금장치면 해킹으로 문을 열 수 있거든."

"채소가게에서 채소를 팔거든, 같은 느낌으로 할 소리냐……. 뭐, 그렇겠지."

"하지만 이 맨션은 물질로서의 열쇠가 없으면, 현관문을 열 수 없게 되어 있어."

"당연히, 그렇지."

"그래서, 이렇게 타일 개수를 계산하고 있었어."

"스톱! 또 생략했어! 중요한 정보가 하나 빠졌다고!"

나는 즉시 딴죽을 걸었다.

어? 하며 영문을 모르겠다는 표정을 오즈에게, 나는 한숨 섞인 목소리로 말했다.

"왜 집에 들어가지 못하는 건가. 그 직접적인 이유를 확연하게 밝혀."

"아, 그렇구나. ―오늘 아침에, 열쇠를 집에 두고 온 것 같아."

"좋아, 이해했어! 그래서 집에 들어가지 못하고 여기 있었던 거구나! 오케이, 오케이!"

나는 과장되게 박수를 쳐서, 설명을 마친 오즈에게 찬사를 보냈다.

솔직히 말해 「이런, 집 열쇠를 두고 나왔지 뭐야~」 하는 말로 충분할 테지만 말이다.

그 말을 바로 떠올리지 못하는 이가 오즈― 코히나타 오즈마란 사람이니 어쩔 수 없다.

"집이 붙어 있어서 다행이네."

"뭐? 왜?"

"오즈의 부모님이 돌아올 때까지, 우리 집에서 기다릴 수 있잖아. 가자."

나는 집 열쇠를 흔들어 보인 후에 엘리베이터를 엄지로 가리켰다.

그렇다— 우리 집은 오즈의 집의 옆집이다.

나는 중학교 입학 직전에 이 맨션의 5층, 502호실로 이사 왔다. 연극배우 의상과 화장 및 스타일링 등을 도맡아서 하는 회사를 부부끼리 운영하는 부모님 덕분에 꽤 넓고 살기 좋은 맨션에서 지내고 있지만…… 사정이 있어서, 나는 지난달부터 혼자 살고 있다.

……딱히 숨길 일도 아니니니 솔직하게 털어놓자면, 부모님이 경영하는 회사가 본격적으로 미국에 진출하게 되면서 부모님이 외국으로 나가게 됐다.

우리 엄마는 예전부터 친척이자 여배우인 미즈키 씨의 스타일리스트로서 해외 출장을 가는 일이 잦았지만, 이번에는 미국에 거점을 만들게 되면서 아예 이주를 하게 된 것이다.

물론 나도 데려가겠다고 했지만, 억지를 부려서 일본에 남았다.

그 이유는 바로, 오즈와 친구가 됐기 때문이다.

가족과의 미국 생활과 친구 중에 하나를 골라야 하는 상황에서 후자를 선택하는 인간은 그다지 많지 않을지도 모른다. 게다가 가족과의 사이가 나쁘지 않은데도 말이다.

하지만 나는 이미 오즈의 재능과, 그 재능이 앞으로 자아낼 온갖 가치에 관한 흥미와 호기심이 최고조에 도달해 있었다. 그래서 다른 것은 아무래도 상관없다고 여겼다.

샘솟는 뇌내 물질! 엔도르핀……! 티로신……! 엔케팔

린……! 마치 어둠의 제왕이라도 된 듯한 느낌에 휩싸인 나는 일본에 남을 결의를 부모님에게 전했다.

결과적으로 내 열의가 전해지면서, 허락을 받았고—.

502호실의 계약 유지 및 자유롭게 쓸 수 있는 생활비와 신용 카드를 받는다, 라고 하는 끝내주는 환경을 제공받은 건…… 내 부모님이지만 아들을 너무 사랑하는 게 아닌가 싶다. ……뭐, 고맙게 생각하지만 말이다.

실제로, 나란 애는 정말 제멋대로인 놈이다. 혼자 살기 좋은 좁고 싼 맨션으로 이사하는 게 어떠냐는 지극히 타당한 부모님의 제안을 거부하고, 이 502호실에서 절대 안 나갈 거야! 하며 응석을 부리는 자신의 모습은 두 번 다시 떠올리고 싶지 않다. 흑역사다.

—아니, 그게 말이야. 어쩔 수 없잖아…….

옆집인 503호실에 코히나타 가, 그러니까 오즈의 집이 있다는 신이 내려줬다고 해도 과언이 아닌 이 최고의 주거 환경을 포기할 리가 없잖아?

그래서 이웃사촌으로서 오즈를 집에 초대했지만, 그는 이 자리를 벗어나려 하지 않았다.

“괜찮아. 곧 있으면 가족이 돌아오거든.”

“아, 그렇구나. 어머니?”

“아냐. 우리 엄마는 바쁜지, 집에도 잘 돌아오지 않아.”

“그, 그래. 괜히 캐묻지는 않을게.”

이웃집의 어둠을 어렴풋이 접한 나는 즉시 적절한 거리를 유지했다.

부모님이 바쁘다고 해서 불행하다고는 할 수 없다. 우리도 비슷한 처지지만, 가족끼리 사이가 좋다.

하지만 지뢰가 묻혀 있을 가능성이 조금이라도 있다면, 신경을 써주는 편이 낫다.

리스크 회피, 라는 것이다.

"그럼 가족이 누구인데?"

"아, 그게 말이야. 실은—."

오즈가 입을 열려던 바로 그 순간이었다.

등 뒤에서 자동문이 열리는 소리와 함께 도로의 소음이 들려와서, 무심코 고개를 돌려보니—.

……바람의 흐름이, 바뀌었다.

물리적으로 바람이 불어 들어오기만 한 것이 아니다. 연예인이 갑자기 나타나면 주위의 분위기가 확 바뀌잖아? 딱 그 느낌이다.

눈에 보이지도 않는 바람이 레몬 색깔로 보인 듯한 느낌이 들더니, 입구에서 꽤 떨어진 곳에 선 내 코가 새콤달콤한 향기를 맡은 듯한 착각이 들며 가슴이 뛰었다.

어깨 언저리까지 기른 황금색 머리카락, 고양이를 연상케 하는 아몬드 모양 눈동자, 순백의 천과 악센트 역할을 하는 빨간색 리본으로 이뤄진 세일러 교복……. 몸 앞으로 모은 양손으로 쥔 학생용 가방이 성실한 우등생 느낌을 자아내고 있었다.

그리고 그녀의 얼굴은— 코히나타 오즈마와 닮았다. 이런 여학생이 로비에 들어오더니, 곧장 우리에게 다가왔다.

"오빠, 뭐해?"

"어서 와, 이로하. 네가 빨리 돌아와서 다행이야. 열쇠를 깜박했지 뭐야."

"…………. 그래."

오즈가 안면에 스타킹이라도 씌워서 만든 듯한 일그러진 미소를 짓자, 황금색 머리카락을 지닌 세일러 교복 차림 여자애는 퉁명한 어조로 대답하며 나를 힐끔 쳐다봤다.

"이 사람은 누구야?"

"클래스메이트인 아키. 이웃사촌. 친구."

"흐음. 친구. ……뭐, 친구?!"

그녀는 흥미 없다는 듯이 눈을 내리깐 직후, 화들짝 놀란 것처럼 고개를 들면서 눈을 치켜떴다.

그 표정은 천연기념물이나 유령을 처음 본 것처럼 경악으로 물들어 있었다.

……오빠에게 친구가 있다는 사실에 이렇게 놀라는 것도 좀 문제 있는 거 아냐?

그렇게 생각하면서도 오빠의 친구가 이상한 애로 여겨지는 건 좀 그랬기에, 나는 성실하게 호의적인 커뮤니케이션을 취하기 위해 미소를 머금었다.

"코히나타…… 오즈마의 친구인, 오오보시 아키테루라고 합니다. 잘 부탁해요."

"아. 으음— 여동생, 인, 코히나타 이로하예요. 오빠, 가, 신세 많이 지고 있다고 들었어요."

도중에 작은 목소리로 말한 부분이 있지만, 어찌어찌 의미는 이해했다.

황금색 세일러 교복 차림 여자애의 이름은 코히나타 이로하이며, 오즈의 여동생인 것 같았다. 같은 맨션에 쭉 살았지만, 불가사의하게도 그녀를 본 것은 이번이 처음이었다. ……뭐, 생판 남인 옆집에 사는 사람을 세세하게 파악하지 못하는 게 당연할지도 모른다.

이것이, 기이한 인연의 시작이다.

나와, 친구 여동생이라고 하는, 한없이 타인에 가깝지만 실은 가까운 거리에 있었던 여자애와의, 운명적이지도 러브코미디적이지도 않은, 지극히 평범한 일상 느낌의—.

하지만 앞으로의 내 인생에 짜증날 정도로 절대적인 영향을 끼치는, 그러면서 전혀 짜증스럽지 않은—.

—만남이었다.

*

『—이게 나와 이로하의 만남이었어.』

『이로하 양과의 첫 만남을 담담히 이야기해주는 이 시간…… 끝까지 듣고 나면 NTR 취향에 눈뜬다거나, 하는 건 아니지……?』

『마시로, 뭘 중얼거리고 있는 거야?』

『……아무것도 아냐. 이야기나 계속해줘.』

『그래. 여기서부터 오토이 씨도 등장하는데—.』

『또 다른 여자와의 첫 만남…… 그래도 오토이 양의 과거가 좀 궁금하긴 해.』

『그 사람은 말이지. 뭐랄까……. 그래, **엄청났어**.』

『어쩌지. 관람차 밖으로 아키를 밀어버리지 않고 끝까지 들을 수 있을지…… 정말 불안해.』

001 제1화 …… 친구 여동생이 어쩌면 불량 청소년

"그래도 어제는 놀랐어. 오즈한테 여동생이 있는 줄은 정말 몰랐거든."

"한 번도 이야기 안 했으니 말이야."

다음 날. 학교 교실. 복도 가장 뒤편의 자리에서, 나와 오즈는 낮은 목소리로 이야기를 나누고 있었다.

큰 목소리를 내봤자 들을 사람이 없을 텐데 그러는 건 자의식 과잉이라고 여길지도 모르지만, 반 안에서 입지가 좁은 우리로서는 어쩔 수 없다. 괜히 눈길을 끌어서 잘나가는 애들의 공격 대상이 되고 싶지 않아서, 이렇게 목소리를 낮추는 것이다.

지난달에 오즈가 과학실을 이용하지 못하게 만든 자식들은 지금도 교실에 있다. 오즈를 방해한 그 녀석들에게는 나도 한 소리 해줬지만, 부모님이 꿈을 이루기 위해 미국으로 가려고 하는 시기에 아들인 내가 폭력 사건을 일으키면 문제가 될 것 같았기에— 꾹 참으며 맞아줬다. 그들도 들키지 않도록 내 얼굴을 피해 때렸기에 부모님은 눈치 못 챈 채 해외로 떠났고, 그 점은 나도 고맙게 생각한다.

아무튼 그 후로 그 자식들과는 눈도 마주치지 않고, 다른 학생들도 교실 안에서 으스대는 녀석들과 다툰 나를 위험분자 취급하며 쳐다보려고도 하지 않는 분위기가 교실 안에 감돌았다.

그래서 나와 오즈도 교실 안에서는 공기처럼 존재감을 없앤 채 지내야만 했다. 인권이란 대체…….

그렇게 생각하며 1교시 준비를 하려고 교과서를 꺼냈을 때, 교실 뒷문이 드르륵 하고 거침없이 열어젖혀졌다.

'향수— 아니, 샴푸 향기인가?'

한순간, 코끝에 감도는 여성 특유의 향기에 반응하고 말았다. 나도 결국은 가여운 사춘기 남자애였다.

하지만 그 직후, 내 옆을 바람처럼 가르고 지나가는 이의 얼굴이 눈에 들어오자…… 어? 하며 눈을 깜박였다.

입에 물고 있는 막대 사탕.

카추사로 대충 모아 넘겼을 뿐인 빨간 머리카락.

여름 교복인 반소매 셔츠와 미니한 스커트는 다른 여학생과 마찬가지지만, 바람막이에 두 팔만 대충 넣은 채로 걸치고 있는 건 이상했다. 보통은 여름에 그런 건 안 입잖아…….
대체 더운 거야, 추운 거야?

아니, 그것보다, 애초에, 말이다.

—방금 그 애는 누구지. 이 반에 저런 여자애가 있었나?

그렇게 생각하고 있을 때, 교실이 술렁거리기 시작했다.

"오토이 씨야……."

"맙소사, 그 오토이야? 소문으로는 퇴학당했다던데……."

"말이 심하잖아. 정학이었을 거야. 그것보다 우리 반이었구나."

"올해 들어 첫 등교네."

"《크림슨(紅鯉無尊)》의 보스, 오토이……. 처음 봤지만, 아우라가 장난 아니네……!"

술렁…… 술렁……. 수군거리는 소리가 파도에 떠밀린 거품처럼 밀려왔다 사라졌다.

아무래도 클래스메이트들은 그녀에 대해 아는 것 같았다. 상황을 파악 못 한 건 나와 오즈 뿐인 것 같으며, 대부분의 학생이 공포 섞인 기이한 시선을 빨간 머리 여학생에게 보내고 있었다.

……그러고 보니 우리 반에는 2학년이 된 후로 오늘까지 아무도 앉지 않았던 자리가 있었지.

없는 게 당연하다 싶어서, 이름조차 기억하고 있지 않지만…….

빨강머리 여학생— 다른 학생들이 『오토이』라 부른 여학생은 교실 앞쪽, 나와 오즈에게 심한 짓을 했던 이 반의 양아치들에게 다가갔다.

아아…… 뭐야. 재들과 같은 패거리였구나. 하긴, 그렇겠지.

정학인지 퇴학인지 모르겠지만, 그런 걸 당한 애라면 양

아치일 게 뻔했다.

"오, 오토이…… 오, 오래간만이야."

"간만~."

두려워하는 건지, 양아치들은 굳은 표정으로 오토이를 맞이했다.

반대로 표정에 전혀 변화가 없는 오토이가 양아치들이 모여 있던 자리를 손가락으로 가리켰다.

"거기, 내 자리야~."

"아, 응. 미안해. 항상 비어 있어서 말이야."

"오케이, 오케이. 뭐~, 괜히 트집 잡을 생각 없어. 신경쓰지 마."

"헤, 헤헷. 오토이는 역시 그릇이 크네."

……뭐가 어떻게 된 거야.

교실에서 으스대던 녀석들이, 마치 똘마니라도 된 것처럼 굽신거렸다.

오토이는 그들이 비워준 자리에 나른한 듯이 앉았다. 그리고 그녀는 거북한 표정으로 이 자리를 벗어나려 하는 양아치들의 등을 쳐다보며 물었다.

"어이~, 너희들~. 하나 물어볼 게 있는데~."

"으, 응?! 뭐, 뭔데?"

"요즘 들어 교사끼리 휘말리게 해서 문제를 일으키거나, 동급생을 때리는 등의 거창한 짓거리를 하는 녀석이 이 반에 있는 것 같던데~. 누구인지 알아~?"

"……그, 그 녀석을 어떻게 할 건데?"

"아, 근성 있다 싶거든~. 그렇게 기합이 들어간 녀석이라면, 만나보고 싶네."

"저, 정말이야?!"

겁먹었던 표정이 한순간 환해졌다.

양아치들은 몸을 쑥 내밀더니—.

"나, 나야, 나! 우리라고!"

"오~, 역시 너희였냐~. 이야~, 꽤 하네~. 그딴 짓거리를 하는 녀석은 우리 팀에도 거의 없어~."

"정말이야?! 그럼 우리도 《크림슨》에 받아준다는 거지?! 대박!"

"참고로~, 구체적으로 어떤 짓을 했는데~?"

"수학 올림픽인지 뭔지 모르겠지만, 샌님스럽고 촌스럽게 생겨 가지고 특별 대우 받으며 우쭐대는 놈이 있었거든. 그래서 따끔한 맛을 보여줬지!"

"저기 있는 코히나타와 오오보시라고! 안 그러냐, 오오보시? 내 말 맞지?!"

이름을 불리자, 주먹이 부르르 떨렸다. 두려움……이 아니라, 분노에 의해서 말이다.

만약 또 공격을 받는다면, 갚아주지 않고 참을 자신이 그다지 없다.

"어이어이, 무시하는 건 너무하잖아."

그 불량한 남학생이 히죽히죽 조소를 흘리면서 우리를 향해 한 걸음 내디뎠다.

어이, 그만해. 이쪽은 얌전히 참고 있으니까, 괜히 시비 걸지 마. 부탁이니까, 괜한 문제에 휘말리게 만들지 말라고.

그렇게, 기대하고 있을 때—.

우당탕——!

"끄억?!"

그 양아치는 그대로 나뒹굴었다. 만화에서만 봤던 호쾌한 안면 다이빙이다.

넘어지면서 주위에 있던 책상과 의자가 쓰러졌고, 책상에서 튀어나온 교과서들이 남자의 뒤통수에 쏟아지면서 산더미처럼 쌓였다.

그 후에 남은 것은 쓰러진 채로 수치심 탓에 귀까지 벌게졌는데도 몸을 일으키지 못하는 양아치와, 그 한심한 꼬락서니를 멍하니 쳐다보며 웃지도 못하고 있는 클래스메이트들…….

그리고 그 안에서 유일하게, 자기 페이스를 유지하는 이가 있었다.

"하아~…… 귀찮아. ……내가 없는 사이에 멋대로 날뛴 거냐."

"이, 인마! 이게 무슨 짓이야?!"

양아치의 발을 걸어서 넘어뜨린 장본인— 귀찮다는 듯이 몸을 일으킨 오토이는 언성을 높이는 양아치의 친구들을 무시하더니, 쓰러진 양아치의 뒤통수를 움켜쥐었다.

그대로 양아치의 얼굴을 들어 올린 후, 꼴사납게 코피를 줄줄 흘리는 그의 귓가에서, 오토이는 속삭였다.

"너희 같은 생각 없는 멍청이는 《크림슨》에 필요 없어~."

"어…… 크…… 아……."

"집단 괴롭힘이나 폭력 같은 건~, 범죄야. 학교 측의 단속이 심해지거나, 경찰이 주시하게 되면 어떻게 책임질 건데?"

"……자, 잘못…… 했……."

"너희가 하는 짓거리는, 우리 활동에 방해가 된다는 거야~. 알았어~."

"네, 네에……."

"오케이~ 오케이~, 알았으면 됐어~. 그럼 다시는 헛짓거리 마. 알았지?"

그렇게 말한 오토이는 양아치의 머리를 놓더니, 그의 친구들을 돌아봤다.

"—자, 표정을 보아하니 너희는 불만이 있나 본데~. 원한다면 상대해주겠어. 아, 그래도 귀찮으니까 한꺼번에 덤벼~."

"크…… 으윽……."

상대는 남자. 숫자도 많다. 하지만 오토이는 두려워하기는 커녕 거꾸로 위압할 정도로 여유가 넘쳤다.

굴욕감에 사로잡혀 이를 깨물고, 눈을 부라리면서, 금방이라도 달려들고 싶다는 표정을 짓고 있지만, 양아치들은 한 걸음도 움직이지 못했다.

오토이는 자기 자리로 돌아가더니, 못 박힌 듯 서 있는 남자 양아치들을 노려봐주며—.

"꺼져."

……하고 한마디 한 후, 의자에 앉아서 책상에 엎드려 졸기 시작했다.

양아치들은 분해 죽겠다는 표정을 지으면서도, 그대로 물러났다.

오토이가 무방비하게 잠을 자고 있는데도, 반항할 마음조차 들지 않는 것 같았다.

"저 애, 빈틈을 보이면 두들겨 맞을 거라고 생각했어. 쟤들은 왜 때리지 않는 걸까?"

오즈는 나에게만 들리는 조그마한 목소리로 그렇게 물었다.

이길 수 있다면 싸운다. 이길 수 없다면 싸우지 않는다. 디지털적으로 판단한다면, 그게 자연스러우리라.

하지만, 틀렸다.

"설령 굶아떨어져 있다고 해도, 사자에게 싸움을 걸지는 않잖아? 그런 거야."

"체격으로 예상되는 전투력은 확연하게 차이 나니까, 그

비유는 성립 안 하지 않을까?"

"그런 엄밀한 이야기를 하는 게 아니라고……."

오즈의 0 아니면 1인 디지털 뇌는 일단 제쳐두고…….

실제로 저 오토이란 여학생에게서는 범상치 않은 분위기가 감돌았다.

《크림슨》이 뭔지 모르지만, 수상쩍은 불량 서클의 보스라는 것만으로도 평범하지 않다.

절대로 얽히지 말자…….

괜히 긁어 부스럼 만들지 말자, 양아치 긁어서 펀치 맞지 말자, 다.

*

그런 내 무사안일주의는 점심 시간에 박살났다.

"오오보시와 코히나타. 너희 둘, 체육관 뒤편으로 와~."

"아, 넵."

그런 불합리하고 느닷없으면서 귀찮다는 어조로 그런 말을 들은 나와 오즈는 약자이기에 순순히 따랐다.

불려간 장소는 낮인데도 어둑어둑한, 학교 안에서도 구석

중의 구석이다. 눅눅한 잡초가 무성하게 자라고 있는, 마치 검은 조직이 은밀한 거래라도 하고 있을 듯한 장소였다.

체육관에서 놀고 있는 건지 부활동 중인 건지 모르겠지만, 농구를 하는 학생들의 목소리와 공을 튀기는 소리가 어렴풋이 들려왔다. 태평한 애들이네. 그 즐거운 시간의 이면에서, 무지무지 무서운 양아치 보스에게 금방이라도 탈탈 털리게 생긴 불쌍한 남자들이 있다는 건 꿈에도 모르겠지…….

"아~, 이런 데로 불러서 미안해~. 먹을래~?"

체육관 뒤편의 돌층계에 걸터앉은 오토이가 호주머니에서 막대 사탕을 꺼냈다.

"이건……?"

"츄파드롭. 내가 좋아하는 거야~."

"학교에서 간식을 먹는 건 교칙 위반일 텐데……."

"아하하. 너, 되게 재미있네~. 오늘까지 학교 빼먹은 애한테, 그런 정론을 늘어놓는 거야? 보통은 안 그럴걸~?"

"하지 말라는 건 아냐. 그건 자기 마음이잖아."

교칙 위반인 것은 그저 사실에 지나지 않는다.

"한 개 줄래?"

"그래, 받아~."

나는 아무렇지 않게 사탕을 넘겨받는 오즈의 옆구리를 살짝 찔렀다.

"어이, 오즈. 교칙……."

"과학 준비실을 실험 시설로 삼아놓고, 이제 와서 그런 걸 신경 쓸 필요 없지 않아?"

"그건 괜찮아. 네 재능을 생각하면 그래도 돼."

"뭐? 아키의 논리는 잘 모르겠어."

"알 리가 없지. 논리가 아니라 아집이거든!"

오즈와 평소 같은 대화를 나누던 나는 퍼뜩 정신을 차렸다.

최강 최악의 양아치 앞에서 우리끼리 대화에 열을 올렸다. 불경하다면서 두들겨 맞을지도 모른다고 생각하며, 머뭇머뭇 안색을 살펴보니—.

"오~. 역시 너희는 재미있네~. 츄파드롭이 술술 넘어가~."

"술술 넘어가는 건 사탕이 아니라 타액 아냐?"

"하하하. 딴죽도 재미있네~."

딴죽이 먹힌 건지 알기 힘든 반응을 보였다. 오즈도 그렇고 오토이도 그렇고, 반응이 별로라서 딴죽을 날리는 맛이 없다. 반론을 하거나 발끈해준다면, 나도 재미가 있을 텐데 말이다.

하지만 오토이의 우리에 대한 인상이 양호한 듯하니 다행이다. 분위기를 보아하니, 대뜸 열 받아서 우리를 두들겨 패는 일은 없을 것이다. ……없겠, 지? 없었으면 좋겠다.

일단 우리를 부른 이유를 캐보기로 하자.

"으음…… 그런데, 왜 우리를 이런 데로 부른 거야?"

"아~, 맞다. 너희한테 물어볼 게 있거든~."

"우리한테?"

"그래. 코히나타 이로하라는 후배, 알지~? 코히나타의 여동생, 아냐~?"

"어."

뜻밖의 이름이 언급됐다.

"동성동명의 다른 사람이 아니라면, 코히나타 이로하는 내 동생이야."

"그렇구나~. 참고로~, 어떤 애야~?"

"어떤 애? ……으음……."

오즈는 그 말을 듣더니, 비닐을 벗긴 사탕을 입에 넣으며 생각에 잠겼다.

……어라? 신기한 일도 다 있네…….

오즈는 0 아니면 1인 디지털 사고방식을 지녔다. 질문을 받으면 바로 답하며, 괜한 노이즈를 완전히 배제한 채 사실만을 명확하게 말한다.

하지만 오즈는 현재, 명백하게 대답하기 어려워하고 있었다.

게다가 여러 가지의 대답 중에서 무엇이 더 정답에 가까운지 검토하고 있는 분위기도 아니었다. 그저 순수하게 답을 모른다, 답에 도달하기 위한 단서도 없다…… 마치 어려운 시험 문제를 풀지 못하고 있는 평범한 학생 같은 반응이다.

"이로하…… 어떤 애……? 으음…… 어떤 애……."

"어이어이, 말 좀 해봐~. 네 동생이잖아~?"

"으, 응. 그렇긴 한데……. 으음…… 어떤 애더라? 으음……."

본격적으로 머리를 감싸 쥐며 고민하기 시작했다.

"오토이는—."

그런 오즈를 보다 못한 나는 입을 열었다.

"—왜 오즈의 동생에 대해 알고 싶어 하는 거야?"

"응~?"

"우리한테는 너무 뜬금없는 이야기라서, 뭐라고 대답하면 좋을지 모르겠거든."

"아~, 그렇~구나~."

특유의 늘어지는 목소리로 「그렇구나」 하고 말하며 납득한 오토이는 이 질문을 한 경위를 이야기했다.

"실은 《크림슨》의 **어린 것**한테서 상의를 받았거든~."

"어린 것? 저기, 열세 살에서 열다섯 살로 구성된 팀 아니었어?"

"기분상 그렇게 부르는 거니까 신경 쓰지 마~. 원래 그런 거야~."

"그래……. 원래 그런 거구나……."

양아치 사회도 참 대충대충이구나.

"요즘 들어 코히나타 이로하라는 애와 친해진 것 같거든~. 우리 팀에 흥미를 가진 것 같아서, 어떤 애인가 알아둘까 싶지 뭐야~."

"불량 서클에, 흥미를 가져?"

무심코 그렇게 되물었다.

오즈와 여동생과는 얼마 전에 맨션 로비에서 한 번 마주쳤을 뿐, 성격은 전혀 모른다.

하지만 한순간 인사를 나누면서 받은 첫인상은, 얌전하고 낯을 가리는 여자애였다.

불량 서클에 들어가서 날뛰고 싶어 하는 비뚤어진 여자애처럼 보이지 않았다.

"역시 그런 타입은 아니구나~."

"뭐? 그럼 어느 정도 예상은 한 거야?"

"그래~. 1학년 교실에 슬쩍 가서 알아봤는데, 평범한 우등생이라는 정보만 접했거든~."

"맞아. 그런 분위기였어. ……제대로 이야기해본 적은 없지만 말이야."

"오빠라면 학교에서 보여주지 않는 본성도 알 줄 알았어. 이야~, 고전하고 있네~."

오토이의 말대로, 오즈는 SNS에서 아저씨들이 흔히 쓰는 어라? 이모티콘 같은 표정을 짓고 있었다.

어째서일까. 한집에서 사는 가족의 이야기인데 말이다.

"《크림슨》……이랬지? 불량 서클은 들어오고 싶어 하는 애의 신변 조사도 하는구나."

"다른 팀도 그러는지는 몰라. 그래도 뭐~, 우리는 해~."

"다른 팀의 스파이가 섞여 있으면 곤란하다거나? 그렇게 생각하니 가슴 뛰는걸."

"아, 그런 게 아냐. 가족의 허락을 받을 수 있는지 확인하려는 것뿐이거든~."

"가족 공인?! 양아치한테 그런 시스템이 있는 거야?!"

양아치 문화는 전혀 모르니까, 그렇단 말을 들으면 믿을 수밖에 없다.

그래도 너무 건전한 거 아냐?

"남의 인생은 책임질 수는 없잖아. 그리고 괜한 문제가 일어나면 성가셔~. 이 문제로 부모와 다투지 않을 애만 받아주는 거야."

"되게 이성적이네……."

"의외야~?"

"좀 더 무법자 같은 애들의 모임이라고 생각했어."

나는 안도의 한숨을 내쉬었다. 어깨에서도 힘이 빠지더니, 오토이에게서도 묘한 친근감을 느끼기 시작했다.

체육관 뒤편으로 불려왔을 때는 하늘이 무너지는 듯한 느낌을 받았지만, 의외로 괜찮은 애네—. 그렇게 생각하니, 자연스럽게 내 목소리도 부드러워졌다.

"아~, 그래도~."

오토이도 잡담을 이어가는 듯한 느낌의 자연스러운 목소리로 가볍게 말했다.

"얕보이면 여러모로 성가시니까, 다들 단련을 하긴 해~."

"건방진 소리를 해서 정말 송구하옵니다."

이 사람, 역시 무서워.

"뭐~, 아무튼 좋아. 코히나타 이로하에 관해선 알겠어. 가르쳐줘서 고마워~."

"아, 잠깐만 있어 봐!"

자리에서 일어난 오토이가 손을 흔들며 다른 곳으로 가려고 하자, 나는 그녀의 등을 쳐다보며 불러세웠다.

"왜 그래~?"

"결국, 오즈의 동생을 팀에 받아줄 생각이야?"

"으음…… 검토 중이야. 까놓고 말해서 그 애와 친하게 지내는 후배한테서 걔가 우리 팀에 흥미를 가진 것 같다는 이야기만 들었지, 본인한테서 정식으로 들어오고 싶단 말은 못 들었거든~. 억지로 스카웃할 생각은 없지만, 본인이 정말로 들어오고 싶어 한다면 거절할 이유도 없긴 하네~."

"그렇구나."

"왜 그런 걸 묻는 건데~?"

"뭐, 나도 나름 생각하는 바가 있거든."

"호오~. 뭐, 아무래도 상관없어~."

내가 밝히지 않은 의도에 딱히 관심을 보이지 않으며, 오토이는 나른한 듯한 걸음걸이로 가버렸다.

오토이의 모습이 완전히 사라지자, 산소 농도가 10% 정도 상승한 것 같은 느낌이 들었다.

눈앞에 서 있을 뿐인데도 위압감이 어마어마했어……. 정말, 무시무시해.

그건 그렇고, 뭐랄까—.

내가 『생각하는 바』를 들키지 않아서 다행이다. 정말 다행이다.

내 솔직한 마음을 털어놓자면, 오토이와 《크림슨》에 **열렬한 안티 의식**을 가지게 됐으니 말이다.

아무리 분위기가 가벼워 보일지라도, 양아치는 양아치다. 규범에서 벗어나, 민폐 행위를 하는 이들이라는 사실에는 변함이 없다. 제대로 된 애들이 아니다. 그런 생각을 하고 있다는 것을 들켰다면, 허름한 창고로 끌려가서 뭇매를 맞을지도……. 나무아미타불 관세음보살.

—그리고, 신경 쓰이는 점이 하나 더 있다.

옆을 힐끔 쳐다보니, 오즈는 아직 곤란한 표정을 지으며 생각에 잠겨 있었다. 혼잣말은 하지 않지만 아직 여동생의 인상에 관한 답에 도달하지 못한 건지, 멈춰버린 컴퓨터처럼 굳어 있었다.

"괜찮아?"

"……응. 아니, 글쎄……."

"참고로 아까 질문은 바로 답하지 못하면 문제 있는 타입의 질문이야."

"그래? 미안해. 나는 그런 쪽으로는 어둡거든."

"동생과 사이가 안 좋아?"

"좋다, 나쁘다를 떠나…… 『무(無)』이려나……. 나와 이로하 사이에는 딱히 아무것도 없어."

"뭐?"

가족 관계를 이야기할 때 나오는 단어 랭킹에서, 그건 상당히 아래편에 속하는 말이라고.

좋다 싫다는 떠나 완전히 관계가 차갑게 식은 듯한 감각이다. 마치 붕괴 직전의 관계 수복이 불가능한 가족 같다.

어쩌면 **진짜로 그런 것일까.**

코히나타 가의 가족 관계는 그 정도로 궤멸적인 것일까?

……아니, 그럴 리가 없잖아. 왜냐하면…….

"LIME으로 연락을 주고 받긴 하잖아? 일전에도 연락을 한 후에 동생을 기다리고 있었던 거 아냐?"

"열쇠를 깜빡했었잖아. 거의 두 달 만에 이야기를 나눴을 거야."

"뭐, 정말이야? 뭐 그런 관계가 다 있어."

내가 해외에서 사는 부모님과 마지막으로 직접 이야기를 나눈 것도 지난달의 일이다. 이번 달에 들어서도 전화로 몇 번이나 이야기를 나눴다.

하지만 한 집에 사는 친남매가, 두 달 동안이나 이야기를 나누지 않는다는 게 말이 될까?

아무리 생각해도 정상이 아니다.

"이상, 해?"

"당연히 이상하지. 무지무지 이상하다고."

"그렇구나. 나한테는 당연한 일이라서 전혀 눈치 못 챘어."

"부모님은 아무 말 안 하셔?"

"글쎄. 우리 집은 아버지가 안 계신 지 오래됐고, 어머니도 바빠서 항상 집을 비우거든. 그래서 심하게 간섭하지는 않아."

"……그렇구나."

단편적인 정보만으로도, 코히나타 가가 범상치 않은 상황이라는 것을 짐작할 수 있었다.

오즈 본인은 이상한 녀석이니, 그의 가정이 비정상적인 상태인 것도 어찌 보면 당연할지도 모른다.

하지만 나는 오즈와 친구로 지내기로 결심했다. 응어리 같은 위화감을 발견해놓고, 못 본 척을 하며 뚜껑을 덮은 후, 얄팍하고 겉보기에만 번지르르한 우정을 쌓아갈 생각은 눈곱만큼도 없다.

오즈의 말에 따르면 비효율적인 사고방식, 낭비의 극치, 감정에 휩쓸린 어리석은 선택일 것이다.

그래도 나는, 코히나타 가를 이대로 둘 수는 없다고 생각하고 말았다.

"저기, 오즈. 오늘 방과 후에 말인데—."

그래서 나는 그 말을 했다.

명백한 타인, 클래스메이트, 옆집에 살 뿐인 이웃— 그런 마음 편한 관계에서 한 걸음 더, 상대의 품속으로 다가서는 결정적인 한 마디를…….

"—너희 집에 놀러 가도 돼? 게임이라도 하며 같이 놀자."

……아, 그래. 안다고. 괜히 서론을 늘어놓을 것도 없이, 친구가 있다면 인생에서 백 번은 입에 담을 대사이긴 해. 하지만 친구가 거의 없는 나에게는 일대 결심을 해야 할 수 있는 대사란 말이야.

*

그리하여 방과 후, 나는 처음으로 코히나타 가를 방문했다.

집에 가서 게임기와 소프트, 컨트롤러만 들고 도보로 5초 만에 말이다. 그렇게 찾아온 나를, 오즈는 웃으면서 맞이해 줬다.

같은 맨션이라 그런지, 집의 구조는 우리 집과 거의 똑같았다. 입구 현관도 눈에 익었다. 굳이 다른 점을 찾자면 향기 정도일까. 쓰는 세제와 방향제가 달라서 그런 걸까. 이유는 모르겠지만, 아무튼 맡아본 적 없는 향기가 감돌았다.

여자애가 있는 집이라 그런지 현관에 놓인 슬리퍼의 디자인도 동물 그림이 그려져 있어서, 왠지 귀엽게 느껴졌다.

기능성을 중시하며 신을 수 있기만 하면 된다는 듯이 양산형 갈색 혹은 회색 민무늬 슬리퍼만 있는 우리 집과는 큐트 지수가 압도적으로 달랐다.

하지만 그런 차이는 나중에 생각해보면 사소하기 그지없었다.

코히나타 가의 가장 큰 특징을 눈치챈 것은, 오즈의 안내를 받아서 거실에 갔을 때였다.

"으음. 여기, 거실…… 맞아?"

"그래. 어디 이상해?"

"아니, 이상한 건 아닌데…… 우리 집과 좀 달라서, 신경 쓰였을 뿐이야."

"흐음, 흥미롭네. 뭐가 다른데?"

"텔레비전."

……이, 이 집에는 없다.

다이닝 키친, 식탁, 소파와 카펫 등은 고급스러운 느낌의 소위 『양품』이 갖춰져 있다.

텔레비전이나 인터넷에서 화제가 되는 벼락부자 유명인처럼 THE 부자 느낌은 아니지만, 현실적인 부유층이랄까 이상적인 출세 가도를 달리고 있는 중류 가정이란 인상이다. 방송에서 이런 집이 소개된다면, 여기 사는 사람은 참 행복할 거란 생각이 들 것 같은 그런 가정이다.

하지만…… 이 위화감은 뭘까.

텔레비전이 없을 뿐인데, 그것만이 아닌 느낌이 들었다.
마치 주택 전시장의 모델하우스에 안내된 듯한—.
그 정도로 생활감이 없는 광경이었다.
“진짜로 여기서 사는 것 맞지?”
무심코 그런 무례한 질문만 입에 담고 말았다.
“응. 거실은 이용하지 않지만 말이야.”
“이용하지 않는다니…… 그럼, 쭉 자기 방에서 지내는 거야?”
“그래. 여기서 이용하는 거라고는 냉장고 정도네.”
거실에 들어가지 않고 부엌으로 가더니, 냉장고의 문을 열었다.
냉장실은 철저하게 정리 정돈되어 있었다. 식재료가 들어 있는 듯한 밀폐용기가 가득 들어 있으며, 음료도 일부를 제외하면 같은 디자인에 색깔이 다른 용기에 옮겨 담아서 들어 있다.
업무용인가? 싶을 만큼 효율적으로 냉장고를 활용하고 있었다.
오즈는 물이 들어 있는 페트병(이로미즈, 라고 라벨에 적힌 물. 다 마시고 나면 확 구겨버릴 수 있는 녀석)을 두 개 꺼냈다.
“아키도 마실 거지?”
“아, 그래. 땡큐.”
손님에게 물, 인가…….

나는 물이라도 전혀 상관없고, 차나 주스를 내오지 않는다고 발끈하는 인간은 좀 별로라고 생각하지만 말이다.

미묘하게 석연치 않은 심정으로 페트병을 건네받은 후, 나는 그대로 오즈의 방으로 안내됐다.

구조가 우리 집과 거의 똑같으니 방 안도 크게 다르지 않을 것이다……라는 내 예상과 다르게, 그곳에는 엄청난 광경이 펼쳐져 있었다.

"네가 무슨 아○언맨의 주인공이냐."

바닥 전체를 뒤덮듯 깔린 기계, 기계, 기계…….

정확하게 묘사하자면 전자부품과 에나멜선, 전자 코일과 마그넷 와이어, 나사와 반도체, 그리고 기타 등등. 로봇과 드론의 잔해 같은 것이 굴러다니고 있어서, 마치 영화에 나온 발명가의 아지트 같았다. 네가 무슨 토니 ○타크냐.

"밟아서 망가뜨리면 화낼 거야."

"그럼 정리 좀 해……. 이런 방에서 용케 작업을 하네."

"나한테 있어서는 가장 알기 쉽게 배치되어 있거든. 내가 생각하는 순서대로 물건이 놓여 있어."

"조그마한 부품은 잃어버리지 않아?"

"그런 일 없어. 잠시 행방불명이 되더라도, 기억을 검색해 보면 바로 찾을 수 있어."

"그렇구나……."

"응. 그래. 게다가 일설에 따르면 방 안을 어지럽혀두면 발상력이 향상되어서 독창적인 아이디어를 창조하기 쉽대."

"정리 안 하는 녀석의 변명 같아……."

"유감이지만 대학에서 연구되어서 논문으로도 발표된 설이야."

"건방진 소리를 해서 죄송합니다."

내 수비 범위 밖의 지식으로 두들겨 패지는 말아줬으면 한다. 딴죽의 허들이 너무 높다고…….

그런 내 마음속 우는 소리를 가슴 속에 감춰둔 채, 나는 까치발로 이동하며 물건이 놓여 있지 않은 공백 지대를 찾아서 앉았다.

"게임기, 줘봐. 연결할게."

"아, 그래. 그거, 컴퓨터 모니터지?"

"맞아. 그래도 어댑터가 대응하니까 연결할 수 있을 거야."

오즈는 텐치도 BUTTON 본체를 넘겨받더니, 모니터에 연결했다.

그런 오즈의 옆에서, 나는 방구석에 있는 공부용 책상을 쳐다봤다.

학교 공부를 할 마음이 제로라는 듯이 컴퓨터용 대형 모니터(지금 게임기를 연결하는 것과는 다른 모니터다. 이 방에는 모니터가 잔뜩 있었다)가 당당히 놓여 있는 점도 인상적이지만, 그것보다 더 눈길을 끄는 것은 **자작 컴퓨터 본체**였다.

CPU와 마더보드라는 건가? 나는 주워들은 지식뿐이라

정식 명칭은 모르지만, 아무튼 정밀기계가 분명해 보이는 것들이 겉으로 훤히 드러나 있었다.

"대단하네. 컴퓨터도 직접 만드는 거야?"

"별거 아냐. 자작 컴퓨터를 만드는 법은 인터넷을 뒤져보면 금방 찾을 수 있으니까, 누구라도 만들 수 있어."

"너의 『누구라도 만들 수 있어』는, 메이저리거의 『누구라도 칠 수 있어』와 마찬가지거든?"

"진짜로 과대포장이야. 실제로는 간단하거든?"

기초 지식이 있는 사람에게는 그렇겠지만…….

"직접 만들면 좋은 점이 있어?"

"아니, 그냥 취미야."

"……어, 그건 의외네. 오즈라면 무의미한 일은 안 할 줄 알았어."

"엄밀하게 따지자면 좋은 점이 있긴 해. 부품만 교환할 수 있으니까 CPU만 최신 모델로 바꾸거나, 시판되는 제품과는 비교도 안 되는 성능의 컴퓨터를 만들 수도 있어."

"뭐야. 좋은 점이 있잖아."

"꼭 그렇지도 않아. 요즘에는 시판되는 제품의 성능도 상승했거든. 솔직히 말해, 오버 스펙이야. 지금보다 더 고도의 연구를 하기 위해서는 자작 컴퓨터로 낼 수 있는 스펙으로는 결국 부족하니까…… 장점은 고장 났을 때 직접 수리할 수 있다는 점이려나."

"그렇구나……. 여기 납땜 같은 것도 직접 한 거지? 진짜 손재주가 좋다니깐."

"아버지의 영향이야. 옛날부터 이런 공작을 좋아했어."

"아버지의……. 미안해. 더 이야기하기 싫으면 안 해도 돼."

코히나타 가에는 아버지가 없다는 이야기는 방금 들었다. 사별인지 증발인지 별거인지는 모르지만, 오즈도 캐묻기를 바라진 않을 것이다.

그렇게 생각했지만, 오즈는 의외로 태연한 어조로 말했다.

"괜찮아. 딱히 돌아가신 건 아니거든."

"……그럼, 어디 가신 거야?"

"응. 엄마도 자세한 이야기는 안 해주지만, 아마 해외에서 하고 싶은 일을 하며 사는 것 같아."

"해외에서…… 아이들과 아내를 내버려 두고? 그거 너무 하네."

"어, 그래?"

"왜 네가 의문형으로 말하는 건데?"

자기 부모 이야기를 하는 건데, 마치 남 일을 이야기하는 투다.

"아버지 자신의 인생 행복도의 최대화를 바란다면, 우리를 남겨두고 자유롭게 사는 게 최적의 답이라고 생각하거든."

"그건 그럴지도 몰라. 하지만 부모라면 자식의 행복을 우선해도 괜찮지 않을까?"

"자식의 행복을 우선하는 편이 행복하다는 가치관을 지닌 사람이라면 알아서 그렇게 하겠지. 하지만 아버지는 그런 타입의 사람이 아니었어. 그뿐인 거야."

"정론이긴 한데……."

응어리가 느껴지는 의견이다, 라는 생각이 들었다.

그와 동시에, 왜 나는 응어리를 느끼고 있는 거냐는 생각도 들었다.

부모가 자신의 꿈을 이루기 위해 미국으로 건너간 오오보시 가 또한, 본질적으로는 마찬가지일 것이다. 나는 내 이유로 일본에 남는다는 선택지를 골랐지만, 부모의 인생은 부모의 인생이니 꿈을 이뤄주기를 바란다. 그래서 기쁜 마음으로 부모님을 보내줬으며, 그 꿈을 방해할 만한 문제는 일으키지 말자고 생각했다.

오즈가, 부모님에게 품고 있는 감각도 같다. ……그렇게 생각한다면, 응어리를 느낄 필요가 없을 것이다.

"자, 준비 완료. 뭘 할래?"

"뭐? 아, 응."

그 말을 듣고, 나는 생각의 바다에서 되돌아왔다. 어느새 세팅이 완료된 모니터에는 익숙한 홈 화면이 표시되어 있었다.

오즈에게서 컨트롤러를 건네받은 나는 다운로드된 게임 중에서 2인 플레이에 적당한 것을 찾아봤다.

"마르코 레이스는 어때?"

“나는 뭐든 좋아. 어차피 전부 처음 해보는걸.”

“직감적으로 조작하니까 초보자도 플레이하기 쉬워. 모르는 게 있으면 가르쳐줄 테니까, 얼마든지 물어봐.”

“응. 잘 부탁해, 아키.”

나와 오즈는 컨트롤러를 쥐며 화면을 쳐다봤다.

이렇게 친구와 나란히 앉아서 게임을 하는 게 얼마 만이더라?

초등학생 때는 한 번씩 했지만, 중학생이 된 후로는 게임은 혼자서 플레이했다. ……친구가 없어서 그런 거냐고? 그래. 짐작이 되면 물어보지 말라고.

아무튼 말이다. 지금 이 시간은 매우 신선했고, 더없이 소중하게 느껴졌다. 진부하고 흔한 표현일지도 모르지만 말이야.

하지만 나도 곧 중학교 2학년인데, 이런 사소한 일로 감동하는 건 너무 어린애 같을까.

오즈와 게임을 하는 건 코히나타 가에 놀러 온 이유— 본론과는, **아무런 관련도 없는 데** 말이야.

*

한 시간 반 정도 게임을 했을 때, 내 진짜 목적이 귀가하는 소리가 들려왔다.

오즈의 방 밖에서, 현관문이 열렸다가 찰칵하고 닫히는

소리가 들려온 것이다.

왔다……!

"미안한데, 잠시 자리 좀 비울게."

"어라, 도망치는 거야? 혹시 너무 자근자근 밟아준 걸까."

"게임 초보자 주제에 센스와 두뇌만으로 무쌍하는 너 때문에 게이머로서의 내 자존심이 박살나기는 했지만, 그건 아냐. 아니라고."

실력자로서 조언을 해줄 마음으로 마르코 레이스를 하자고 했지만, 내가 이긴 건 첫판뿐이다.

오즈는 한판 만에 게임의 본질을 이해했을 뿐만 아니라 사용된 물리 연산의 유형까지 파악한 건지, 나는 두 번째 판부터 그의 상대가 되지 못했다.

오즈는 플레이할 때마다 기록을 경신했다. 그걸 본 나는 마음이 꺾이다 못해 얼마나 엄청난 기록을 낼지 기대하게 될 정도였지만…… 자리를 비우려는 이유는 그게 아니다.

"볼일 좀 보고 싶어졌거든. 화장실 써도 되지?"

"물론이야."

"한동안 혼자서 플레이해."

"응. 그럴게."

"혹시나 해서 말해두는데, 시간이 무지 걸릴 것 같으니까 게임에 몰두해도 돼."

"무시무시한 예고네."

"뭐, 깨끗하게 쓰겠어. 그럼 다녀올게."
그렇게 말하며 자리에서 일어난 후, 방을 나섰다.
남의 집 화장실을 오래 쓰겠다고 선언하는 건 테러나 다름없다는 생각이 들었지만, 어쩔 수 없다.
—실제로, 시간이 꽤 걸릴 예정이니 말이다.

오즈의 방을 나서자, 닫힌 문 너머에서 게임을 다시 시작하는 소리가 들렸다. ……좋아. 오즈는 게임을 하고 있는걸.
함께 게임을 하면서 눈치챈 것인데, 오즈는 게임을 좋아하는 것 같았다. 몰두하면 빠져드는 타입이기도 했다.
프로그래밍이 특기인 것과도 연관이 있을 것이다. 놀면서 짠 프로그램을 머릿속으로 해석하고, 어떻게 하면 더 많은 점수를 딸 수 있을지 탐구하는 작업을 좋아하는 것 같았다. 간단한 게임 하나면 한도 끝도 없이 시간을 때울 수 있지 않을까.
일단 오즈는 혼자 놀게 두기로 하고…….
나는 발소리를 내지 않으며 천천히 화장실로…… 향하지 않고, 『이로하』라고 이름이 적은 팻말이 걸려 있는 방문에 다가갔다. 그리고 방문에 귀를 댔다.
그렇다. 오늘 나는 놀러 온 것이 아니다.
코히나타 가를 방문한 진짜 목적은 바로—.

코히나타 이로하. 오즈의 여동생인 그 여자 후배에 관해,

철저하게 캐내는 것이다!!

스토커 같다고? 시끄러워. 나도 안다고.

범죄자로 오해받아도 할 말 없는 짓거리라는 건 안다. 역겨움 계수 천정부지의 경찰 신고 안건이라는 점도 각오했다.

나는 오즈의 친구다. 친구의 여동생이 불량 서클에 『흥미 가득☆접근 중♪』이라는 말을 듣고, 그냥 가만히 있을 수는 없다.

하물며 한집에서 같이 사는 친여동생인데도, 오빠가 되어서 어떤 애인지 질문을 받고 바로 답하지 못하는 점도 무시무시했다.

코히나타 가에는 어둠이 존재한다.

그 어둠의 존재를 알아내서, 코히나타 이로하라는 애에 대해 파악한 후, 가능하면 양아치가 되는 것을 저지한다. 그것이, 내 미션이다.

남의 집 일인데 멋대로 사명감을 가지는 건 좀 그렇지 않냐고 한다면, 가슴이 뜨끔하지만 말이다.

『……~ ……응……~……—…… 래서…….』

"누군가와 이야기를 나누나……?"

방 안에서 낮은 목소리가 들려왔다. 문 너머라서 내용은 들리지 않지만, 대화를 나누고 있다는 건 분위기로 알 수 있었다.

들려오는 목소리는 1인분이다. 친구를 집에 데려온 것 같지는 않았다.

아마 통화 중이리라. 혼잣말을 하염없이 중얼거리는 정신에 문제 있는 애일 가능성도 있지만…… 그건 아니겠지?

전화 상대가 예의 친구라면 《크림슨》이 언급될지도 모르지만…….

"젠장. 잘 안 들려."

역시 문 너머라 그런지 목소리가 매우 작게 들렸다.

어찌어찌 최적의 포지션을 찾으려고, 귀를 댄 위치를 바꾸며 시행착오를 했다.

『……라니, ……하네. 나도 그거, ……고 싶어….』

오, 괜찮네.

『내가 가도 괜찮아? 선배들이 건방지다고 여기지 않을까?』

이거야, 이거야, 이거야, 이거야~! 목소리가 선명하게 들려!

그래, 여기가 최적의 포지션이구나. 설마 귀의 위치만으로 이렇게 소리가 선명하게 들릴 줄은 몰랐다. 역시 뭐든 노력해보고 볼 일이다. 마치 상대가 문에 다가온 게 아닐까 싶을 정도로 목소리가 커졌어.

철컥

"어?"

……무지무지하게 가까운 곳에서 이상한 효과음이 들렸는데, 잘못 들은 걸까?

이상한 효과음, 아니, 문을 여는 소리라고 하는 매우 일상적인 소리다.

"타치바나 양의 음악은 좋아하지만, 나는 그런 것에 그다지 해박하지…………………… 어?"

그리고 그 무엇에도 차단되지 않으면서 친구 여동생의 목소리가 또렷하게 들려오더니…….

내 얼굴에 사람 그림자 같은 것이 드리워졌다.

"…………."

"…………."

목이 망가진 프랑켄슈타인처럼 뻣뻣한 고개를 억지로 돌려서, 활짝 열린 문 너머에 서 있는 그녀를 쳐다봤다.

스마트폰을 귀에 댄 친구 여동생, 코히나타 이로하의 얼굴에는 방금까지 친구와 이야기를 나누고 있어서 그런지 미소가 어려 있었다. 나와 눈이 마주쳤는데도, 시간이 정지한 것처럼 그대로였다. 하지만 그런 그녀의 얼굴은 1초 간격으로 점점 하얗게 질리더니…….

"꺄, 꺄아—."

"비명 캔슬!"

"우읍?!"

나는 비명을 지르려 하는 그녀의 입을 한 손으로 막고, 다른 한 손으로 스마트폰을 빼앗아서 통화를 끊었다.

그리고 그대로 그녀의 방에 돌격한 후, 문을 닫고 안에서 잠갔다.

좋아, 이걸로 됐다. 비명은 통화 상대가 듣지 못했고, 오즈가 이변을 눈치채지도 못했다.

……나, 범죄자에 재능 있는 거 아냐?

그제야 대담한 짓을 저질렀다는 사실을 깨닫고 만 나는 심장이 미친 듯이 뛰기 시작했다.

관자놀이를 타고 식은땀이 줄줄 흘러내렸다.

“오, 오해하지 마. 나는 범죄자가 아냐.”

“읍~! 으읍~!”

친구 여동생이 눈물이 맺힌 눈으로 노려보면서 버둥거렸다.

망했다. 설득력이 너무 없다.

“손을 뗄 테니까, 제발 고함을 지르지 마. 고개를 끄덕이면 바로 뗄게.”

“으……(끄덕).”

“좋아. 그럼 뗀다? 3, 2, 1…… 자.”

“스읍, 하아.”

손을 떼자, 그녀는 약속대로 고함을 지르지 않았지만—.

찰싹!!

1초 동안 호흡을 고른 후, 정색을 하며 따귀를 때렸다.
"아, 아야야……."
"최악이에요. 남의 집에 몰래 들어와서 뭐 하는 거죠?"
"피치 못할 사정이 있어……. 아니, 실제로 내가 나쁜 짓을 한 건 사실이니까 따귀 정도는 얼마든지 맞아줄게."
"당신은…… 얼마 전에, 오빠와 같이 있던 사람이군요."
"응. 옆집에 사는 오오보시야."
"이웃집에 침입해서 남의 방 앞에서 이야기를 훔쳐 들을 수밖에 없는, 그 피치 못할 사정이 뭔가요? 언뜻 본 저한테 한눈에 반해서 변태 행위를 저지르고 만 건가요?"
"그럴 리가 없잖아. 그 한순간에 반해버리는 건 심각한 얼빠 뿐이라고."
"얼빠란 소리를 하는 걸 보면, 제 얼굴이 반반한 편이라고 생각하긴 하나 보네요……. 솔직히 말해, 좀 섬뜩하거든요?"
"큭. 세세한 것까지 눈치채는 애네. 성격에 문제 있단 말 들은 적 없어?"
"그런 말 들은 적 없어요. 변태 아닌 사람한테는 이런 소리 안 하거든요."
자기 몸을 지키려는 듯이 두 손으로 감싼 친구 여동생은 나와 거리를 벌리며 그렇게 말했다.
확실히 대사와 표정은 꽤 매몰차지만, 목소리와 말투는 정중했다. 평소에는 공격적인 타입이 아니라 성실하고 상냥

한 우등생 타입일 것이다.

한눈에 반해서, 라는 말을 자연스럽게 입에 담는 것을 보면 실은 마음속으로 자기를 꽤 높게 평가하는 것 같다.

"그런데 왜 갑자기 방에서 튀어나온 거야?"

문만 열지 않았다면 들키지 않았을 텐데 말이다.

"자기 집에서 뭘 하든, 그건 자기 마음 아닐까요?"

"그건 그렇지만……."

"마실 것을 가지러 나왔던 길이었을 뿐이에요. 통화를 하다 보니 목이 말라서요."

"평범하기 그지없는 이유네."

"당연하잖아요. 평범한 일상을 살고 있었으니까요. ……방금까지는 말이죠!"

"그 점을 지적하니 반박을 못 하겠는걸. ……어이쿠."

손에 쥔 스마트폰이 진동했다.

『타치바나 아사기』라는 이름이 화면에 표시되어 있었다.

이 애가 예의, 눈앞의 소녀와 친하게 지낸다는 《크림슨》의 **어린 것**일까.

"타치바나 아사기?"

"아까 전화를 갑자기 끊은 바람에 걱정해서 다시 건 거겠죠. 그것보다, 멋대로 남의 폰 화면을 보지 마세요. 빨리 내놔요."

"아, 미안해."

나한테서 스마트폰을 채간 그녀는 바로 전화를 받았다.

"여보세요. 타치바나 양? 갑자기 전화를 끊어서 미안해. 실은 집에 가족의 지인이 왔는데, 좀 도울 일이 있는 것 같아. 끝내고 나서 다시 연락할게."

그 후로 짤막하게 몇 마디 한 후에 전화를 끊었다.

화면이 어두워진 스마트폰을 침대에 던진 후, 그녀는 다시 나에게 물었다.

"—그런데, 피치 못할 사정이란 게 대체 뭔가요?"

"방금 통화한 애를 통해, 《크림슨》에 들어가려고 한다는 게 사실이야?"

반쯤 떠볼 생각으로 그렇게 물었다.

한순간, 그녀는 시선을 옆쪽으로 돌렸다.

"무슨 이야기죠? 근거도 없이, 영문 모를 트집 잡지 말아 주세요."

"저기, 그런 식으로 얼버무려선 소용없거든?"

"네?"

"진짜로 아무것도 모른다면, 우선 《크림슨》이 뭔지 물어봐야 할 거 아냐. 게다가 속하는 것만으로 트집을 잡힐 만한 집단의 이야기라는 걸, 어째서 알고 있는 건데?"

"그, 그건…… 으음, 으음, 타치바나 양한테 이야기를 들었어요. 아, 아뇨! 그게 아니라……!"

이 애, 재미있을 정도로 함정에 간단히 걸려드네.

같은 학교 친구가 속한 불량 서클의 이름을 알고 있어도 이상할 게 없고, 그런 집단에 들어가려고 하는 거냔 트집을 들으면 발끈하는 게 당연하다. 하지만 나는 일부러 《크림슨》의 존재를 알고 있는 그녀에게 거기에 들어갈 속셈이라는 식으로 떠봤다. 그러자 아니나 다를까, 간단히 걸려들었다.

"확신이 생겼으니까, 거짓말 안 해도 돼. 불량 서클에 들어가고 싶어 한다는 게 사실인가 보네."

"……그게 어쨌다는 거죠? 당신과는 상관이 없는 일이잖아요."

그녀도 뻔뻔하게 나아가기로 마음먹은 건지, 당황한 표정을 굳히며 그렇게 대꾸했다.

"아니, 친구 여동생이 타락하는 걸 내버려 둘 수는 없잖아. 상식적으로 생각하라고."

"아뇨, 오빠 친구가 그렇게 오지랖을 부릴 일이 아니에요. 상식적으로 생각해볼 때요."

지당하기 그지없는 말이었다.

친동생이라면 몰라도 친구 여동생, 이잖아.

한없이 타인에 가까운…… 아니, 순도 100% 타인이다.

피로 이어진 동생도 오빠의 간섭이 지나치면 질색을 할 건데, 오빠 친구에 지나지 않는 나 같은 건 짜증스러운 정도가 아니라 역겹게 여겨져도 이상할 게 없다.

그것을 자각하고 있기는 하다. 하지만 그렇다고 물러설 거라면, 나는 애초에 이 자리에 있지도 않을 것이다.

솔직히 친구 여동생— 코히나타 이로하가 불량 행위를 하든 말든 아무래도 좋다. 알아서 해라, 라는 게 내 솔직한 마음이다.

하지만 나는 오즈의 친구이며, 오즈의 지금 상황에 안타까운 마음을 품고 있다.

사실 오즈는 좋은 애지만, 특이한 성격과 행동 탓에 오해를 받아서 교실에 녹아들지 못하고 있다. 그런 상황에서 여동생이 악명 높은 불량 서클의 멤버가 됐다는 소문이 돈다면, 오즈가 있을 곳을 새롭게 만드는 건 꿈만 같은 일이 된다. 불가능해지는 것이다.

친구가 불합리한 이유로 더욱 고립되는 환경이 생겨날 가능성을, 나는 방치할 수 없었다.

"왜 불량 서클 따위에 들어가려는 건데? 혹시 가정 문제나 고민 같은 게 있다면, 뭐든 말해줘. 다른 방법으로 해결할 수 있을지도 모르잖아."

"아하, 고민 상담을 받아주겠다는 거군요."

"내 말을 믿어주는 거야?!"

"네. 실은 마침, 당신이 협력해주면 금방 해결될 고민이 있어요."

"오오, 잘 됐네! 말해봐!"

뭐야. 태도가 매몰차다 했더니, 대화를 통해 마음을 열었잖아. 이게 바로 소문 자자한 츤데레라는 건가?

친구 여동생, 코히나타 이로하는 빙긋 미소 지으며 이렇게 말했다.

"오빠 친구가 치근대며 짜증나게 구는데, 대체 어떻게 하면 방에서 쫓아낼 수 있을지 고민하고 있어요♪"

"아…… 그렇구나……."

……현실은, 참 혹독해…….

*

『이로하 양은 원래 냉담 캐릭터였어?』

『처음에 만났을 적에는 말이지. 지금과 너무 달라서 놀랍지?』

『말도 안 돼……. 믿기지 않아…….』

『그럴 거야. 믿기지 않겠지.』

『마시로와 캐릭터가 완전히 겹쳐. 이런 일이 있어도 되는 걸까…… 아니, 있어선 안 돼.』

『그런 의미였냐.』

002 제2화……친구 여동생의 친구가 짜증나게 군다

다음 날. 나는 등교하자마자 1학년 교실이 줄지어 있는 복도로 돌격했다.

목적은 물론 친구 여동생, 코히나타 이로하—의, 친구인 타치바나 아사기다.

유감스럽게도 어제 펼친 이로하에게의 다이렉트 어택은 실패로 끝나며, 쫓겨나고 말았다.

의외로 방어가 능숙한 적장을 해치우기 위해서는 정면 공격만으로 무리라고 판단해서, 우선 주위의 적부터 야금야금 줄여나가자고 생각했지만…….

얼굴을 몰라…….

내가 아는 건, 타치바나 아사기라는 이름뿐이다. 몇 반인지도, 그리고 어떻게 생겼는지도 모른다.

불량 서클의 일원이라면 양아치 같은 모습을 하고 있겠지만…… 양아치 같은 모습이란 건 대체 뭘까? 모히컨이나 리젠트 헤어인가? 일단 머리카락을 염색하긴 했겠지? 하지만 패션 삼아서 갈색이나 금색으로 염색한 여자애는 얼마든지 있잖아.

1학년 복도에서 머리를 쥐어뜯고 있는 내 옆을, 1학년들은 미심쩍은 시선을 보내며 지나쳤다.

이익, 어차피 거동 수상자로 찍혔잖아. 용기를 내서 탐문 수사를 하자고!

당시의 나는 신기할 정도로 간이 컸다.

"뭐 하나 물어볼게!"

"네?!"

지나가던 여자애에게 말을 걸었다. 놀란 것 같지만, 개의치 않으며 질문을 던졌다.

"타치바나 아사기라는 애를 알아? 이 학교 1학년 여학생일 거야."

"으, 으음, 알아요. 같은 반……인데요. 저기, 누구세요……?"

"뭐, 내가 누구인지는 신경 쓰지 마. 타치바나 양과 이야기를 나누고 싶어서 그런데, 교실까지 안내해줄래?"

"그건 괜찮은데…… 교실에 가도 소용없어요."

"무슨 소리야?"

"타치바나 양은 학교에 거의 안 나오거든요."

"아…… 그렇구나. 그러고 보니, 우리 반의 오토이도 그랬어."

양아치란 생물은 학교를 빼먹는 게 기본인 것 같았다.

교칙 위반 어쩌고 같은 소리를 할 정도로 나란 애도 성인군자나 모범생은 아니지만, 볼일이 있을 때 만나기 어려운 건 되게 귀찮네. 얌전히 학교에 오라고, 젠장.

"어디에 가면 타치바나 양을 만날 수 있을까?"

"그, 글쎄요? 자세한 건 몰라요. 밤늦게까지 논다는 소문은 들은 적 있지만, 낮에 어디 있는지는 몰라요."

"그렇구나……. 미안해. 그럼 다른 사람에게 알아볼게."

여학생을 놔준 후, 다시 정보통을 찾기 위해 1학년 복도를 돌아다녔다.

한동안 탐문수사를 했지만…… 성과는 제로다.

생각해보니 그게 당연했다. 등교 거부중인 불량 학생이 어디 있는지 아는 사람이 흔할 리 없다. 소문 자자한 극악 불량 서클인 《크림슨》에 속한 학생인 만큼, 더 그럴 것이다.

"……포기할 수밖에 없나?"

이로하의 속내를 캐기 위해서는 타치바나 아사기와 접촉하는 것이 효율적이라고 생각했지만, 그녀와의 접촉이 더 어려워서야 두 손 두 발 다 들 수밖에 없다.

……………………아니, 잠깐만 있어 봐.

"오즈의 동생은 이런 레어 캐릭터와 어디서 만나서, 어떻게 친해진 거지?"

거의 학교에 오지 않으니 대화를 나눌 기회는 없었을 것이다. 초등학생 시절부터 알고 지낸 소꿉친구일 가능성도…… 낮을 것이다.

확신하기에는 미약한 근거지만, 일전에 언뜻 들었던 전화 통화— 그 말투는 오랜 친구와 수다를 떠는 느낌이 아니었다.

최근에 친해졌지만, 아직 미묘하게 거리가 있는 듯한 느낌이었다.

그렇다면 어디서 만났을까? 학교 교실 이외에, 어디서 두 사람은 만날 수 있을까?

잘 생각해봐. 그때 코히나타 이로하는, 타치바나 아사기와 어떤 이야기를 나눴지?

방문이 열리기 직전, 나와 눈이 마주친 탓에 끊긴 대화의 내용은—.

『타치바나 양의 음악은 좋아하지만, 나는 그런 것에 그다지 해박하지…….』

그렇다. 그런 말을 들었다. 즉…….

키워드는, **음악**.

"저, 저기, 뭐 좀 물어봐도 될까?!"

거기까지 생각이 미치자마자, 나는 1학년 복도를 둘러보다 우연히 발견한 이어폰을 낀 약간 날라리 같은 인상의 여자애에게 대뜸 말을 걸었다.

"어?! 뭐, 뭐야?!"

당황한 듯이 눈을 치켜뜬 여학생은 허둥지둥 이어폰을 귀에서 뺐다.

나는 그런 여학생에게 같은 질문을 던졌다.

"타치바나 아사기를 알아? 아마 음악을 하는 애일 것 같은데 말이지."

"음악을 하는, 타치바나…… 아, 5반의 타치바나구나. 학교 안 나오는 애."

"그래. 학교 밖의, 어디에 가면 만날 수 있을까?"

"어……."

이 인간, 뭐야? 대낮에 학교에서 헌팅하려는 거야? 라고 말하는 듯한 눈길로 흘겨보고 있었다.

매우 유감이지만, 지극히 올바른 반응이다.

지금은 음악 소녀의 마음을 거머쥐기 위해, 희생을 감수할 수밖에 없다.

"YEAH, 나, 타치바나의 음악, 완전 존경(리스펙트). 그날 들은 음악, 다시 한 번. 만나고 싶어 악동 후회(리그레트). 하염없이 쫓고 있어, 그 애의 환영(실루엣)."

"……어!"

세련된 플로우에 실은 화려한 운율 테크닉. 음악을 사랑하는 자에게만 통하는 이 센스 있는 연출에, 음악을 좋아하는 여자애라면 분명 마음을 열어줄 것이다……!

"푸하하하! 대박! 촌스러워!"

"너무해! 아마추어치고 노력했단 말이야!"

"히히~! 우히히! 재미있네. ……그래도 음악을 향한 사랑은 느껴졌어. GOOD, GOOD!"

배를 잡고 웃던 음악 소녀는 눈가에 맺힌 눈물을 손가락으로 훔치며 말했다.

"타치바나가 보통 역 앞에서 길거리 연주를 해."

"역 앞? 상점가 쪽 말이야?"

"상점가 안에 좀 넓은 공원이 있잖아? 거기야. 전에도 거기서 들었던 거 아냐?"

"아니, 그게…… 아하하."

웃음으로 얼버무렸다.

음악 소녀는 됐다는 듯이 내 거짓말을 넘어가 줬다.

"아침부터 점심때까지는 상점가의 공원에 있고, 방과 후가 되면 주택가 근처의 공원으로 이동해서 활동하나 봐."

"주택가……."

그 말을 듣고 떠올린 곳은 내가 사는 맨션 주변이다.

내가 사는 맨션에서 학교까지의 통학로는 다수 존재하며, 그중 하나는 공원 옆을 지나친다.

코히나타 이로하가 학교에서 집으로 돌아가는 길에, 우연히 그 공원에서 길거리 연주를 하고 있는 타치바나 아사기를 봤다…… 만약 그렇다면, 타치바나가 학교에 안 오는데도 접점이 생기는 게 가능하다.

"그렇게 된 거구나……! 정보 고마워, 음악 소녀!"

"음악 소녀? 뭐, 잘은 모르겠지만 타치바나를 만나길 빌게!"

"응!"

청춘 느낌이 물씬 나는 대화를 나눈 후, 나는 복도를 내달렸다.

스마트폰을 꺼내든 나는 그대로 신발장이 있는 건물 입구로 뛰어갔다.

복도를 뛰면서 전화를 걸었다.

"아, 여보세요. 2학년인 오오보시입니다! 제 담임이신 하야시 선생님에게, 열이 나서 결석한다고 전해주세요!"

전속력으로 학교 복도를 내달리면서, 교칙에 따라 성실하게 결석 연락을 했다.

내가 보기에도 우등생인지 불량 학생인지 모르겠다고 생각하면서 신발장에서 신발을 갈아 신은 후, 강을 거슬러 올라가는 연어처럼 등교하는 학생들을 헤쳐 나가며 교문 밖으로 뛰쳐나갔다.

방과 후까지 기다릴 수 없다.

방과 후가 되면, 타치바나 아사기는 이로하와 함께 있을지도 모른다.

그 완고한 친구 여동생이 있으면, 이야기를 제대로 나눌 수 있을 리가 없다.

기회는 바로 지금, 타치바나 아사기가 혼자 있을 시간대뿐이다!

*

한여름의 더위 속에서의 전력 질주는 자살행위다.

역 앞의 상점가 입구에 도착했을 즈음에는 의식이 몽롱해졌고, 땀 탓에 셔츠가 피부에 달라붙었으며, 무릎 또한 부들부들 떨렸다.

자동판매기에서 노란색 이온 음료를 사서, 단숨에 들이켰다. 요즘에 노란색 이온 음료를 볼 확률은 제로에 한없이 가까우니 이것은 무지 희귀한 체험이지만, 다 죽어가는 뇌세포로는 그것을 자각하지 못했다. 그저 하염없이 수분과 염분과 미네랄을 체내에 흡수했다.

"푸핫! ……좋아, 보급 완료. 나는 아직, 움직일 수 있어……."

좀비처럼 그렇게 중얼거리며, 비틀비틀 걸음을 내디뎠다.

응급 처치를 하기는 했지만, 상태 이상 타입 지속 대미지를 받는 상황에서 이 정도 회복량이 큰 도움이 될 리 없다.

눈앞이 안개가 낀 것처럼 보이는 건 신기루 탓인지, 아니면 더위를 먹은 탓인지 구분이 안 됐다.

아직이다. 아직 쓰러지면 안 된다.

상점가 안의 공원에 곧 도착한다. 나는 이런 데서 쓰러지면 안 된다. 이 길 끝에 있는, 타치바나 아사기를 만나야만 한다!

"그렇게 외치며~, 남자는~, 길 한복판~에서~, 만났다~♪"

"……아! 이 목소리. 이 목소리는……!"

쾅! 쾅! 좌좌쾅! 하는 기타 소리에 맞춰, 허스키한 목소리가 들려왔다.

게다가 이 가사는 뭐지. 마치 지금의 내 상황을 노래하고 있는 것만 같잖아.

나와 너. 운명적인 만남을 상징하는 것만 같은…….

내 골인을 축복해주는 것 같은…….

"맹독~의~ 전갈~! 힘~ 센~ 회색곰~! 유감~ 즉사로~ 배드 엔드♪"

"아니, 죽는 거냐!"

틀렸잖아. 뭐, 이대로는 더위 먹고 죽을 것 같지만 말이야.

"어라?"

내 태클을 들은 건지, 공원 앞에 있던 여자애가 기타 현에서 손가락을 떼며 고개를 들었다.

첫인상은 호기심 왕성한 고양이다. 아몬드 모양 눈동자가 움직이는 쥐를 발견한 것처럼 커지더니, 내 쪽을 향했다. 세미롱 정도로 보이는 길이의 금발을 지녔고, 니트 모자를 썼으며, 귀에는 커다란 피어싱 귀걸이를 했다.

편견 OF 편견이지만, 그림으로 그린 듯한 불량 청소년 아가씨다.

“그거, 우리 학교 교복 아님까. 오빠, 농땡이 중임까?”

“여자 중학생이면서 대낮부터 길거리 연주를 하는 애한테 그런 소리 듣고 싶지 않거든?”

“헐, 정론 대박~. 아무튼, 자~.”

“……어? 그 손은 뭐야?”

“뭐긴 뭠까. 돈 말임다. 제 노래, 들었지 않슴까?”

“강제로 뜯는 거냐! 절대 안 줘!”

길거리 연주를 하거나 곡예를 보여주는 이에게 통행인이 호의를 베풀어서 돈을 주는 문화는 존재하지만, 일방적으로 들려줘 놓고 돈을 뜯어내선 강도다.

단호한 결의를 담아 딱 거절하자, 이 길거리 연주가 겸 강도 아가씨는 노골적으로 눈썹을 찌푸렸다.

“아앙? 노래 들어놓고 돈은 안 내? 완전 재수 없네!”

“내가 할 소리거든? 자기가 멋대로 연주해놓고 돈을 뜯어내려고 하다니, 완전 날강도 중의 날강도잖아!”

“하아, 싫네. 이래서 가난뱅이는 딱 질색이야. 재능에 투자하려는 넓은 마음이나 여유도 없는 수컷한테는 볼일 없슴다. 쉿쉿, 빨리 꺼져~.”

“뭐…….”

뭐 이딴 게 다 있어. 진짜 짜증나게 구네.

앞으로의 인생에서 만날 그 어떤 인간보다도 더 짜증나는 애일지도 모른다.

"타치바나 아사기가 이렇게 성격 더러운 애라니……. 오즈의 동생은 왜 이딴 애와 친구인 거야……. 혹시 내가 사람을 잘못 찾은 거 아냐……?"

"아앙? ……잠깐만, 오빠. 저를 아는 검까?"

"확정되고 말았어……."

맙소사.

이로하를 직접 설득하는 게 무리니까, 타치바나 아사기를 통해서 원활하게 설득할 수 있기를 기대했는데……. 이 성격 더럽고 짜증스러운 여자애와 이야기를 나눠야 한다니, 양쪽 다 난이도가 루나틱이잖아. 완전 클리어 불가 게임이라고.

"혹시 저를 노리고 온검까? 우와, 완전 징그러~."

"그렇게 직설적으로 비난하지 말라고……."

평범하게 상처 입는단 말이다.

길거리 연주 강도 왕짜증녀, 타치바나 아사기는 오물이라도 보는 듯한 눈길로 나를 쳐다보며 말했다.

"아니, 징그럽잖아요. 학교 농땡이치면서 만나러 온 거 아님까. 완전 스토커임다."

"누가 너를 스토킹할 거 같냐! 오즈의 여동생과 얽히지만 않았으면 절대로 안 왔을 거라고!"

"여동생……? 아앗~! 혹시 당신, 이로하의 집에 있었다던 변태임까?!"

"정보 공유가 너무 빨라!!"

겨우 하루밖에 안 지났는데 벌써 들은 거냐. 여자애끼리의 네트워크는 너무 무시무시해.

"우와~, 이로하의 집에 출몰한 걸로 모자라, 저한테까지 돌격하는 검까. 본격파 변태 씨네요."

"그러니까 아니라고. 나는 그저—."

"Yeah, 나는 변태. 우주 뒤집을 레벨의 천재. 여자는 전부 내 것! Yeah!"

"왜 갑자기 악기 연주하며 노래하는 건데?!"

"버릇임다~. 재미있는 소재를 발견하면 즉흥으로 노래! 섹시 이로하에 매료되어 훔치는 브래지어와 팬티, 마치 도미노처럼 쓰러지는 물리학 피타고라스♪"

"즉흥으로 내 죄를 부풀리지 말아 줄래?!"

쓸데없이 길기만 한 즉흥 노래를 읊는 타치바나에게 태클을 걸었다.

그러자 그녀는 히히히 하고 웃으며 말을 이었다.

"오빠~, 징그럽지만 재미있슴다. 이로하는 완전 쓰레기라고 했지만, 저는 오빠 같은 사람을 좋아해요."

"인마…… 그런 말, 함부로 하지 말라고……."

"우와, 징그러."

"징그럽다는 말도 함부로 하면 안 되거든?!"

"아하하하! 좋아한다는 말에 과민 반응을 한다는 건, 동정임까? 풉, 아하하! 대박! 상급생 맞죠? 으음, 이름은—."

"아, 그래. 2학년인 오오보시 아키테루야."

"오오보시 아키테루…… 으음~, 못 외우겠네!"

"듣자마자 포기 말라고. 그리고 외우려는 노력조차 안 했잖아."

"저는 아무래도 상관없는 사람의 이름은 금방 까먹거든요. 귀찮으니까『선배』라고 불러도 됨까?"

"뭐, 호칭은 아무래도 상관없는데……."

"그럼 선배라 부르겠슴다. 이야, 연상의 선배인데 동정이라니, 완전 대박이네요~."

"시, 시끄러워."

게다가 나는 아직 중학생이라고. 확실히 중학교에 올라온 후로는 누구가 누구와 했다, 누구는 발정난 바람둥이, 같은 정보를 자주 듣게 됐다. 하지만 그건 도시괴담 같은 거 아닌가? 다들 그런 이야기에 너무 관심이 많아서 소문이 부풀려졌을 뿐, 다들 나처럼 미경험자지? 어, 아냐?

……관두자. 어차피 관측 불능한 일이다. 그럼 자기한테 유리하게 해석해두자. 응.

"아하하! 선배, 얼굴이 새빨개요♪ 동정 놀림 받은 거 가지고 그러니 한심하거든요?"

"되게 짜증나는 애네! 얼굴 안 붉혔거든?!"

"에이, 시뻘게요! 체리답게 체리 레벨로 시뻘겋슴다! ……어, 어라라?"

"자기가 말솜씨 좋다고, 생, 각, 하나……."

"잠깐만요. 얼굴이 너무 심하게 빨간 것 같은데…… 서, 선배…… 괜찮습니까?"

"얕보지, 마. 너한테 걱정, 끼칠 만, 큼, 약해, 빠지진……."

어라? 어쩌지. 혀가 잘 돌아가지 않는다.

타치바나 아사기의 얼굴도 갑자기 모자이크 처리가 된 것처럼 흐릿해 보였고, 세상이 빙글빙글 돌기 시작하더니—.

완전히 어둠에 뒤덮였다.

"쓰러졌어—?!! 선배! 어, 말도 안 돼?! 선배! 선배……!"

타치바나의 당황한 목소리로, 수조 너머에서 들려오는 것처럼 멀게 느껴졌다.

의식이 멀어져 가는 가운데, 아아, 탈수 증상인가, 노란색 이온 음료 한 병으로는 부족했구나, 하고 남 일처럼 생각하며…….

의식이.

어둠 밑바닥으로.

추락해서, 산산이 조각났다.

*

의식의 끈을 놓은 후, 갓난아기가 된 꿈을 꿨다.

나는 어머니의 품에 상냥히 보듬어 안겨 있었고, 자애에

찬 상냥한 얼굴이 눈앞에 있다.

아련한 우유 냄새가 코끝을 스쳤다.

얼굴을 통해 부드러운 감촉이 느껴졌다. 사람의 온기를 볼을 통해 느끼니 기분이 좋았다.

그리고 노래가, 들려왔다.

그것은 물론 (좡좡!) 어머니가 아이를 어를 때 불러주는 자장가(좡좡좡!)였으며, 깊은 수면으로 인도하는(기이이이이이이잉!!) 치유의 음색(두다다다!!)

"시끄러워—!!!"

절규를 토하며 벌떡 일어났다.

방금 그 데스메탈 같은 격렬한 기타 테크닉은 뭐야. 갓난아기를 재울 때 절대 연주해선 안 되는 소리잖아.

"오~. 드디어 정신을 차렸구나~. 안녕~."

"안녕~이라니…… 어? 오토이?!"

"그래, 오토이야~."

의식을 되찾은 내 옆에는 어찌된 건지 클래스메이트인 오토이가 있었다.

등교 거부가 일상인 불량소녀이자, 《크림슨》의 보스라고 하는 무시무시한 직함을 지닌 여학생이, 어찌된 건지 내 옆에 있다.

아니, 잠깐만. 이 자세는…….

“너무 격하게 움직이지 마~. 좀 천천히 해~.”

“천천히 하라니…… 우와앗?!”

옷을 확 잡아당겨지면서, 그대로 무릎 위에 쓰러졌다.

아무래도 아까까지 취하고 있던 자세로 되돌아간 것 같다. 즉…….

“나, 무릎베개를 베고 있었던 거야……?”

“그래. 갓난아기처럼 편하게 베고 있었지~. 무방비한 모습이 참 재미있더라~.”

“어, 버, 버, 버버버버.”

땀이 왈칵 쏟아져 나왔다. 왠지 체온이 상승한 느낌이 들었다. 이대로 있다간 또 더위 먹고 쓰러질 것 같다.

얼굴을 통해 느껴지는 부드러운 감촉은, 오토이의 허벅지 감촉인 것 같았다.

볼이 아래편을 향한, 귀 청소 자세의 무릎베개라니……. 무릎베개 업계에서도 최정상에 군림하고 있는 선도기업이라고. 얼굴과 허벅지가 맨살과 맨살로 접촉하다니, 그야말로 오월동주(吳越同舟). 남녀관계에 있어서의 유착 행위이자 독점 금지법에 저촉된다. 나란 놈이 대체 무슨 소리를 지껄이는 건가 싶지? 나도 모르겠다. 아무튼 나는 혼란에 빠졌다. 다소 어휘가 폭주해도 용서해줬으면 한다.

“자, 진정해~. 착하다, 착해~.”

© tomari

"……윽~ ……윽!"

오토이는 의욕이 느껴지지 않는 손길로, 그야말로 건성으로 나를 얼렀다.

하지만 같은 또래 여자애의 무릎을 벤 채 머리를 쓰다듬어진다는 파괴력은 어마어마해서, 정신이 순식간에 한계를 향해 치달았다.

큰일 났다. 이대로 있다간 질식해서 죽고 만다.

"아사기가 울면서 나한테 전화했을 때는 솔직히 진땀 뺐어~. 선배가 죽어간다~ 하더라니깐~."

아…… 상점가의 공원에서 내가 기절한 후의 이야기인가. 그 짜증녀도 쓰러진 상대를 돌봐줘야 한다는 생각 정도는 하는 것 같았다.

"구급차를 불러서 자초지종을 설명했다간 아사기의 부모님한테도 연락이 가잖아~. 학교 빼먹은 걸 들키면 곤란할 테니까, 나한테 연락을 한 것 같아~."

아까 한 말은 취소하겠다. 걔, 내 목숨보다 부모한테 안 들키는 걸 더 우선한 건가. 어처구니가 없네.

"다행히 우리 집이 근처라서, 여기로 뛰어왔거든~. 그래서 오토이 가가 신세를 지고 있는 주치의 분께 와달라고 해서, 대처한 거야~."

맙소사, 주치의가 있는 가문인 건가. 오토이의 가문은 대체 뭐 하는 곳일까.

"그리고 진찰해보니 큰 문제는 없다기에, 내가 이렇게 너를 돌봐주기로 했어. 주치의의 실력과 지식은 이 근처 의사 중에서도 최고거든. 결과적으로 너도 무사했잖아~. 아사기한테 고마워해~."

그런 레벨의 의사를 주치의로 삼고 있다니, 진짜로 뭐 하는 가문인 걸까.

확실히, 무릎베개 탓에 심장이 격렬하게 뛰고 있는 점 말고는 딱히 이상한 곳이 없다. 탈수 증상으로 길바닥에 쓰러진 것치고는, 푹 자고 일어난 직후처럼 개운하게 잠에서 깨어났다.

오토이의 허벅지가 지닌 치유 효과……가 아니라면, 진찰을 해준 의사가 적절한 처치를 해준 덕분이리라.

"으음, 저기…… 고마워."

"오~. 뭐, 계절이 계절이잖아~. 앞으로는 조심해~."

"응……. 그런데, 여기는 어디야?"

"그러니까 우리 집이라니까 그러네. 아~, 그러니까 오토이가, 인 거야~."

"집으로 옮긴 거구나. 그것보다 여기가 너희 집이야? 엄청나네."

오토이의 이야기를 듣는 사이에 의식이 또렷해진 나는 주위를 확인할 여유도 생겼다.

일본 가옥, 이라고 부르면 될까.

오토이가 무릎을 꿇고 나한테 무릎베개를 해준 곳은, 고풍스러운 정원을 한눈에 볼 수 있는 툇마루였다. 내 엉덩이에서도 나무 감촉이 느껴졌다.

활짝 열린 장지문을 통해 적당히 시원한 바람이 불어오면서, 실내의 나무와 다다미 냄새를 전해줬다.

그리고…….

"부오오오오오오오오오오오오오오오오!"

그런 풍류 넘치는 풍경과 어울리지 않는, 폭음 데스 보이스가 들려왔다.

어찌된 건지 일본 정원의 한복판에서, 화려하게 치장한 4인조가 악기를 연주하며 샤우팅을 하고 있었다.

"시끄러워! 아, 생각났다! 아까도 쟤들 때문에 잠에서 깼다고!"

"아하하. 쟤들, 대단하지? 저런 데스 보이스를 낼 수 있는 건 재능이라니깐~."

"웃을 일이야?! 이웃에 민폐잖아!"

"뭐, 맞아~. 대낮에는 아슬아슬하게 세이프일 거라고 생각했는데 말이지~. 역시 방음 설비가 필요하겠어~."

"맞아, 라니…… 알면서도 하는 거냐……. 그것보다, 쟤들은……."

"《크림슨》의 멤버야. 쟤들은 데스메탈 밴드를 지망하는 《아사쿠사 스트리트 메탈》."

"본고장이 아닌데 본고장 밴드 같은 이름이네……. 아사쿠사와 연관이라도 있는 거야?"

"아니, 없어."

"그럼 왜 그런 이름을 한 건데?!"

"디트로이트가 붙는 타입의 데스메탈 밴드에 영감을 받았나 봐~. 그걸 일본의 지명으로 패러디해보니 그런 이름이 됐다네~."

"완전 중딩 같은 이유네!"

듣고 보니 악마 느낌의 안면 화장도, 만화의 영향을 받아서 그렇단 느낌이 들었다.

《크림슨》의 멤버라면 양아치인 거지? 꽤 마니악한 만화를 아네.

"그래~. 모처럼 정신을 차렸으니, 소개해줄까~."

나른한 어조로 그렇게 말한 오토이는 밴드를 향해 손을 뻗어서 손뼉을 한 번 쳤다.

"어이~, 집합~."

"…………앗! 넵!"

그 신호에 반응한 양아치들이 연주를 멈추더니, 정원에 줄지어 섰다.

네 사람 다 등을 꼿꼿이 펴며 차렷 자세를 취했다. 군대를 연상케 할 만큼 통솔되고 있는데, 원래 양아치는 다 이런 것일까?

그건 그렇고, 이 네 사람이 다인 걸까. 《크림슨》은 학생들 사이에서 두려움의 대상이 되는 불량 서클이라고 들어서 대인원이라고 생각했는데…… 아니, 잠깐만 있어 봐. 타치바나 아사기의 모습도 안 보이잖아.

그런 생각을 하고 있을 때였다.

"오토이 언니! 늦어서 죄송함다!"

방금 머릿속에 떠올린 타치바나 아사기가, 다급한 발걸음으로 집 안에 나타났다.

"늦었슴다! 죄송함다!" "죄송함다!!" "죄송함다!!" "죄송함다!!"

그녀에 이어서 실내, 정원 뒤편, 현관 쪽, 온갖 방향에서 딱 봐도 불량해 보이는 컬러풀한 헤어를 지닌 애들이 우르르 몰려왔다.

무쌍하는 스타일의 게임에서 우르르 쓸려나가는 조무래기 적처럼 모여든 그 숫자는 열 명, 아니, 스무 명은 되어 보였다.

그들은 일본 정원을 메울 듯이 줄지어 서더니, 툇마루에 있는 나와 오토이를 똑바로 쳐다봤다.

……아니, 잠깐만 있어 봐. 이 많은 양아치들에게 내가 무릎베개를 벤 현장을 목격당한 거 아냐?

우와, 부끄럽네. 게다가 내가 무릎을 벤 여자애는 쟤들의 보스라고.

보스의 허벅지에 무슨 짓을 하는 거냐, 짜샤! 하고 외치며 나를 두들겨 패는 거 아냐?

10초 후의 미래를 상상한 나는 얼굴이 새파랗게 질렸다. 한시라도 빨리 오토이의 무릎에서 이탈해야 한다고 생각했지만……. 크윽, 이 빨려 들어갈 듯한 이 피부는 대체 뭐야! 너무 기분 좋아서 머리를 뗄 수가 없어!

내가 버둥거리자, 양아치들은 날카로운 눈길로 나를 주시했다. 그리고 위협하듯 입을 크게 벌리더니, 울부짖듯 고함을 질렀다……!

""""《크림슨》 전원, 집결했습다! 오토이 누님(언니)! **오오보시 매형(형부)!**""""

"……윽!"

…………………….

……어라?

이를 악물며 눈을 감았던 나는 머뭇머뭇 눈을 슬쩍 떴다.

예상과 전혀 다른 사태가 벌어졌는걸.

"……오오보시, 매형?"

"아~, 맞아. 말하는 걸 깜빡했는데~. 너, 내 남친인 걸로 되어 있어~."

"아, 아하. 그렇구나. 그래서…… 어, 뭐어어어엇?!"

"되게 시끄럽네~. 코앞에서 고함지르지 좀~ 마~."

"무지무지 나른한 어조로 무슨 소리를 하는 거야. 내가 오토이와 연인 사이일 리가, 우읍!!"

손으로 입이 막혔다.

생애 첫 무릎베개만이 아니라, 첫 손바닥 키스마저 빼앗겼다……. 뭐, 뭐야. 이 여자는 대체 뭐냐고……!

……어라, 손바닥 키스가 처음 맞나? 최근에 누군가의 입술에 내 손바닥을 댄 기억이 있는데…… 누구였지?

뭐, 됐다.

오토이는 내 귀에 입을 가져가서 속삭였다.

"실은 말이지~. 생판 남 때문에 우리 집 주치의를 부를 수는 없었거든~. 귀찮아서 우리가 결혼을 전제로 사귀는 사이라고 말했어~."

"귀찮다는 이유로 해도 되는 짓과 하면 안 되는 짓이 있지 않을까?!"

"뭐~, 됐어~. 덕분에 살았잖아~."

"그건 솔직히 고맙게 생각하지만…… 그래도 양아치들에게 매형이라고 불리는 이유는 안 되지 않을까? 자초지종을 알고 있을 거잖아?"

"아, 귀찮아서 사실대로 말 안 했어~."

"귀찮다는 이유로 넘어가도 되는 일이 아니잖아! 다들 오해했다고!"

애초에 내가 불량 서클의 리더와 사귈 리가 없잖아.

아싸와 양아치는 물과 기름, 개와 원숭이, N극과 S극…… 어라, 마지막은 반대일까. 아무튼 서로를 용납할 수 없는 관계다.

허벅지 감촉은 기분 좋지만, 반사회적 세력 예비군의 두목과 연인 사이라는 농담도 하고 싶지 않다. 단호하게 사실이 아니라고, 강철 같은 의지로 주장할 것이다!

"아~, 하지만 말이지~. 내가 《크림슨》 소속이 아닌 평범한 바깥세상 남자애를 돌봐주려면, 그럴듯한 대의명분이 필요해~. 안 그러면 너는 누님에게 수고를 끼쳤다는 이유로, 따끔한 맛을 보게 될 거야~."

"좋아해, 사랑해, 알러뷰~!"

강철 같은 의지는 순식간에 흐물흐물해졌다. 아니, 그렇잖아. 무섭단 말이야.

내 손바닥 뒤집듯 태도를 바꾸자, 오토이는 하하하 하고 가볍게 웃었다.

"너, 되게 재밌네~. 이런 걸 한눈에 반한다고 하나? 잘은 모르겠지만~."

"……시, 시끄러워."

"아무튼 다른 애들 앞에서는 내 남친 행세를 적당히 해주면 돼~. 나는 어느 쪽이든 상관없지만 말이지~."

"결코 폭력에 굴한 건 아니지만, 목숨의 은인의 말에는 순순히 따라야겠지. 응, 맞아."

"뽀뽀~라도 할래~? 설득력 상승 삼아~."

"아무리 그래도 그건 아니잖아! 진짜로 사귀더라도, 중학생한테 키스는 너무 일러!"

"아하하. 대박~ 진짜 순진하네~."

오토이는 실실 웃었다. 연인끼리의 행동치고는 태도가 너무 가볍다.

타치바나 아사기도 그렇고, 양아치들의 정조 관념은 대체 어떻게 되어 먹은 걸까.

"뭐, 안심해. 내 남친인 한, 《크림슨》의 애들은―."

그렇게 말한 오토이가 정원에 대열을 맞춰 서 있는 양아치들을 힐끔 쳐다보자…….

양아치들 사이에서, 긴장과 흥분이 순식간에 퍼져 나가더니―.

"오토이! 최강! 오오보시! 최고!"

"최강 커플 탄생! 《크림슨》은 영원불멸이다! 끼얏호~!!"

IQ 낮은 소리를 외쳐대며, 양아치들은 흥분에 빠져 있었다.

그런 그들의 모습을 보며, 나는 두개골 안에서 지능이 녹아내리는 소리를 들었고…….

빙그레 미소 짓고 있는 오토이와 눈이 마주치자…….

"나와 너를 동등하게 보며, 존경한다는 소리야~."

그리하여…….

나는 최악의 불량 서클 《크림슨》의 보스, 오토이와 가짜 연인 사이가 됐다.

한 가지, 신경 쓰이는 점이 있다면…….

타치바나 아사기만은 내 정체를 알고 있을 거잖아……. 빨리 손을 써서 입을 막아두지 않았다간, 나중에 성가신 일이 벌어질 것 같다.

대열 안에 섞여 있는 타치바나의 얼굴을 힐끔 쳐다봤다.

씨익.

그런 느낌의 미소를 지은 느낌이 들면서, 내 불길한 예감은 더욱 커졌다.

*

『칼에 찔려 죽는 것과 두들겨 맞아 죽는 것과 폭발에 휘말려 죽는 것과 차바퀴에 깔려 죽는 것 중에 뭐가 좋아? 아키가 고르게 해줄게.』

『죽는 것 이외의 선택지로 부탁드리옵니다, 마시로 님.』

『냉담 캐릭터가 이로하 양과 겹치나 했더니, 설마 가짜 연인 설정까지 과거에 오토이 씨와 경험을 마쳤다니……. 마시로의 존재 의의란 대체…….』

『아니, 딱히 그런 쪽으로 아이덴티티를 추구할 필요 없어. 마시로는 마시로라는 점만으로도 충분히 소중하니까…….』

『딱 전형적인 위로네. 그런 블링블링한 말로는 마시로의 마음을 움직일 수 없어.』

『그런 어떤 말이면 네 마음에 닿는데?』

『처음은 주지 못하지만 마지막은 마시로와 함께 하겠어, 라거나?』

『너무 부담돼! 게다가 그 마지막은 인생의 끝 같은 의미지?! 되게 무섭네!』

『그러고 보니 여기는 관람차 안이네. 게다가 마침 가장 높은 위치야.』

『스톱. 지금 바로 그 위험천만한 연상 게임을 관둬.』

『……그러고 보니 벌써 몇 바퀴나 돌았는데, 관람차 안에 계속 있어도 괜찮은 거야?』

『내리고 싶어질 때까지 타고 있어도 된다네. LVIP 파워는 무시무시한걸…….』

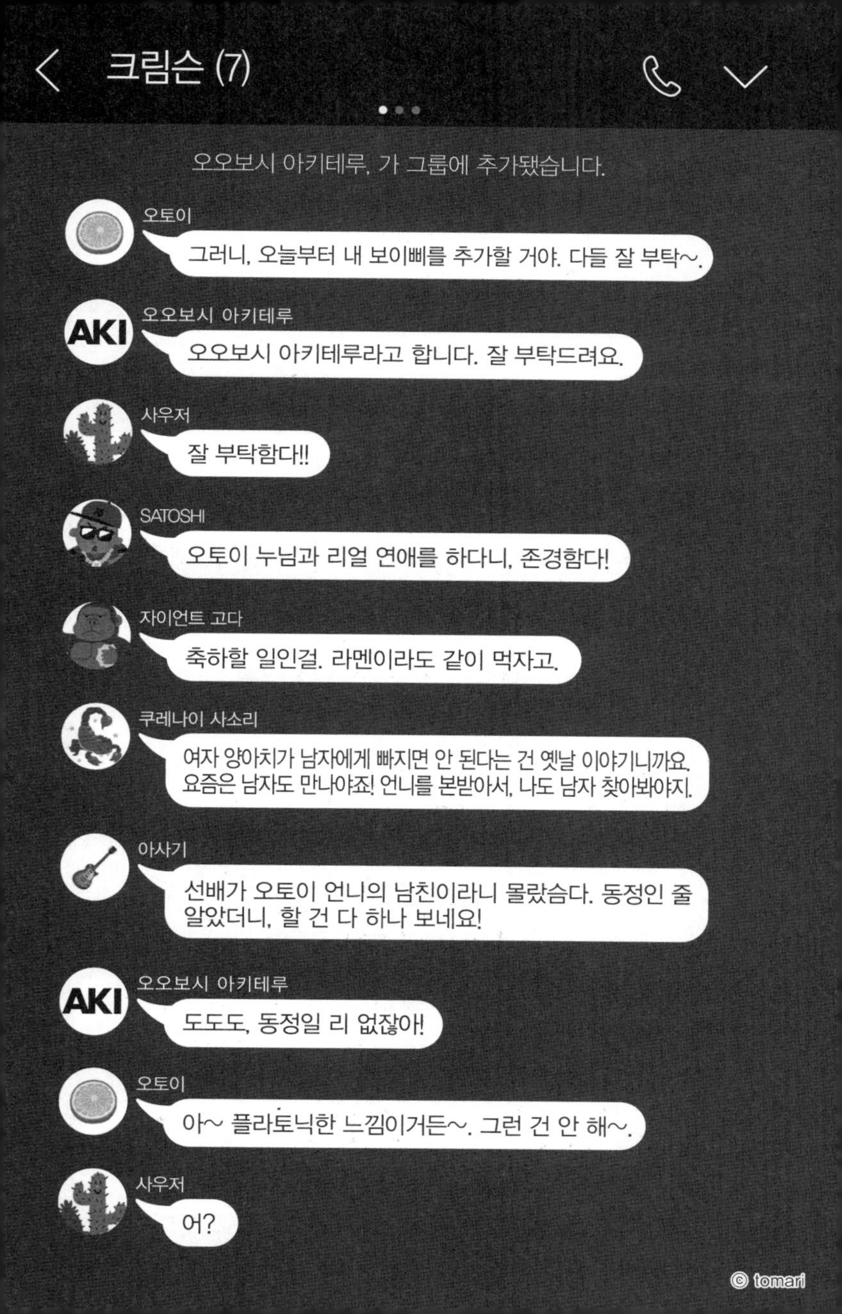
크림슨 (7)
오오보시 아키테루, 가 그룹에 추가됐습니다.
오토이
그러니, 오늘부터 내 보이삐를 추가할 거야. 다들 잘 부탁~.
오오보시 아키테루
오오보시 아키테루라고 합니다. 잘 부탁드려요.
사우저
잘 부탁함다!!
SATOSHI
오토이 누님과 리얼 연애를 하다니, 존경함다!
자이언트 고다
축하할 일인걸. 라멘이라도 같이 먹자고.
쿠레나이 사소리
여자 양아치가 남자에게 빠지면 안 된다는 건 옛날 이야기니까요. 요즘은 남자도 만나야죠! 언니를 본받아서, 나도 남자 찾아봐야지.
아사기
선배가 오토이 언니의 남친이라니 몰랐슴다. 동정인 줄 알았더니, 할 건 다 하나 보네요!
오오보시 아키테루
도도도, 동정일 리 없잖아!
오토이
아~ 플라토닉한 느낌이거든~. 그런 건 안 해~.
사우저
어?
© tomari

자이언트 고다

배고파. 라멘 먹고 싶어.

SATOSHI

오오보시 선뷁는 동정이 아니라는데, 오토이 언니는 플라토닉한 사이라고…….

오오보시 아키테루

끄아~! 최악의 송신 타이밍!

쿠레나이 사소리

즉, 바람피우는 거냐?! 너, 언니가 있는데 바람을 피우다니 배짱 끝내주네. 손 내밀어! 손가락을 뎅강 내주마!!

오오보시 아키테루

죄송해요, 잘못했어요. 허세 좀 부려보려고 경험자인 척 했어요. 실은 동정이에요.

오토이

아~ 그게 말이야~. 육체관계는 가졌지만, 관계가 안정되면서 지금은 정신적인 유대로 만족하게 된 거야~.

사우저

또 이야기가 다른데…?

SATOSHI

오오보시 선뷁는 동정이라고 주장하지만, 오토이 언니는 경험자라고…….

쿠레나이 사소리

여자에게 수치를 주고 자기만 깨끗한 척이냐? 너, 언니를 방패로 삼다니 배짱 끝내주네. 발 내밀어! 발가락을 전부 뎅강 해주마!!

오오보시 아키테루

아까부터 되게 무서운 소리 하네! 자세한 건 설명 못 하지만, 아무튼 오해니까 용서해줘!

오토이

그래~ 쿠레나이 사소리. 그랬다간 야쿠자가 되잖아~? 우리는 불량배니까, 그런 무시무시한 건 하지 마~.

쿠레나이 사소리

그, 그랬죠. 죄송함다, 언니! 저, 사죄 삼아…… 할복할게요!

오오보시 아키테루

사무라이! 부탁이니까 자기가 뭔지 떠올려봐!

오토이

맞아~ 맞아~. 불량배면 불량배답게, 마음에 안 드는 일 있으면 맞짱이나 떠~.

오오보시 아키테루

그것도 참아…….

아사기

푸, 푸푸풉.

아사기

예상보다 상황이 더 재밌습다, 선배♪

오오보시 아키테루

타치바나…… 너, 즐기는 거지……?

003 제3화 …… 불량 청소년의 보스가 내 앞에서만 늘어진다

여친이 생겼다.

여친이 생기고 말았다.

게다가 다들 두려워하는 불량 서클의 보스라고 하는, 이제까지의 인생에서 상상조차 단 한 번도 해본 적 없는 타입의 여친이다.

물론 그것은 오토이가 기지를 발휘한 바람에 받게 된 오해이며, 우리는 가짜 연인 사이다. 진짜 연애와 다르다는 건 잘 알고 있지만—.

주위로부터 여친이 있다고 여겨지는 인생을 사는 게 처음이라서, 나는 그것만으로도 마음이 들떴다.

오토이에게 연애 감정을 품고 있지는 않더라도, 사춘기의 초입인 중학교 2학년 남학생으로서는 자기한테 무릎베개를 해준 귀엽게 생긴 여자애를 의식하지 않는 게 무리다. 게다가 남들에게 연인 사이라고 떠벌려도 된다는 사실을 자랑스럽게 여기지 않을 리도 없다.

아침에 일어나 세수를 할 때, 거울에 비친 자신의 얼굴이 약간 씰룩대는 것도 어쩔 수 없는 일이다. 어쩔 수 없는 일이라고.

자, 오토이에게 어떤 LIME을 보낼까. 가짜라고는 해도 남친 여친 사이니까, 데이트 비스무리한 걸 해도 되려나.

……뭔가 잊고 있는 게 아니냐고? 《크림슨》에 다가간 이유가 있는 것 아니냐고?

그런 건 알고 있어.

아침 정도는 봐줘. 동정 특유의 망상으로 뇌내 마약 좀 팍팍 분비되게 해달라고.

왜냐하면…….

“““좋은 아침입다, 아키테루 형부(매형)!!!!!!”””

맨션을 한 걸음 나서면, 지옥 같은 현실로 되돌아가게 되거든.

핸들을 화려하게 개조한 자전거에 팔을 얹은, 데스메탈 밴드 의상을 입은 4인조가 나를 기다리고 있었다.

말 안해도 알겠지만, 《크림슨》의 불량 학생들이다.

“……그래. 이웃들에게 민폐니까, 이런 데서 모여 있지 말라고.”

“넵! 어제 아키테루 매형께 주의를 받았으니, 오늘은 《크림슨》 전원이 아니라, 저희들 《아사쿠사 스트리트 메탈》만 마중을 왔습다!”

힘찬 목소리로 그렇게 말한 이는 데몬 메이크업에 가시 달린 어깨 뽕을 한 남자였다. LIME에서는 사우저란 이름을 쓰는 남자다.

다른 이는 야구 모자를 돌려쓴 SATOSHI, 뚱뚱한 자이언트 고다, 검은색 마스크를 착용한 검은 머리 장발녀인 쿠레나이 사소리. LIME에서도 특히 말이 많던 이들이다.

시대착오적인 느낌이 어마어마하다. 요즘에도 이런 고대어 같은 양아치들이 있을 줄이야. 이 나라의 연구기관에서 보호해야 하지 않을까?

그렇게 치자면, 이런 양아치들을 거느리며 학교에 등교하는 나 같은 애는 고대어 정도가 아니라 삼엽충이겠지만 말이다.

주위에서 걷고 있는 다른 학생들의 시선이 따갑다. 이렇게 주목받으며 통학하는 건 처음이다.

게다가 좋은 의미에서의 주목이 아니라, 두려움이 어려 있는 쌀쌀맞고 거북한 시선이었다.

현재진행형으로 흑역사가 만들어지고 있는 게 확연히 느껴졌다.

"정말 괜찮겠습까? 제 따릉이로 바로 학교까지 모셔다드릴 수 있는뎁쇼."

"머, 멍청아. 사나이라면 걸어서 가야지. 다리와 허리를 단련해야 할 거 아냐."

"오오, 멋져! 역시 언니의 남자!"

"저도 걷겠습다!"

"……어이, 라멘 먹으러 안 갈래?"

"고다, 너는 항상 그 말만 하네. 살 좀 그만 찌우고, 아키테루 매형을 본받으라고."

"으그극…… 나, 라멘은 포기 못해……."

IQ가 팍팍 깎여나가는 대화가 등 뒤에서 들려오자, 나는 몰래 한숨을 내쉬었다.

이틀 동안 함께 등교하면서 눈치챈 건데, 이 《아사쿠사 스트리트 메탈》 멤버들은 바보지만 나쁜 애들이 아니다. 《크림슨》 멤버 중에도 충성심이 차이나는 것 같지만, 적어도 이들과 타치바나 아사기는 오토이에게 절대적인 신뢰와 존경심을 품고 있다.

오토이의 남친(편의상, 이렇게 단언해두겠다) 또한 그녀와 동격으로 여기는 것을 보면, 리스펙트 레벨이 만렙인 것 같았다.

참고로 이들에게 나와 동행하라고 지시한 이는 오토이다.

오토이의 말에 따르면, 양아치에 관한 정보는 순식간에 다른 불량 서클에 퍼져나간다고 한다. 《크림슨》의 보스에게 남자가 생겼다는 게 알려지면, 적대 조직에서 인질로 삼을 가치가 있다고 판단해 유괴할지도 모르기에 호위를 붙이는 것이다.

그런 위험이 뒤따른다면 별것 아닌 이유로 나를 가짜 남친으로 삼아주지 말았으면 좋았을 텐데…… 하고, 한탄했지만 늦었다. 이렇게 되면 각오를 다질 수밖에 없다.

양아치도 아닌데, 쓸데없이 배짱과 근성 같은 스테이터스가 단련되는 느낌이 든다.

나, 이대로 가다간 진짜로 양아치가 되는 거 아냐?

학교에 도착했다.

"혹시나 해서 말해두는데, 학교 안까지 따라오지 않아도 돼. 외부인은 출입 금지거든."

"어, 하지만 저희도 이 학교 학생인뎁쇼?"

"그런 정론은 악마 화장을 지우고 교복을 입은 후에 해."

아무리 이 학교 학생이라도 그런 옷차림으로 등교하는 건 무리다.

《아사쿠사 스트리트 메탈》 멤버도 그건 아는지, 내 말에 따라 교문 앞에서 돌아서서 돌아갔다.

이제 평화로워졌다고 생각하며 안도……한 것은, 신발장에서 교실로 향하는 동안뿐이었다.

"오오보시야……."

"오토이와 사귄다는 게 진짜일까?"

"진짜인가 봐. 오늘 아침에도 《크림슨》의 수하들을 거느리고 등교하는 걸 봤어."

"불량 학생한테 맞서는 이상한 애라고 생각했는데, 설마 오토이의 남친일 줄이야~. 그러니까 기합이 잔뜩 들어간 애였던 거야."

"오오보시를 두들겨 팬 녀석도 오토이가 따끔한 맛을 보여줬잖아……. 역시 그런 관계니까……."

"으으, 무서워라. 절대 얽히지 말아야지."

……전부 들린다고.

내가 진짜로 그런 무시무시한 놈이라면, 너희는 전부 조리돌림을 한 후에 목을 잘라서 효수해놨을 거라고. 아마 쿠레나이 사소리라면 진짜로 그러고도 남을걸? 못 하게 말리겠지만 말이야.

내가 자리에 앉자, 먼저 등교한 오즈가 웃음을 참는 듯한 표정으로 말을 걸어왔다.

"설마 아키가 오토이 양과 러브러브일 줄은 몰랐어. 너희는 어디까지 간 거야?"

"오즈한테는 설명해줬잖아. 왜 시치미 뚝 떼며 놀리는 건데?"

"이야~ 아키가 거북한 표정 짓고 있으니 참 재미있거든."

"정말, 남의 처지를 가지고 놀지 말라고."

나는 언짢은 표정을 지으며 가방을 열고 1교시 수업에 필요한 교과서와 공책을 꺼냈다.

오즈는 디지털하고 기계적인 감성이 눈에 띄지만, 요즘 들어서는 이런 정서를 드러내기도 했다.

주로 내가 트러블에 휘말렸을 때라는 게 마음에 들지 않지만…….

어쩌면, 이리저리 휘둘리는 나를 보며 호기심을 느끼는 걸지도 모른다. 연구 관찰 대상 같은 의미에서 말이다.

“하지만, 아키도 이상한 애야.”

“갑자기 무슨 소리야?”

“이로하가 《크림슨》에 들어가지 못 하게 하려고, 그들에게 다가갔다고 말했지?”

“맞아.”

“그런데 자기가 그 《크림슨》에 들어가다니, 완전 웃기는 상황이잖아. 이런 걸 뭐라고 하더라? 백신 소프트가 알고 보니 트로이의 목마, 같은 속담이 있었는데 말이야.”

“IT용어가 섞여 있는 속담 같은 건 없어. 아마 『혹 떼러 갔다 혹 붙여 온다』일걸?”

“맞아. 지금의 아키한테 딱 맞는 말이네.”

“그 말에는 반박을 못하겠어…….”

나 또한 웃기는 상황이라고 생각한다.

만약 이 며칠 동안 나에게 있었던 일을 영화로 찍는다면, 장르는 분명 코미디일 것이다. 하하하. 웃으라고. 관객이 웃어주면 나도 성불할 수 있을 거야.

하지만, 뭐……. 오토이의 가짜 남친으로서 양아치 취급을 받는 나날도 헛되지는 않으리라고 생각한다.

“『호랑이 굴에 들어가야 호랑이를 잡는다』야.”

"응? 어떤 의미인데?"

"다소의 위험을 감수해야만, 달성할 수 있는 목적도 있다는 말이지."

"아, 블랙박스에 접근하지 않으면 스파게티 코드를 풀 수 없다, 같은 거구나."

"일부러 IT 느낌으로 변환 안 하면 이해할 수 없다는 건, 따지고 보자면 스펙이 낮은 거 아닐까?"

"귀가 따갑네."

하나도 따갑지 않은 듯한, 그런 태연한 표정으로 오즈가 대답했다.

언어 능력이 부족한 점은 정말 문제다. 일상 회화에서도 나처럼 친구라 어울려주는 상대라면 몰라도, 플러스 마이너스 제로 수준의 호감도인 이에게 이러면 상대는 질리고 말 것이다.

오즈의 회화 능력을 상승시켜줄 방법이 있다면 좋겠는데……. 일단, 그 점에 대해서는 나중에 생각해보자.

우선은 친구 여동생, 코히나타 이로하의 불량 서클 가입을 저지하자. 그 후에, 오즈를 교육시킬 방법을 생각해봐야겠다.

오늘의 메인 이벤트는 방과 후. 《크림슨》의 활동에 동행하며 그들의 악행을 밝혀낸 후, 그 증거를 코히나타 이로하에게 보여줘서 그룹 가입을 단념하게 만드는 것이다.

그때까지, 학교에서는 가능하면 풍파를 일으키지 않으며 잠복해야 한다.

그렇게 생각했지만…….

"좋은 아침~. 오오보시……가 아니라 남친~. 오늘도 러브러브 잘 부탁~."

어찌 된 건지 학교에 등교한 오토이 덕분에, 내 계획은 붕괴했다.

……요즘 들어서 내 계획은 툭하면 박살이 나네.

*

내가 사는 지역에 있는 중학교는 기본적으로 급식을 하지 않는다.

그래서 점심시간이 되면 각자 집에서 준비해온 도시락을 먹는다. 학교에서는 자기 자리에서 도시락을 먹을 것을 권하지만, 자유를 구가하고 싶은 중학생들 전원이 그 룰을 따르게 하는 건 불가능했다. 그 결과, 일부 학생은 자기가 좋아하는 장소에서 도시락을 먹는다.

다른 반에 친구나 연인이 있으면 다른 반에 가서 먹기도 하고, 교내의 조용한 장소를 찾아서 먹는 학생도 있다고 한다.

초등학교에서 중학교로 막 올라왔던 시기에는 이런 자유로운 점심시간에 가슴이 뛰기도 했다.

급식을 하는 지역에서는 배식 담당 같은 것을 학생에게 강요하기도 한다잖아, 고생이 많겠는걸, 같은 어처구니없는 우월감조차 느꼈을지도 모른다. 뭐, 그런 한심한 감정을 느낀 건 잠시에 지나지 않았고, 이 환경에 익숙해지자마자 사라졌다.

그리고 현재, 나는, 이 자유로운 도시락 타임에—.

"남친~. 밥 먹으러 가자~."

"교실에서 당당히 그렇게 부르지 말아 줄래?"

—고민에 휩싸여 있었다.

"하하, 부끄러워하는 거야~? 정말 귀엽네~."

"그런 게 아니라, 남들이……! 하아, 정말! 그래, 가자! 가자고!"

클래스메이트의 시선을 견디다 못한 나는 도시락과 페트병을 낚아채듯 손에 쥔 후, 다른 한 손으로 오토이의 손을 잡아끌며 교실을 뛰쳐나갔다.

손을 잡았어, 진짜로 사귀나 보네, 하고 여자애들이 쑥덕거리는 소리가 들려왔다.

복도에 나갔는데도 호기심 어린 시선을 계속 받았다. 쓸데없이 지명도가 높은 오토이 탓에, 어디서나 주목을 받았다.

젠장, 이렇게 되면……. 나는 오토이의 손을 잡아끌며 계단을 올라갔다.

목적지는 옥상.

위험 회피 및 투신 방지를 위해 요즘에는 옥상 출입이 금지된 학교가 많으며, 이 학교도 마찬가지다.

하지만 옥상으로 나가는 문은 잠겨 있지만, 옥상 문 앞의 공간은 인적이 없는 장소다.

한여름에 냉방이 되는 교실 밖에서 시간을 보내는 건 자살행위지만, 어쩔 수 없다.

이렇게 더운 장소에서 점심을 먹으려는 학생은 전무한 건지, 누군가가 층계참으로 다가오는 기색조차 없었으며, 남들의 눈길을 피하고 싶은 나로서는 최적의 환경이기도 했다.

이야, 아무도 없다는 건 최고야. 마음이 안정돼. 나는 안도의 한숨을 내쉬면서, 오토이를 향해 수상쩍은 시선을 보냈다.

"대체 무슨 속셈이야?"

"남친 여친의 러브러브 런치 타임이랄까~? 잘은 모르지만 말이야~."

"그렇게까지 안 해도 된다고……. 커플이니까 점심까지 같이 먹어야 한단 법은 없고, 어제까지는 오토이도 학교에 안 왔잖아."

"그게 말인데~. 너, 그리고 코히나타와 트러블이 있었던 양아치 있지~?"

"……그 자식이, 왜?"

"의심하는 것 같거든~. 나 같은 양아치와 오오보시 같은 아싸가 사귈 리가 없다면서~. 그걸로 내 약점을 쥘 수 있다고 생각하는 건지, 여기저기 기웃거리며 캐고 다니나 봐~."
"아, 그래서 일부러 위장 공작을 하는 거구나."
"맞아~. 학교에서 꽁냥대면, 납득할 수밖에 없지 않겠어~?"
"그런 짓 안 해도, 양아치면 폭력으로 입 다물게 만들 수 있을 것 같은데……."
"아~ 나는 평화주의자거든~. 폭력은 쓰고 싶지 않아~."
"이상한 양아치네……."
그러고 보니 얘가 우리 반의 양아치를 박살내면서, 이런 말을 했었다.

『집단 괴롭힘이나 폭력 같은 건~, 범죄야. 학교 측의 단속이 심해지거나, 경찰이 주시하게 되면 어떻게 책임질 건데?』

즉, 오토이는 평소에 폭력을 쓰지 않는 것이다. 적어도 쓰지 않으려고 조심한다.
확실히 《크림슨》의 멤버와 며칠 동안 함께 행동하며 안 것인데, 이제까지 본 나쁜 짓이라고는 학교를 농땡이치는 것뿐이다. 폭력도, 공갈도, 폭주도, 음주도, 흡연도 안 한다. 말투가 폭력적이고 공격적인 애는 있지만…… 입이 거칠거나 예의가 없는 게 전부다.

"저기, 오토이. 혹시 《크림슨》은……."

그런 의문을 입에 담았을 때였다.

꼬르륵, 하는 소리가 들렸다.

그 소리는 눈앞의 소녀에게서 난 것이었다.

"아, 으음~."

부끄러운 소리를 듣고 말았다.

이럴 때, 어떤 반응을 보이면 될까? 못 들은 척하는 게 신사적일까? 아니면 가볍게 놀려주며 웃어넘기는 게 스마트할까? 무리다. 여자애 대책이 제대로 세워져 있지 않아서 대응을 못 하겠다. 이게 게임이라면 외통수에 몰린 상황이다.

"꼬르륵 소리 되게 크네~. 귀찮으니까 내 도시락, 열어줘~."

"전혀 부끄러워하지 않는 거냐!"

게다가 나보고 자기 도시락을 열라고 시키는 거냐고. 그런 건 직접 하란 말이다.

얘는 매사가 다 귀찮은 게 아닐까 싶을 지경이다.

……그런 소리를 하면서도, 나는 순순히 도시락을 열어줬다.

"우와, 대단하네."

보자기 안에서 나온 도시락통을 본 나는 무심코 그런 솔직한 감상을 입에 담았다.

옻칠로 자아낸 매끄러운 감촉과 고풍스러우면서 화려한 바둑판 무늬. 딱 봐도 고가의 물건이지만 돈 자랑 하는 느낌이 전혀 감돌지 않는, 자연스러운 고급스러움이 감돌았다.

나무 냄새가 어렴풋이 감도는 것도 풍류가 있었다.

"뚜껑도 열어줘~."

"그런 것까지 시키는 거냐……. 어, 우와아아. 이, 이게 도시락……이라고……?!"

시키는 대로 뚜껑을 연 순간, 도시락 안의 내용물을 본 나는 눈을 치켜떴다.

두꺼운 달걀말이, 파래 튀김, 무 절임, 새우 조림, 오리 훈제, 그리고 붉돔구이까지 있었다. 경사가 있을 때 부모님이 사주는 호화로운 일본 요리점에서 볼 듯한 요리가 잔뜩 들어 있었다.

밥이 깨소금과 매실장아찌만으로 꾸며져 있는 점 또한 기품 있었다.

"이게 무슨 양아치의 도시락이야……."

"그야 이 도시락은 우리 집 사람이 만들었거든~."

"진짜 축복받은 가정환경이네……."

정말 의문이다. 어째서 이런 유서 깊은 가문에 태어난 여자애가 양아치가 된 걸까?

그렇게 생각하며, 도시락을 내밀려고 하자—.

"…………."

오토이는, 어찌 된 건지 도시락을 받으려고 하지 않았다.

그저 지그시, 내 눈을 쳐다봤다.

"……왜 그래?"

"아~."

입을 벌렸다.

……맙소사. 이 자식, 도시락을 열어달라고 한 거로 모자라서 먹여달라는 거냐?

그런 부끄러운 짓을 어떻게 해!

"아~."

"인마, 직접 먹으라고."

"……그래~. 남친은 먹여도 준다고 들었는데……."

"그, 그 유감스러운 표정은 뭐야?"

오토이는 어찌된 건지 눈을 살짝 내려뜨더니, 풀이 죽은 듯한 분위기에 휩싸였다.

큭…… 예상 밖이랄까, 사람이 죄책감에 사로잡히게 만드네!

밥을 직접 먹는 건 상식, 세상의 이치다. 남에게 먹여달라고 하는 것이야말로 나태하기 그지없는 잘못된 소행이다. 하지만 저 눈빛은 대체 뭐냐! 마치 오토이의 어리광을 받아주지 않는 내가 극악무도한 놈이라는 착각이 들 것만 같다.

인간의 정욕을 자극해서 색욕을 탐닉하려 하는 악마가 서큐버스라면, 내 비호(庇護) 욕구를 자극해서 나태를 탐닉하려 하는 오토이는…… 어떤 악마일까?

"…………. 아~."

"큭. 크으윽. ……견뎌! 견디라고, 내 오른손아!"

떨리는 오른손이 부들거리면서, 악마에게 조종당하듯이

플라스틱 용기 안에서 고급스러운 젓가락을 꺼냈다.

그리고 내 의지를 거역하며 반찬을 집더니, 오토이의 입을 향해 천천히 내밀었다.

"우물. ……맛있어~."

"크으으으윽! 저질렀어! 내가! 내가 이런 짓으으으으을!"

이 오른손 자식! 상완 이두박근 자식! 뭐 하는 거냐! 하며 근육 콩트를 하는 개그맨처럼 유혹에 진 내 오른팔을 꾸짖으며 나는 괴로워했다.

"왜 그래~. 더 안 줘~?"

"자, 달걀말이야~. 노랗고 보들보들한 게 참 맛있어 보이네~. 맛있게 먹어~!"

"우물…… 으음~. 꽤 괜찮은걸~. 한 입 더 줘~."

될 대로 되란 심정으로 달걀말이를 입에 넣어줬지만, 오토이는 만족할 줄 모르는 것처럼 또 입을 벌렸다.

새끼 새에게 먹이를 주는 감각, 이라고 표현하면 너무 귀여운 인상일지도 모른다. 그래도 왠지 돌봐주고 있는 듯한 느낌이 들었다.

그래도 애완동물에게 먹이를 주는 거든, 돌봐주는 거든 간에 동급생 여자애에게 이러니 비도덕적인 짓을 하는 느낌이 마구마구 드는 건 마찬가지지만 말이다.

—결국 나는 도시락이 완전히 빌 때까지, 그런 식으로 「아~」를 해줘야 했다.

© tomari

오토이가 배불러~ 하며 행복한 듯이 배를 문지르는 모습을 볼 때까지, 나는 자기 도시락에 손가락도 대지 못했다.

"이야~, 남친 있으니 좋네~. 되게 편해~."

"이건 데이트 폭력 같은 거라고."

"맙소사~. 싫어하는 것처럼 안 보였는데, 혹시 싫었던 거야?"

"싫지 않아서, 분하다고……!"

"그럼 합의가 된 거네~."

그렇게 말한 오토이는 실실 웃었다.

"이래서야 남친이 아니라 부하잖아. 역시 《크림슨》의 부하한테도 이런 걸 시키는 거지?"

"아니~, 안 해. 안 시켜~."

"뭐?"

"나는 《크림슨》의 보스거든~? 이런 늘어진 모습을 보여줄 순 없잖아~."

"되게 이상한 애네. 가까운 사람한테는 본성을 보여주는 법 아냐?"

"꼭 그렇지도 않아~."

오토이의 도시락에 비하면 검소한 도시락(부모님이 해외에 가서 직접 만든 거라, 냉동식품처럼 전자레인지로 데우기만 하면 되는 반찬으로 구성되어 있음)을 향해 내민 내 손이 움직임을 멈췄다.

내가 자기 말에 납득 못한다는 것을 눈치챈 건지, 오토이는 자기 마음속에서 말을 정리하듯 뜸을 들인 후에 입을 열었다.

"리더란 『역할』에는, 『역할』에 맞는 모습이 필요해~. 가까운 사람일수록, 그들에게 어떤 모습을 보여주는지가 중요해지는 법이야~."

"그렇게 사는 건 갑갑하지 않아?"

"맞아~. 하지만 어떤 집단이든 마찬가지 아닐까? 가족도 그래. 한 가정의 기둥이기에 꼭 보여줘야 하는 모습과, 보여줄 수 없는 모습이 있어~."

"가족 사이에 그렇지는……."

나는 말을 이르려다 멈췄다.

"아니…… 그럴, 지도 몰라."

부모님의 얼굴을 떠올렸다.

미국으로 진출해 할리우드와 브로드웨이의 배우와 일하고 싶다— 그런 학생 시절부터의 꿈을, 부모라는 『역할』을 지니게 된 그들은 나에게 전혀 보여주지 않았다.

나에게 털어놓은 것도, 그 뜬구름 같던 꿈이 구체적인 현실이 된 후였다.

그때도, 갑자기 이런 말을 해서 정말 미안해, 하고 말하며 면목이 없다는 표정을 지었다.

"뭐, 아무튼~. 나는 《크림슨》의 보스로서, 위엄 넘치는 모습을 보여줘야 해. 부하를 턱으로 부리는 것도 좋지만~, 이렇게 남에게 어리광~ 부리는 늘어진 모습을~, 보여줄 수는 없어~."

"나한테만, 이구나."

"뭐~ 그런 거야. 오오보시는 《크림슨》과 연관이 없잖아~."

"남친이라도, 동료로는 인정받지 못하는 거야?"

"내부인, 이라고는 말 못하겠네~. 굳이 따지자면~ **외부 협력자** 라고나 할까?"

"마주치면 인사만 까딱하는 느낌 물씬 나는 관계네~."

"뭐~. 그 정도 거리가 딱 편해~. 책임 같은 것도 없고, 내가 한심한 모습을 보여줬다가 뒤통수 맞을 걱정이나 실망시킬 걱정도 할 필요 없는걸~."

농담인지 진담인지 미묘한 소리를 늘어놓으며, 오토이는 자조적인 웃음을 흘렸다.

예쁜 여자애가 나에게만 보여주는 일면, 이라는 말이 머릿속을 스친 나는 무심코 가슴이 콩닥거렸다.

어디까지나 가짜 여친인데, 하마터면 착각에 빠질 것 같다…….

"저기, 오오보시~. 너, 이름이 어떻게 돼?"

"아키테루, 야."

"아키테루…… 으음~, 너무 길어서 부르기 귀찮네~."

"친구인 오즈는 아키라고 불러."

"오~, 그거 괜찮네. 나도 따라할래~. 아키. 아키. 아키. 오~. 편하다, 편해~."

"그러는 오토이는 이름이 어떻게 돼? 나도 별명으로—."

"아앙?"

"죄송합니다. 주제넘게 우쭐댔어요. 아무것도 아닙니다."

느닷없이 목소리 좀 깔지 말아줬으면 한다. 너무 무섭다고.

별명 관련으로 나쁜 추억이라도 있는 걸까. 아니면 이름이 마음에 안 드는 걸까.

전에 반 명부에서 이름을 본 기억이 있다. 특수한 한자여서 어떻게 읽는지는 모르지만, 꽤 멋진 느낌의 이름이었던 것으로 기억한다.

하지만, 뭐랄까…….

"부모도 그렇고, 가짜 여친도 그렇고, 나와 가까운 사람들은 왜 하나같이 가성비 좋은 호칭을 바라는 거야……. 이 효율주의자들아."

뭐, 별명으로 불리는 게 싫지는 않다. 게다가 그렇게 불러주는 상대가 이렇게 귀여운 여자애라면 말이다.

……어, 나는 어느새 오토이를 귀엽다고 여기고 있다. 불량 서클의 보스라고. 무시무시한 여자라는 사실에는 변함이

없잖아. 좀 친해졌다고 방심하면 안 돼. 나는 볼을 때리며 마음을 다잡았다. 적의 펀치가 강력하니 다음 라운드부터는 가드에 더 신경을 써야겠다고 결의하는 격투가처럼 눈에 힘을 준— 순간, 오토이가 내 어깨에 머리를 맡기는 바람에 가드가 무너지며 아래턱 클린 히트를 맞고 무사히 사망했다.

"오토…… 오토이?!"

"하아~, 편해~. 아키의 몸은 적당히 따뜻해서, 이럴 때 정말 딱이네~."

"이, 이이이이, 이러면 안 돼. 불량 서클의 보스가 해도 되는 행동이 아니잖아! 양아치라면 여자이길 포기해주의자인 쿠레나이 사소리가 이 광경을 보면 분명 화낼 거라고!"

"하지만 이 편안함에 익숙해지고 나니, 예전으로는 못 돌아가겠어~. 나를 『여자』로 만든 책임, 져줘야겠어~."

"그런 표정, 《크림슨》 멤버 앞에서는 절대로 짓지 말라고!"

안 그래도 했니~ 안 했니~를 가지고 LIME 채팅방에서 그 난리가 났단 말이다.

"앗, 움직이지 마~. 머리 위치가 어긋난단 말이야~."

"으극. 끄으응……."

머리 위치를 조절하는 움직임이, 다행스럽게도…… 아니, 불행하게도, 내 팔에 비벼대는 듯한 움직임이었기에 기분 좋은 간지러움에 휩싸였다.

어쩌지. 이건 완전히 연인 사이 같은 구도잖아.

체온이 완전 리얼하게, 생생하게 느껴졌다.

샴푸인지 린스인지 향수인지 체취인지 모르지만, 아무튼 달콤한 것만은 분명한 향기도 존재감이 어마어마했다.

심장이 죽도록 뛰면서 콩닥콩닥~ 거리고 있는 걸, 오토이에게 들킨 게 아닐까?

"……! ……!"

숨이 막힐 듯한 긴장 탓에, 나는 온몸이 딱딱하게 굳어버렸다. 그런 나와 달리, 오토이는 전혀 당황하지 않는 점이 왠지 분했다. 이 천연 서큐버스. 순정파인 나를 농락하는 거냐.

오토이가 내 귓가에서 속삭이듯 말했다.

"저기, 아키. 우리에 대해, 더 알고 싶지?"

"……윽! ……그, 그래."

그 질문을 듣고, 나는 퍼뜩 정신을 차렸다.

어이, 나. 원래 사명을 잊지 마.

"그럼 오늘 방과 후에 우리와 같이 가자. 아키한테도 보여줄게~."

"……뭘 말이야?"

"뭐긴 뭐겠어. 우리의 **나쁜 면**이지."

"……윽!"

숨을 삼켰다.

이제까지 내가 본 《크림슨》은 좋은 애들이 많아서, 불량 서클이라는 것을 잊을 뻔했을 정도였다.

하지만, 드디어…….

항간에 소문이 자자한 집단의 어둠— 악행을, 이 눈으로 확인할 수 있는 날이 온 건가. 오고 만, 건가.

"어쩔래? 같이 가겠어~?"

솔직히 말해, 마음 한편으로는 보고 싶지 않았다.

오토이와 다른 애들— 교류를 하면서 괜찮은 구석을 발견한 애들이, 도저히 옹호할 수 없는 레벨의 악행을 저지르는 순간을 보고 싶은 건 아니다.

하지만 그것을 보지 않는 한, 똑똑히 보지 않는 한, 이 자리에 있을 이유가 없다.

그래서 나는, 고개를 끄덕였다.

"그래. 나한테 보여줘— 《크림슨》의, 정체를……."

*

요즘 만화에서 나오는 양아치는 겉보기에는 무시무시하지만 실제로는 상냥하다거나, 악행만 저지르고 다니는 것 같지만 실은 패거리끼리 왁자지껄 수다나 떨 뿐인 패턴이 많다.

그것은 픽션 속의 이야기라며 비웃을지도 모르지만, 지금의 나는 그런 망상 같은 결말을 기대할 수밖에 없었다.

부탁이야, 《크림슨》. 실은 좋은 사람 노선을 기대하겠어!

그렇게, 별이 아니라 오토이에게 소원을 빌어봤지만—.

"뭐라고, 새꺄!!"

"해보자는 거냐, 짜샤!!"

"죽, 여, 라! 죽, 여, 라!"

"죽여 버려! 죽여 버리라고!"

……완전 아웃이었다—!!

기대는 완전히 배신당했다.

방과 후에 나는 하천 부지로 안내됐다. 그곳에서 내가 본 것은, 시곗바늘을 100년 정도 되감은 듯한 야만의 도가니였다.

시대착오적인 화려한 모습을 한 양아치 무리. 흥분과 열광을 목청껏 토하는 가운데, 흉흉하게 개조한 스쿠터의 격렬한 배기음이 한여름의 상큼한 공기를 세기말 느낌의 잿빛으로 물들였다.

그들의 시선과 감정은 단 한 곳으로 향하고 있었다.

일촉즉발의 분위기 속에서, 이마와 이마를 맞댄 두 남자가 콧김을 씩씩 뿜으며 서로를 노려보고 있었다.

어느 쪽이 이길 것인가. 어느 쪽이 더 강한가. 강자와 강자의 결판을 기대하며, 관중들은 흥분하고 있었다.

투기장— 그렇게 표현할 수밖에 없는 광경이, 눈앞에서 펼쳐지고 있었다.

"선배도 왔슴까~. 선배는 어느 쪽에 걸 검까?"

"안 걸어! 싸움 도박 같은 건 완전히 선 넘는 짓거리라고!"

하천 부지의 계단이라고 하는 특등석, 거기에 오토이와 나란히 앉은 내 뒤편에서 타치바나 아사기가 몸을 기대며 말을 걸어왔다.

“고지식한 소리 하기 없슴다~. 선배도 피가 끓잖아요?”

“끓을 리가 없잖아……. 내가 무슨 전투 민족이냐.”

오히려 식고 있다. 질색하는 중이다.

그럴 만도 하잖아. 요즘 어울리던 애들이 이런 구시대적인 야만스러운 오락에 빠진 바보들이었단 말이야. 너무 실망이야. 격투기 관전을 즐기는 정도라면 귀엽게 여기겠지만, 돈까지 건다면 범죄다.

“선배는 범생이네요~. 현금을 거는 건 아니니까 괜찮슴다.”

“이기면 오토이 포인트를 벌고, 그걸 써서 오토이 집에 있는 악기나 기자재를 빌릴 수 있는 시스템이랬지? 그것 말고도 농구공을 빌리거나, 오토이 가의 정원을 댄스 연습에 이용할 수도 있다던가…….”

“맞아요. 그 정도면 세이프 아님까?”

“결투죄라는 것도 있으니까 싸움 자체가 법에 저촉될 수도 있긴 한데…….”

“저기서 싸우는 녀석들은 장래에 격투기 선수가 되고 싶은 애들이나, 몸 단련에 보람을 느끼는 녀석들임다. 스파링 같은 거라고요.”

“아무리 그래도, 이런 실외에서 멋대로 이러는 건…….”

"아아, 정말! 선배는 되게 딱딱하게 구네요! 양아치가 룰에 얽매이면 어쩌잔 검까! 그러니 동정도 졸업 못하는 검다!"

"동정은 상관없고, 나는 양아치가 아닌데…… 그것보다 들러붙지 마."

나는 들러붙어 있는 타치바나를 밀어냈다.

가짜라고는 해도 보스의 남친한테, 이렇게 제로 거리 커뮤니케이션을 해도 되는 건가 싶었다. 부하가 보스의 남자를 강탈하는 건 심각한 문제일 것 같은데 말이다.

……뭐, 타치바나는 나와 오토이의 진짜로 사귀지 않는다는 것을 알고 있으니, 이러는 것도 무리는 아니다. 그래도 얘는 주위의 눈길 같은 건 신경 쓰지 않는 걸까.

"참고로 제 기타도, 오토이 포인트로 빌린 검다. 언젠가 돈을 모아서 MY 기타를 살 때까지는 도박으로 벌 수밖에 없어요."

"네 기타도……."

무심코 옆에 있는 오토이의 얼굴을 쳐다봤다.

오토이는 나를 힐끔 곁눈질한 후, 응, 하고 말하며 고개를 끄덕였다.

어이, 인마. 응, 이 아니잖아…….

"여자끼리 싸움 도박을 즐기다니, 믿기지 않아."

"아~! 에이, 그건 아니죠. 사회 규범을 위반하는 남녀 차별 발언임다!"

"너희들 양아치가 사회 규범을 운운할 처지야?"
"저는 괜찮지만 선배는 안 됨다."
"불합리해……."
완전 제멋대로에 안하무인. 짜증스럽기 그지없는 여자애를 상대하려니 정말 피곤하네.
그래도 딱 하나, 타치바나에 관해서는 신경 쓰이는 점이 있다.
나한테 하도 치근덕대니까 이게 타치바나 나름의 의사소통 방식이며, 다른 애들에게도 같은 짓을 할 거라고 생각했는데…….
최근 며칠 동안 《크림슨》의 멤버와 같이 행동하면서 보니, 타치바나는 다른 멤버에게 전혀 치근덕대지 않았다.
기운 넘치고 억척스러우며 기타에 진심인 건 그대로지만, 짜증나게 굴거나 남을 동정이라며 놀리지도 않았다.
"너, 왠지 나를 대할 때만 태도가 나빠지는 거 아냐?"
"그렇슴까?"
"다른 애들을 동정이라고 놀리는 모습을 한 번도 못 봤다고."
"그야 선배 말고는 동정 같아 보이는 남자가 그다지 없으니까요. 아무한테나 그럴 리가 없지 않슴까."
"그럼 됐지만……."
"뭐예요. 저한테 하고 싶은 말이라도 있슴까?"
타치바나가 귓속말로 그렇게 물었다. 오토이도 그렇지만,

얼굴 되게 들이미네……. 양아치는 다 이런 걸까. 리얼 연인 간격이 아니라, 리얼 맞짱 간격, 같다고나 할까. ……내가 생각해도 참 한심한 소리 같다.

타치바나에게 하고 싶은 말이 없는 건, 아니다.

다른 애들에게는 절대로 안 하는 치근덕을, 이렇게 몸을 밀착시키며 나한테만 하는 것이다. 타치바나가 나를 어떻게 생각하는지는 모르겠지만, 객관적으로 보자면…….

"나한테만 이렇게 짜증나게 굴지 마. 저기, 뭐랄까, 오해 살 수도 있달까……."

"오해? 그게 어떤 의미임까?"

타치바나는 눈을 깜빡이며 물었다.

나는 시선을 돌린 채, 작은 목소리로 중얼거리듯 말했다.

"나, 나를, 저기…… 좋아하는 게, 아닐까, 하고 말이야. 보스의 남친인데……."

빌어먹게 부끄러운 대사를 입에 담았다.

그러자 타치바나는 허를 찔린 것처럼 얼이 나간 표정을 지은 후…….

"풉…… 푸풉, 아하하! 아하하하하하!"

폭소를 터뜨렸다.

"대박, 특별시=연애 감정! 풉, 아하하, 초등학생도 그런 생각 안 할 걸다~."

"…………."

"이성한테 인기 있었던 적이 너무 없어서, 애정 담긴 치근덕이든 짜증 섞인 치근덕이든 간에 전부 좋게 여기는 타입임까? 이야~. 선배, 완전 대박이네요!"

타치바나는 즐거운 듯이 내 등을 찰싹찰싹 소리 나게 때렸다. 내 어깨가 떨리는 건 눈물이 나서가 아니다. 열 받아서다. ……진짜라고.

"저는 연애 같은 건 안 해봐서 모릅다만, 좋아하는 사람한테는 보통 완전 순정파 회로의 치근덕을 할 거라고요. 상냥하게 대해주거나, 귀여운 모습을 보여준다거나요. 확실히 제가 치근덕대는 사람은 선배뿐이지만, 진짜로 좋아한다면 상식적으로 그딴 짓 안함다."

"……만화에서는 호의를 반대로 표현하는 경우도 있다고."

"우와, 징그러~. 만화와 현실을 분간 못 하는 검까~. 대박~."

"……큭."

틀렸다. 마음이 꺾일 것 같다. 정론이라서 대미지가 더 컸다.

대외적으로 나와 연인 사이인 걸로 되어 있는 오토이 앞에서 이렇게 몸을 밀착시키고 있는 것도, 단순히 이런 행위가 오해를 부르지 않을 거라고 생각해서인가. 뚜껑을 열고 보니 납득이 되지만, 남자로서 꽤 대미지를 심하게 받았다.

"뭐—."

고개를 푹 숙인 내 귓가에서, 타치바나는 속삭이듯 말했다.

"어찌 보면, 선배를 특별시하긴 함다."

"어찌 보면?"

"부모 랜덤박스에 성공한 승리자면서, 자기가 혜택 받은 환경이라는 걸 자각 못 하는 자식. 선배한테서 풀풀 풍기는 그런 분위기 때문에 짜증이 나서, 무심코 이런 심술을 부리는 검다~."

"……읏! 타치바나, 그 말은……."

부모 랜덤박스, 라는 말에…… 그 말의 이면에 숨겨져 있는 어둠에, 나는 움찔했다.

순식간에 딱딱하게 굳은 내 볼을, 가느다란 손가락이 살짝 눌렀다.

"봐요, 또 시리어스한 표정 지었잖슴까. 그런 면이 문제라는 거예요, 선배."

"……뭐?"

"자각 없이 남을 불행하다고 단정 지으면서 오지랖 떨지 말란 검다. 걱정 안 해줘도, 저희는 저희대로 저희 힘만으로 마음대로 삼다. 괜한 참견이라는 거라고요."

저희, 하고 타치바나는 말했다.

그녀의 시선은 눈앞에서 야만스러운 오락을 즐기는 양아치들을 향했다.

"우랴아아앗!!"

"끄어억?"

"들어갔다—!! 어이어이어이, 어퍼컷이 완벽하게 들어갔다고!"

"턱이 박살 난 거 아냐? 그렇게 우쭐대더니 성형수술 코스냐고! 꼴 좋다~!"

"푸하하하하하!"

……여전히 하천 부지의 결투장에서는 법치국가 일본이라는 게 믿기지 않는 광경이 펼쳐지고 있었다.

안면이 엉망진창에 피범벅이 된 남자들이 쓰러져 있었다. 쳐다보고 있는 나까지 피부가 따끔거리는, 처참한 모습이었다.

하지만 그들은 동의를 하고 저 자리에 서 있다.

이것은 악행이다. 그것도 어마어마한 악행이다.

하지만, 아무 상관없는 인간을 휘말리게 하는 악행에 비하면, 양아치들만의 문화권 안에서 처리가 되는 거니 그나마 낫다……고 할 수 있을까? 모르겠다. 이들과 너무 가까워진 바람에, 지금의 나는 공정한 답을 내놓을 자신이 없다.

딱 하나 확실한 건, 이곳은 추락할 대로 추락한 이들만의 세상이라는 점이다.

"……헛소리하지 마."

"뭐. ……왜 노려보는 검까, 선배. 저한테 시비 거는 검까?"

"너희의 관습에 따를 생각은 없어. 나는 일반인이거든. 오즈의 동생도 그래. 쓰레기 같은 세계에 끌어들이지 마."

타치바나의 눈을 똑바로 노려보며, 나는 명확한 결의를 담아 그렇게 말했다.

그렇다. 자신들만의 세계로 단정 짓고 있으니 세이프— 그 논리는, 양아치들 사이에서 전부 완결되기에 성립된다. 멋대로 해라, 하고 나도 생각한다.

하지만 타치바나는, 오즈의 여동생을— 코히나타 이로하를 패거리로 끌어들이려 하고 있다.

불량 서클은 불량 서클. 정상참작의 여지없이 악행도 저지르고 있다.

절대로, 용납할 수 없다.

"무슨 근거로 이로하의 《크림슨》 가입을 막는 겁까. 이로하가 선배의 뭔데요?"

"친구 여동생이야."

"그럼 타인 아닙까."

"그냥 친구가 아냐. 절친이라고 불러도 된다고 여기는 친구의, 여동생이야."

나는 흔들림 없는 어조로 단언했다.

솔직히 말해, 코히나타 이로하와 나는 그 어떤 관계도 아니라고 해도 과언이 아니다. 그녀가 어떤 성격을 지녔고, 어떤 먹거리를 좋아하며, 어떤 일에 웃고, 어떤 일에 웃으며, 어떤 일에 슬퍼하는지조차도 모르는 생판 남이다.

하지만 나는 오즈의 재능에 반했다. 반에서 고립된 오즈에게 조금이라도 더 나은 환경을 만들어주고 싶다고, 진심으로 생각한다.

자기중심적이고 아집에 찬 생각이라고 비웃어도 돼. 타치바나가 아까 한 말에서 따오자면, 자기가 혜택 받은 환경이라는 걸 자각 못 하는 자식이던가? —그래서 어떻다는 거지? 오지랖이라도 됐다. 괜한 참견이라도 상관없다.

"너희가 너희 힘만으로 마음대로 산다면, 나도 내 마음대로 살 뿐이야. 그 둘이 뭐가 다른데?"

"……윽."

반론을 할 수 없는 건지, 타치바나는 으득 하는 소리가 나게 이를 깨물었다.

나를 노려보는 눈빛이 날카로워지더니, 눈동자에서 격한 감정이 묻어나기 시작했다—.

"아~, 두 사람 다 그쯤 해~."

일촉즉발의 분위기에 끼어든 건, 오토이였다.

이제까지 나와 타치바나의 대화를 막지 않으며 방관하고 있던 그녀가, 우리 둘 사이에 몸을 쓱 들이밀었다.

"아키, 잠깐 나 좀 봐~."

"뭐야. 타치바나와는 아직 할 이야기가…… 아야얏?!"

"강~제~연행~."

"잠깐만, 기다려! 우와앗?!"

IQ가 바닥을 치는 것 같은 느릿한 목소리에 어울리지 않는 완력으로 내 목을 팔로 감싼 오토이는 그대로 나를 질질 끌 듯이 하천 부지의 계단을 올라가기 시작했다.

"어라. 누님 어디 갑니까? 이제부터 재미있어질 텐데요!"

"아~, 남친과 좀 노닥거리고 올게~. 상품과 환금은 아사기에게 맡겨놨으니까, 승자가 결정되면 적당히 부탁해~."

"넵! ……젠장, 아키테루 자식, 누님과 므흐흐한 짓을 하는 거냐! 부러워~!"

양아치들의 선망에 찬 눈길을 받으면서, 나는 목을 완전히 잡힌 채로 질질 끌려갔다. 아무것도 모르면서 부러워하기는, 태평한 자식들이라니깐.

……하지만 내 얼굴에는 오토이의 꽤 풍만하고 부드러운 가슴이 닿아 있으니, 부러워할 요소가 제로인 건 아닌가. 아얏, 아야야. 목에서 느껴지는 고통이 번뇌에 사로잡힌 나를 벌했다. 잘못했어요. 반성할게요, 하느님.

*

하늘은 붉은색으로 물들어가고 있었다.

하천 부지에서 벗어난 나와 오토이는 단둘이서 석양이 드리워진 적막한 마을을 걸었다.

오토이는 양아치들의 야만스러운 환성이 들리지 않을 즈음에 내 목을 놔줬고, 지금은 고통과 행복한 감촉만이 기억 속에 남아있을 뿐이다. 나와 오토이는 연인 사이처럼 몸을 밀착시킨 게 아니라, 지극히 평범한 클래스메이트처럼 사람한 명이 사이에 들어갈 수 있을 만큼 떨어져서 걷고 있었다.

이곳에는 엔진음도 고함도 들리지 않는 평화로운 분위기가 감돌고 있었다. 당연한 것처럼 느끼던 이런 분위기를 오래간만에 접한 느낌이 들면서, 귀중하게 여겨졌다.

"아까 전의 주먹다짐을 보고, 무슨 생각했어?"

옆에서 걷고 있던 오토이가 문뜩 그렇게 물었다.

정말 갑작스러운 질문이었다. 이제까지 아무런 대화도 나누지 않았던 탓에 나는 센스 있는 대답이 바로 생각나지 않았기에, 그냥 무난한 말을 입에 담았다.

"아까 타치바나에게 말한 대로야. 악행은 악행, 어마어마한 악행이라고."

"맞아~."

오토이는 나를 손가락으로 가리키며 아하~ 하고 웃었다.

아니, 와 웃는 기고. ……그런 엉터리 사투리로 딴죽을 날리고 싶어졌다.

"남 일처럼 말하지 마. 오토이가 주도하고 있는 거잖아?"

"전부 주작이야~."

"……뭐?"

방금, 뭐라고 말했지?

너무 뜻밖의 말이라서 제대로 귀를 기울이지 못했다. 기분 탓일까. 주작, 이라는 말을 들은 것 같은데 말이야.

"재들은 싸움으로 도박을 한다고 생각하지만, 실은 아무것도 걸지 않은 거나 마찬가지야~."

"아무것도…… 하지만, 실제로 싸웠잖아?"

"그 하천 부지에 모여 있던 양아치들은 《크림슨》의 멤버가 아닌 애들도 있었지?"

"아, 응. 지난 번보다 인원도 많았고, 여러 팀이 모인 듯한 분위기였긴 했어."

"실은 말이지~. 걔들, 바람잡이야."

"바람잡이…… 어, 《크림슨》 이외의 애들 말고, 다 말이야?!"

"응~. 여럿이서 도박에 몰입한 분위기를 내면 『무지무지 나쁜 짓을 하고 있다』 같 느낌이 들잖아~? 걔들은 그런 걸 좋아하거든~. 하지만 사실 다른 녀석들은 도박을 안 해~. 《크림슨》 멤버들이 이기게 되어 있어~. 스파링을 하는 애들은 중간까지 진지하게 싸우지만, 최종적으로 이기는 쪽은 지정해둬~. 뭐, 프로레슬링 같은 거야~."

"그럼 오토이 포인트를 주는 건……."

"그래. 《크림슨》 멤버 중에, 자기가 하고 싶은 일이 있는 애들이 벌게 되어 있어. 내가 빌려줄 수 있는 악기와 기자재도 한계가 있거든~. 아까 인원이 전부 참가했다간, 한 사람에게 계속 빌려줄 수 없잖아~. 그렇게 되면 결국 불만이 쌓여서 나쁜 짓을 저지르게 돼~."

"자, 잠깐만 있어 봐. 생각을 정리할 시간을 줘."

나는 오토이의 말을 막은 후, 두통을 참듯 머리를 감싸 쥐었다.

이 애가 대체 무슨 소리를 하는 걸까.

그 야만스러운 공간이 전부 주작이라고? 그거야말로 나를 속이기 위한 가짜 정보잖아.

복잡한 정보를 막힘없이 술술 늘어놓는 것을 보면, 적어도 대충 둘러대는 거짓말은 아닐 것이다.

만약 거짓말이더라도, 사전에 철저하게 짜둔 거짓말이다.

하지만 유창하게 설명한다고 해서 믿어버릴 만큼, 내 머릿속은 꽃밭이 아니다. 이래 봬도 신흥종교 권유나 수상한 세미나에 속지 않을 정도로는 냉철한 타입이라고 자부한다.

“너한테는 득 될 게 전혀 없잖아. 일부러 자기 물건을 무상으로 빌려주기 위한 이벤트를 운영하다니, 대체 뭐가 하고 싶은 건데?”

“그 답은 『여기』에 있어~.”

“『여기』라니…… 어?”

어느새 멈춰선 오토이가 턱으로 앞쪽을 가리켰다.

목적지도 없이 잡담을 나누며 걷고 있을 뿐…… 그렇게 생각했는데, 나는 자기도 모르는 사이에 어느 장소로 인도된 것 같았다.

“여기는, 공영 단지…… 맞지?”

“딩동댕~.”

오토이가 작게 박수를 쳤다.

울타리에 둘러싸인 넓은 부지다. 그곳에는 5층 건물이 몇 동이나 줄지어 세워져 있었다.

저녁때인데도 아직 베란다에 널려 있는 이불에서 이곳에 사는 이들의 숨결이 느껴지는 것 같았고, 돌아가야 할 고향이 없는 나조차도 향수를 느끼게 했다.

초등학생 정도로 보이는 아이들이 뛰어다녔고, 부지 안에 설치된 그네가 끼익끼익~ 하는 금속음을 내고 있었다.

"나 말이지~. 초등학생 때, 이 단지에 살던 친구와 자주 함께 놀았어."

"흐음."

딱히 흥미는 없었다. 보통은 그러겠지, 같은 생각만 들었다.

"당연하다고 생각하지? 하지만 그렇지 않아~."

"이 근처의 초등학교에 다니면, 여기와 학구가 겹쳐도 이상할 게 없잖아."

"하지만 나, 초등학교는 사립이었거든~. 이 단지의 애 중에 누구와도 같은 초등학교에 안 다녔어."

"……뭐? 그럼, 어째서야?"

"초등학교가 좀 멀어서, 방과 후에 돌아오면 같이 놀 친구도 없었거든~. 혼자서 놀다 보니, 이 단지의 애들과 우연히 같이 놀게 된 거야~."

"아, 그렇구나. 그런 경위네. ……잠깐만, 어라?"

이상하잖아.

"초등학교가 사립인데, 중학교는 왜 공립인 거야? 공립에서 사립으로 간다면 몰라도, 그 반대는 흔하지 않잖아?"

"친구가 있는 곳에 다니고 싶어서, 부모님에게 억지 부렸어~."

"……아~."

나도 짚이는 구석이 있었다.

부모님이 미국에 가는데도 오즈와의 관계를 우선해서 일본에 남은 나와 마찬가지다. 오토이에게 이런 센티멘털한 감정이 있다는 게 의외지만 말이다.

"하지만, 결과적으로는 친구가 있는 학교로 가지 않는 편이 좋았을지도 몰라~."

"무슨 소리야?"

"그 친구, 입학하고 얼마 안 되어서 사고를 쳤거든~. 소년원으로 보내졌어."

"뭐…… 진짜야? 처음 듣는 이야기야."

"대외적으로는 전학으로 처리됐거든~. 눈치 좋은 애들 사이에서는 소문이 돌았지만~ 뭐, 친구가 적은 아키라면 모를 만도 하려나~."

"큭…… 아싸라는 이유로 정보 불균형까지……."

이 사회, 정말 서글플 정도로 악랄하다.

"죄목은 절도죄. 보호관찰로 처리될 줄 알았는데 상습범이라 반성의 기색이 보이지 않는다는 이유로 그대로 소년원행~. 친구가 그런 짓을 한다는 게 너무 뜻밖이라~, 그걸 알았을 때는 너무 힘들었달까~. 구토까지 했어~."

"웃으면서 그런 소리를 용케 하네……."

"어차피 옛날 일이거든~. 덕분에 지금은 해탈의 경지랄까~? 웬만한 일로는 꿈쩍도 안 하게 됐어~. 하하."

오토이는 메마른 웃음을 슬며시 흘렸다.

그녀가 또래답지 않은 차분함을 지닌 이유를 안 것 같은 느낌이 들었다.

"뭐~ 그건 나쁜 기억이지만, 덕분에 이제까지 보이지 않던 게 보이게 됐어~. ―이 단지에 사는 유명한 양아치가 개구쟁이들에게 나쁜 영향을 끼치고 있다는 걸, 그때까지는 몰랐다니깐~."

"유명한 양아치……."

"응. 가지고 싶은 게 있다면 훔쳐라, 마음에 안 드는 자식은 때려라, 여자한테 인기 얻고 싶으면 덮쳐라, 식의 판타지 세계의 산적 같은 사고회로를 가진 놈이 사나 봐~. 그 인간이 아이들에게 영향을 끼친 것 같아."

"그런 위험한 인간이 실제로 존재하는구나……."

"남한테 전해 들은 소문이 진짜인 경우는 의외로 있어~. 뭐, 너무 문제가 심해서 어느새 이 단지에서도 사라졌고, 지금은 어디 있는지도 몰라. 도시에 가서 폭력배가 됐다던가,

야쿠자가 됐다 같은 소문은 들었어~.”
“……철저하게 나쁜 길로 빠져들면, 그렇게 되겠지.”
“하지만 그 사람이 없어진 후에도, 그 사람의 마인드 같은 게 남아 있나 봐. 우리 세대의 애들— 그중에서도 가정에 불만이 있거나, 뜻대로 안 되는 일이 있는 애들이 영향을 진하게 받아서 양아치가 되어버려~. 물론 남에게 영향을 받았다고 해도 나쁜 짓을 하는 걸 정당화할 수는 없겠지만…… 그래도 판단 능력이 미숙할 때는 룰에서 벗어나는 게 정답이라 단언하는 인간이 즐겁게 사는 모습을 보면, 자기도 확 그래볼까 하고 생각해도 이상하지 않다고 생각하거든~.”
—코히나타 이로하처럼 말이야.
오토이의 대사에 덧붙이듯, 그런 말이 내 머릿속에 떠올랐다.
“가정의 경제 상황, 부모가 강요하는 룰…… 이유는 사람마다 달라. 원하는 것이 좀처럼 손에 들어오지 않는다. 하고 싶은 일을 좀처럼 할 수 없다. 먹고 싶은 것을 좀처럼 먹을 수 없다. 가고 싶은 곳에 좀처럼 갈 수 없다. 그래서 장래의 꿈을 포기할 수밖에 없다…… 그런 좀처럼이 쌓이면서, 정신을 차리고 보면 크게 차이가 나는 거야. 그리고 크게 벌어진 빈틈을 통해, 주위 사람과 자신의 처지가 다르다는 걸 눈치채. 눈에 보이는 거야. 그리고 그게 눈에 보이면, 어떻게 할 것 같아?”

"……고치려고 하겠지. 빈틈을 메우고, 차이를 없애서, 자기도 똑같단 말을 하고 싶어질 거야."

"맞아. 정공법으로 그럴 수 있다면 간단할 거야~. 부모에게 용돈을 늘려달라고 응석을 부려서, 그런 부자유를 없앨 수 있다면 해결돼."

"하지만, 세상일은 그렇게 간단하지……."

"간단할 리가 없잖아~. 그렇다면, 그 빈틈을 메우기 위해서는 무리한 방법에 의지할 수밖에 없어……. 안 그래?"

"그렇더라도, 그건 악행의 변명이 될 수 없어. 자기 자신과 타협하며 정정당당하게 사는 사람도 잔뜩 있는걸."

"그건 그 사람들이 무지무지 대단한 거야~. 나는 타락한 애들을 일방적으로 탓할 마음이 안 들어~."

물론 악행은 안 된다는 전제하에서~, 하고 덧붙인 오토이는 말을 이었다.

"그래서 나는 걔들의 받아줄 곳을 만들었어. 진짜 악인에게 영향을 받은 옛날 친구와 나보다 어린 애들이 **치명적으로 길을 벗어나기 전에, 소꿉장난으로 끝낼 수 있도록** 말이지. 다른 일에 흥미를 가지게 해서 올바른 길을 걷게 될 때까지, 양아치 기분만 마음껏 즐길 수 있는 조직— 그게 《크림슨》인 거야."

"……윽! 즉, 타치바나와 《아사쿠사 스트리트 메탈》 애들, 《크림슨》의 멤버 전원이—."

“응. 이 근처에 살면서, 나쁜 인간의 영향을 받아버린 애들이야.”

“…………”

말이 나오지 않았다.

자기 머릿속에 떠오른 말이 전부 얄팍하게 느껴질 정도로, 오토이가 말해준 진실은 처절했다.

뭐야, 타치바나. 남한테 오지랖이 넓니, 괜한 참견이니 하고 떠들어놓고…….

네가 존경하는 보스는, 오지랖의 궁극형이잖아.

“혹시 주작으로 싸움 도박을 하는 것도 그래서야? 그런 간접적인 방식을 쓰는 건…….”

“맞아~. 내가 그냥 악기와 기자재를 빌려준다고 해도, 걔들은 안 받을 테고 기뻐하지도 않아. 자기 행동의 결과로 손에 넣었다— 그 실감이 무엇보다도 중요하거든. 적선을 받는 걸 가장 굴욕적으로 여겨~.”

진정한 의미에서, 그들에게 다가가는 행동이다.

물론 진실이 들통나면 그들은 화낼 것이며, 오토이를 향한 충성심을 버릴 것이다. 태도를 180도 바꿔서 안티로 돌아서는 애가 있어도 이상할 게 없다.

하지만 거짓말도 관철하면 진실이 된다. ……이제까지 오토이의 작전은 완벽하게 들어맞았다. 완전범죄가 아닌 완전선행이다.

“걔들이 돌이킬 수 없는 데까지 가는 걸 보고 싶지 않고, 가정 형편 탓에 장래의 꿈을 포기하는 것도 싫었어. ……뭐, 내 아집에 지나지 않지만 말이야~. 그래서 내가 할 수 있는 범위에서 원조해주고 싶다고 생각했어~.”

“장래의 꿈……. 아! 그래, 음악!”

“딩동딩동댕~.”

“맞췄다는 의미라는 건 알겠지만, 너무 장난스러운 거 아냐?”

“하하. 정론 딴죽 재미있네~.”

“……그럼 오토이의 집에서 음악 연습을 한 것도, 그런 의미구나.”

“맞아~. 실은 아무한테도 방해되지 않는 장소에서 하면 최고겠지만~. 그런 장소를 준비하는 건 어렵거든~. 낮에는 아슬아슬하게 세이프라서, 낮에 하게 해~. 덕분에 학교에 거의 못 가서, 결석을 밥 먹듯 하는 거야~.”

“걔들을 위해 자기 출석 일수까지 희생하는 거냐.”

진짜 대단하네.

나도 꽤 오지랖이 심한 편이라고 생각하지만, 얘는 나보다 레벨이 훨씬 높아.

우리는 대화를 나누면서 공영 단지의 주차장으로 향했다. 오토이는 비어 있는 주차장의 블록에 걸터앉았다.

“어이, 거기. 차가 들어오면 방해될 거야.”

"오면 비키면 돼~. 되게 깐깐하네~."

그건 그렇지만, 그래도 자기 집인 것처럼 축 늘어지는 건 좀 그렇다고 생각한다.

게다가 손수건도 안 깔고 치마 차림으로 바로 앉은 것이다. 너무 자유로워.

"…………."

자유로운 오토이를 곁눈질하며, 나는 말없이 생각에 잠겼다.

"…………."

내가 입을 다물자, 오토이도 입을 다물었다.

포장지를 벗기는 소리가 들렸다. 할 일이 없어진 오토이가 사탕을 핥기 시작한 것 같았다.

—오토이와 《크림슨》의 비밀은 알았다.

선인지 악인지 단언하라고 하면 악에 가까운 조직일지도 모르지만, 적어도 질서에 입각한 악인 것 같았다.

그렇다면 나는 어떻게 하면 좋을까? 오즈의 동생을 내버려 둬도 괜찮을까?

……아니, 그렇지 않다.

"타치바나는 모르는 거지?"

"응~?"

"전부 오토이가 짠 거란 사실 말이야. 오토이 말고 아는 사람은 없는 거지?"

"뭐~, 그래~."

"그렇다면 타치바나가 진짜로 나쁜 짓을 한다고 여기는 거네."

"그렇겠지~."

"즉, 진짜 불량 서클이라 생각하며 오즈의 여동생을 끌어들이려 한다……는 거야."

"뭐, 그럴 거야~. ……그래서 나도 너희한테 코히나타 이로하가 어떤 애인지 물어본 거지~."

체육관 뒤편으로 불려갔을 때를 떠올렸다.

그때는 아무런 단서도 없어서 대답하지 못했다. 하지만 오토이가 무엇을 알고 싶어 하는 건지 안 지금이라면, 코히나타 이로하에 관해 무지한 나도 해줄 수 있는 말이 있다.

"적어도 걔는 인간쓰레기의 영향을 받지는 않았을 거야. 경제적인 문제로 하고 싶은 일을 못 하는 것도 아닐 거라고 생각해."

"왜 그렇게 단언할 수 있는 건데~?"

"같은 맨션에 살 거든. 나는 나쁜 인간이 산다는 소문을 들은 적이 없고, 집세를 생각하면 아마 경제적으로도 우리 집과 비슷한 수준일 거야."

"……아하~."

오토이는 입에서 쏙 빼낸 막대 사탕을 허공에 그림을 그리듯 놀렸다.

생각에 잠겼을 때의 행동, 일까? 침에 젖은 사탕을 쳐다보며, 오토이는 침묵에 잠겼다.

실제로 코히나타 가는 최소한 중류층, 어쩌면 유복한 가정일 게 틀림없다.

해외로 간 부모님에게서 한 달 생활비와 집세 이야기를 들었을 때, 나는 꽤 놀랐다.

당연한 듯이 살고 있었던 맨션은, 방 숫자와 넓이와 입지 조건을 생각해보면 싼 곳이 절대 아니다.

부모님은 미국 진출도 할 수 있을 만큼 궤도에 오른 회사를 경영하고 있으며, 친척 중에는 거대 엔터테인먼트 기업의 사장도 있다.

이렇게 축복받은 가정의 인간이 고른 매물이, 싸구려일 리가 없다.

게다가 오즈의 집에서는 독특한 기품, 그리고 고급스러움을 느낄 수 있었다.

텔레비전이 없는 거실은 검소해 보였지만, 생활이 곤궁해 보이는 기척은 전혀 느껴지지 않았다. 코히나타 이로하 본인 또한 나에게 매몰찬 태도를 보이기는 했지만, 나쁜 환경에서 자란 듯한 느낌은 감돌지 않았다.

"코히나타의 집에, 뭔가 이상한 점은 없었어~?"

"이상한 점……."

그 말을 듣고, 생각해봤다. 바로 머릿속에 떠오르는 게 하나 있었다.

"텔레비전이 없었다는 점일까. 뭐, 요즘은 스마트폰 하나로 뭐든 다 할 수 있으니까 그렇게 이상한 건 아닐지도 몰라."

"텔레비전……. 그럼, 아사기의 말이 진짜일지도 모르겠네~."

"타치바나의 말?"

"응. 코히나타 이로하에 관해서야~. 왜 《크림슨》에 데려오려는 건지 물어보니, 즐거운 일은 아무것도 못 하며 하루하루를 지겹게 사는 애라고 말하더라니깐~."

"즐거운 일을…… 못해……?"

"아사기는 자기와 마찬가지로 빈곤한 가정이라 부모가 아무것도 안 사주는 게 아닐까 하고 말하던데~."

"아니, 아까도 말했지만 그런 건 아냐."

"응. 그렇다면~, 경제 상황 이외의 문제를 안고 있는 애일 거야~."

"문제……."

"예를 들자면, 『오락이 허락되지 않는다』 라거나~."

"……오즈는 컴퓨터를 가지고 있었고, 요즘은 스마트폰만 있으면 충분히 오락을 즐길 수 있잖아."

"코히나타 이로하가 지겨워 보인 것도 사실이긴 해~."

"만약 그렇다면— 오토이는 그 애를 팀에 받아줄 거야?"

"있을 곳이 없는 애. 내버려 뒀다간 나쁜 짓을 저지를 애. 그런 애라면, 받아줄까 싶어~."

"그렇구나……."

나른한 어조의 이면에는 확고한 신념이 숨겨져 있는 게 명백했다.

리더인 오토이는, 신용할 수 있는 인간이란 생각이 들었다.

코히나타 이로하가 《크림슨》에 들어가더라도, 돌이킬 수 없는 범죄에 휘말리지는 않을 것이다.

그렇다면, 내버려 둬도 괜찮을까?

…………

………………………그래. 괜찮을 것이다.

나쁜 짓에 휘말리지 않는다고, **진짜로 약속할 수 있다면** 말이다.

하지만…….

"오토이만이 본질을 이해하고 있더라도, 주위에서 보기에는 양아치에 지나지 않아."

"……그래서?"

"남은 본질 같은 건 알아주지 않아. 목에 걸고 있는 팻말만 가지고, 눈에 보이는 면만을 가지고 사람은 평가되고 판단돼."

교실에서 오즈가 배제되었듯이…….

불량 서클의 일원이라는 딱지가 붙으면, 그대로 사회에서 쫓겨나고 만다.

교실에서 오토이가 받는 취급을 봤다.

나나 오즈 같은 약자를 향한 것과 다른, 언뜻 보면 강자를 향한 칭찬이 담겨 있는 것처럼 보이는 특별한 시선을 보냈다. 시선에 담긴 감정은 다르지만, 클래스메이트가 내린 결론은 같다.

재들은 괴롭힘을 당하고 있으니까—.

재들은 좀 무서우니까—.

—다가가지 말자.

그런 말을 듣는 인생을, 친구 여동생이 걷게 할 것인가?

옆에서 후훗, 하는 웃음소리가 들렸다.

나는 약간 발끈하며 물었다.

"……왜 그래?"

"네가 왠지 나와 닮은 구석이 있는 것 같아서 말이지~."

"폭력은 싫어. 음악을 향한 흥미나 지식도 없어."

"성격 이야기야. 왠지 방금, 엄청나게 분한 표정을 지었잖아. 그건 얕보이는 게 싫은 녀석이 짓는 표정이야."

"부정하지는 않겠어……. 어디 사는 누구에게 얕보였다고 느낀 건지는, 잘 모르겠지만 말이야."

어쩌면 하느님 같은 존재일지도 모른다.

오즈가 받아들여지지 않는 환경. 《크림슨》 멤버가 올바른 방식으로는 구원받을 수 없는 상황. 그리고 그런 그들을 위해 좋은 대책을 짜주지 못하는 자신의 무능함.

그런 것들 전부를 누군가가 비웃고, 누군가에게 얕보이고 있는 느낌이 들었다.

"절대로, 이대로 두고 볼 수는 없어."

나는 이 일과 아무런 연관도 없으면서, 고집을 부리듯 그렇게 말했다.

"오토이도 가능하다면 불량 서클 이외의 길로, 《크림슨》 멤버들을 구원해주고 싶잖아?"

"뭐, 그건 그래~. 이런 소꿉장난이 먹히는 건 중학생 때까지거든. 쭉 이대로일 수는 없어~."

"알았어. 그런 점까지 포함해, 뭔가 좋은 방법이 없는지 생각해보겠어."

내가 그렇게 말하자, 한순간 오토이는 기쁜 듯한 표정을 지었다. ……그런 것처럼 보였는데, 혹시 환각이었을까.

곧 오토이는 평소처럼 무표정하고 나른한 포커페이스를 지었다.

"일단 기대는 안 할게~."

"……응."

솔직히 말해, 그편이 낫다.

자신을 궁지에 몰아넣기 위해 말을 하긴 했지만, 실은 구체적인 수단이나 실마리가 전혀 생각나지 않았으니까…….

진짜, 아무리 생각해도 나란 놈은 한심하다 싶을 만큼 무계획적인 놈이다.

*

『인적없는 계단에서 도시락…… 아~…… 어깨 기대기…… 해질녘에 단지에서 단둘이서, 서로를 이해하고, 깊이 교감하는 대화…… 부글부글부글…….』

『이, 입에 거품을 물었어?! 도, 돌아와, 마시로. 마시로—!!』

『오토이 양이 마시로보다 가짜 여친다운 이벤트를 많이 했어……. 이상해. 같은 가짜 여친인데, 왜 이렇게 차이가 난 거지……. 방심, 환경 차이…….』

『아니, 나도 처음에는 연인 같은 일을 하려고 했어. 그런데 마시로가 너무 냉담하게 구니까…….』

『마, 맞아. 그랬어……. 마시로 탓이구나……. 으그극. 시간을 되감고 싶어…….』

『그건 무리거든? 갑자기 그런 능력에 눈떴다간 장르가 바뀌고 말아.』

『맞아. 죽으면 시간이 되감기지 않을까. 사망귀환이라는 설정이 있잖아. 라이트노벨에서 봤어. 마시로, 알아. 마시로, 똑똑해.』

『진정해! 현실에는 사망귀환 같은 건 없고, 이세계 전생도 안 한다고!』

『하지만 아무도 입증하지 못했을 뿐이잖아. 그럼 가능성은 있어.』

『그 가능성은 리턴에 비해서 리스크가 무지막지하게 크다고!』

『더는 듣고 싶지 않아……. 내릴래. 마시로, 이 관람차에서 내릴 거야.』

『이제 막 다시 올라가기 시작했으니까, 한동안은 무리야.』

『…………(망연자실).』

004 제4화…… 친구 여동생의 친구가 나한테만 짜증나게 군다

오토이 앞에서 허세를 부리고 며칠이 지나면서, 토요일이 찾아왔다.

이때까지, 나는 아무런 성과도 내지 못했다.

코히나타 이로하가 양아치가 되는 걸 저지할 아이디어도 떠오르지 않았고, 《크림슨》을 해산시켜 양지로 되돌릴 방법 또한 당연히 생각나지 않았지만…….

사흘 밤낮으로 고민한 끝에, 겨우 『최강의 작전』에 도달했다.

"그러니까, 어떻게 하면 일반인으로 돌아올 수 있는지 가르쳐줘."

"얼굴 너무 두꺼운 거 아님까?!"

예의 공영 단지의 입구. 점심 때가 지났을 즈음.

이른 아침부터 잠복하고 있었던 내가 기타 케이스를 짊어지고 나오는 타치바나 아사기에게 말을 걸자, 그녀는 처음부터 끝까지 질렸다는 감정이 가득 담긴 딴죽을 날렸다. 전문가 빰치는 수준의 절도 있는 딴죽이다. 아름답다.

"그리고 여자애 집 앞에서 이렇게 기다리고 있는 것도 완전 징그럽거든요?"

"안심해. 너처럼 빌어먹게 짜증나는 여자애한테 성적 욕구를 품진 않거든."

"하아, 정말…… 하천 부지에서 어떻게 헤어졌는지 잊은 검까? 용케 아무렇지 않은 얼굴로 저를 만나러 왔네요."

"네가 코히나타 이로하를 관두게 만들 수만 있다면, 수치심 같은 건 다 내버릴 수 있어."

"짜증나……. 타인이면서 이렇게 집착하나요. 혹시 이로하를 좋아하는 검까?"

"아니. 그리고 타인이 아니라 친구 여동생이야. 그 애한테는 오빠 친구지."

"그러니까 타인인 거잖아요……."

"상관없어. 생판 남인 건 아니거든. 아무튼, 양아치를 관두고 일반인으로 돌아와서 코히나타 이로하의 친구로 지낼건지, 그녀를 포기하고 계속 양아치로 살지, 타치바나가 선택해줘야겠어. 만약 일반인으로 돌아오는 조건이나 희망 사항이 있다면 가르쳐줘. 그걸 단서 삼아서, 괜찮은 수단이 없는지 생각해볼게."

"네, 네에? 지, 진짜 영문을 모르겠네요."

타치바나의 얼굴에 물음표가 떠올랐다.

나도 억지로 밀어붙이고 있다는 건 자각하고 있다. 하지만 어쩔 수 없다. 잠자코 받아들여 줬으면 한다.

"그것보다 저는 지금부터 노상 라이브를 하러 가야합다. 그러니 더는 못 어울려줘요."

"괜찮아. 그런 소리를 할 것 같아서, 준비해왔어."

"……네?"

내가 씨익 웃으면서, 양손에 든 것은 바로 왕의 검— 진명은 펜라이트.

LOVE 아사기, 라고 자수가 된 머리띠(수제)도 완비.

일사병 대책 삼아 스포츠 드링크도 빠뜨리지 않고 챙겼다.

"온갖 물자가 등에 멘 가방 안에 들어 있어. 전투(오타쿠) 준비는 완벽해."

"설마…… 제 라이브에 오려는 검까?!"

"당연하지. 제대로 이야기를 나눠줄 때까지 온종일 따라다닐 거야."

"스토커! 스토커가 여기 있슴다!! 그만 짓하면 경찰 부를 거예요!"

"흐음, 경찰한테 기대는 거구나."

"끄응."

내가 비꼬는 투로 그렇게 말하자, 타치바나는 바로 움찔했다.

그래, 역시 거기가 약점이구나?

올바른 사회에 반발해서, 옳은 길이 아니라 그릇된 길을 선택한 것에 자부심을 지닌 양아치가—.

"자기한테 유리할 때만 경찰에게 기대는 건, 꼴사납지 않으려나~?"

"크으으으으……!"

타치바나는 분한지 입술을 부르르 떨었다.

……진짜로 갈 데까지 간 양아치라면, 자기한테 유리할 때만 피해자 행세를 하며 경찰에게 기댈 것이다.

타치바나가 양아치의 긍지를 지닌 타입이라 다행이다.

"멋대로 하라고요!"

"훗, 네가 말 안 해도 그럴 거야."

이겼다.

뭐, 승부는 이제 시작된 거지만 말이다.

인내심 대결이다.

미움받고 있다는 건 알지만, 타치바나에게 인내심 대결로 이겨서 그녀와 이로하가 진정으로 바라는 게 뭔지 알아낸다면 활로를 찾을 수 있다. 분명 나이스한 아이디어가 떠오를 게 분명하다. 근거는 없지만 말이다!

"……어, 어이, 타치바나. 뭐 하는 거야?"

"자전거에 타려는 건데요."

타치바나는 자전거 정거장에서 핸들을 개조한 자전거의 자물쇠를 열던 손을 멈추더니, 의아한 표정으로 고개를 갸웃거렸다.

자전거.

그래, 자전거에 타려는 거구나…….

그 단어를 들었을 뿐인데, 내 관자놀이를 타고 땀이 흘러내렸다.

갑자기 지금이 여름이라는 게 생각났다.

"아."

타치바나도 내가 미묘한 반응을 보이는 이유를 눈치챈 것 같았다.

그렇다. 바로 그거다.

저, 걸어서 여기까지 왔습니다.

타치바나가 씨익…… 하고 나를 놀리는 듯한 미소를 머금었다.

"아하~. 흐흥~. 오호라~임다~."

"……알고 있어? 자전거에도 법정속도라는 게 있거든?"

"완전 징그러운 남자를 따돌리는 데는 시속 30킬로미터면 충분함다! 자아, 출발~!"

"앗, 기다려! 하다못해 부정 출발은 하지 말라고!"

다짜고짜, 인정사정없이, 타치바나는 처음부터 전력 질주로 자전거를 몰았다.

나도 그 뒤를 쫓으며 내달렸다! 젠장, 물자가 들어 있는 가방이 너무 무거워! 누가 쓸데없는 짐을 이렇게 잔뜩 챙긴 거냐고!

"아~ 하하하~! 이대로 따돌려 주겠습다! 꼴 좋네요! 바보~ 바보~!"

"짜증나아아아아아아아! 얕보지 말라고! 설령 상대가 자전거를 탔더라도, 나는 포기 안 해~!"

자전거 VS 도보.

인의 없는 경쟁의 결과는— 결과부터 말하자면, 내 승리였다.

"허억~, 하아~, 허억~ ……하아~…… 더…… 더는 무리……야…… 죽겠어……."

그 대신, 막대한 희생을 치러야만 했다.

역 앞의 기념물 앞. 길거리 곡예사나 길거리 연주가들이 이용할 듯한 공간. 나는 그곳의 아스팔트 위에 대자로 뻗은 채, 거친 숨을 내쉬고 있었다.

달궈진 지면 탓에 등이 뜨겁지만, 그런 걸 신경 쓸 때가 아니다. 진짜 큰일 났다. 죽을 것 같다. 다리는 후들후들, 눈은 껌뻑껌뻑거렸다. 스포츠 드링크를 왕창 챙겨서 다행이다. 이게 없었다면, 여기 오기 전에 쓰러졌을지도 모른다.

"하아, 하아…… 두 발로 자전거를 끝까지 쫓아오다니, 선배는 대체 정체가 뭡까……."

자전거도 결국은 인간의 힘으로 달린다. 타치바나는 나만큼은 아니지만 지친 것 같았다. 핸들에 턱을 얹은 채 숨을 고르고 있었다.

"나는 근성에 스테이터스 수치를 올인했거든."

"우와, 완전 시대착오적입다."

"양아치한테 그런 소리 듣고 싶지 않아."

"시끄럽습다~. ……자, 연주 준비를 해야 하니까 비켜요. 방해됩다."

"크억. 좀 상냥하게 대해주면 안 되냐고."

"체력과 근성만 쓸데없이 좋은 피지컬 변태니까 이 정도는 별것 아닐 겁다."

자전거에서 내린 타치바나가 발로 내 몸을 길가로 밀어내듯 이동시켰다.

야, 인마. 그건 손으로 옮기기엔 너무 무거운 짐을 옮길 때 하는 짓거리잖아…….

나는 항의하고 싶지만 체력이 없었기에, 그냥 순순히 당하고 있었다.

이것도 퍼포먼스의 일환이라고 여긴 건지, 길가던 사람들이 웃음을 흘리는 모습이 눈에 들어왔다.

……어라? 이상하네.

한심한 모습을 보여주고 웃음을 샀으니, 평소 같으면 부끄럽단 생각이 들 텐데 말이다.

아주 조금이지만, 기쁘잖아.

……아, 그렇다고 M에 눈뜨거나 한 건 아니거든?

뭐랄까, 나와 타치바나의 콩트로 사람들을 웃긴 것 같은 느낌이 들었다.

자전거를 탄 타치바나를 전력 질주로 쫓아온 건 나다. 그리고 뻗어버린 것도 나다. 발에 차이면서도, 저항하지 않고 굴러가는 것 또한 내 책임이라 할 수 있다.

게다가 그것은 나름대로 목적이 있어서, 긍정적으로 행동한 결과다. 상황이 바라지 않던 방향으로 전개되면서 불합리하게도 이런 짓을 당한 탓에 비웃음을 사는 것과는 근본적으로 다르다.

어쩌면, 그래서 비웃음을 사는데도 기분이 나쁘지 않은 걸지도 모른다.

남을 웃긴다.

그것은 곧, 남을 즐겁게 해준다.

그다지 의식한 적은 없지만, 이런 것도 좋은걸.

구석으로 밀려난 나는 바닥에 앉아서, 가방 안에 들어 있는 각종 물자를 꺼냈다.

스포츠 드링크로 달궈진 몸에 수분을 주입하고, 『LOVE 아사기』 머리띠를 착용했으며, 펜라이트를 들었다. 당연히 쌍검이다. 전사라면 기본이잖아?

온 힘을 다해 응원해서 짜증나게 만들고 싶지만, 그랬다간 지난번과 같은 사태가 벌어질 것이다.

단기간에 두 번이나 오토이네 주치의의 신세를 질 수는

으로 음악 활동을 하는 나는 한눈에 알 수 있거든~?"

"……미안해."

"괜찮아, 괜찮아. 내 음악의 팬인 건 진짜잖아."

"으, 응. 그건 진짜야! 정말 거짓말이 아냐!"

코히나타 이로하는 몸을 쑥 내밀며 그렇게 외쳤다.

하지만 지금의 대화로 볼 때, 코히나타 이로하는 타치바나에게 전부 다 털어놓지는 않은 것 같았다.

서로에게 엇갈리는 부분, 숨기고 있는 부분이 있는 건가.

아…… 그래서 코히나타 이로하의 《크림슨》 가입이 아직 확정되지 않은 건가.

타치바나가 진심으로 추천했다면, 오토이는 코히나타 이로하를 받아줬을 것이다. 아직 멤버가 되지 못한 건, 소개를 부탁받은 타치바나 본인도 코히나타 이로하가 아직 속내를 다 털어놓지 않았다고 판단해서다.

하지만, 그렇다면…….

"그럼 왜 불량 서클에 들어가려는 거야? 설마 쌈박질을 동경해서는 아니지?"

"으음…… 그게……."

그녀는 볼을 살짝 붉히더니…….

작은 목소리로, 말했다.

"타치바나 양을 동경해서, 예요."

"뭐, 뭐……라고……."

나는 경악했다.

밀라노풍 도리아가 담긴 스푼이 내 손에서 흘러내리더니, 달그락 하는 소리를 내며 테이블에 떨어졌다.

"너희들, 백합이었냐?"
"동경한다는 말만 듣고 그런 쪽으로 상상하는 건 너무 저질 아닌가요?"

……죄송합니다. 입 다물고 듣고만 있겠습니다.

오즈의 여동생, 말 한마디 한마디의 파괴력이 너무 센 거 아냐?

"제가 동경하는 건, 음악 그 자체라기보다…… 타치바나 양의, 자유로운 삶이라고나 할까요."

"후후. 저는 참 죄 많은 여자임다~."

타치바나는 우쭐댔다. 하지만 그런 그녀의 반응마저 부러운 건지, 코히나타 이로하는 어이없어하기는커녕 점점 더 선망에 찬 시선으로 그녀를 쳐다봤다.

"좋아하는 것을 좋아하는 순간에 좋아하는 만큼 하고, 자신만만하게 자기 자신을 향해 가슴을 펴죠. 그런 면이, 같은 여자로서 솔직히 부러워요."

"그 정도는 양아치가 안 되어도 할 수 있잖아. 특히 너는—."

집안이 유복하니까, 하고 나는 말하려다 그 말을 삼켰다.

타치바나 앞에서 그 말을 하는 건 좀 그랬고, 코히나타 이로하의 사정도 모르면서 그렇게 단정 지어서도 안 된다는 느낌이 들었다.

결과적으로, 내 그 판단은 백점 만점짜리 정답이다.

—어쩌면 이 순간에 말을 멈췄는지에 따라, 나와 이로하의 앞으로의 운명 또한 바뀌었을지도 모른다.

"귀찮으니까 그냥 확 가르쳐줘도 괜찮지 않겠습까?"

"응……."

타치바나가 묻자, 코히나타 이로하는 고개를 끄덕였다. 그러자 타치바나는, 내 눈을 똑바로 바라보며 말했다.

"이로하는, 오락도 자유도 허락되지 않습다."

또 그거냐, 하고 생각했다.

오토이도 같은 말을 했지만, 걔는 더 자세한 이야기는 해주지 않으려는 것 같았다.

타치바나와 코히나타 이로하 본인이라면, 더 자세한 이야기를 들려줄지도 모른다.

"그게 대체 무슨 말이야?"

처음 듣는 척하며 되물었다.

……오토이한테 언뜻 들었다고는 말 못 하겠거든.

"무슨 말이긴요. 말 그대로임다. 텔레비전도, 책도, 만화도, 게임도, 음악도, 엄마가 허락해주지 않아서 아~무것도 접할 수가 없습다. 요즘 세상에 믿기지 않는 이야기죠~? 완전 옛날 옛적의 학구열 쩌는 엄마라니까요."

"접할 수가 없다고 해도 한계가 있잖아. 확실히 저 애의 집에는 텔레비전이 없었지만……. 스마트폰을 가지고 있지? 만화든, 게임이든, 음악이든, 영상이든, 얼마든지 오락거리를 접할 수 있을 거라고."

"맞습다. 저도 같은 소리를 했는데 말이죠~."

"그렇지만……."

놀리는 듯한 눈길이 자신을 향하자, 코히나타 이로하는 고개를 숙였다. 쪼르륵~ 하고 빨대로 음료를 빨아 마시는 시늉을 하며, 주스가 마셨다 잔으로 되돌렸다를 반복했다.

……오즈의 여동생, 의외로 버릇없는 짓을 하네.

"아무리 부모라도 자식을 완전히 속박하는 건 무리임다. 하지만 이로하는 스스로 그 룰에 따르죠. 진짜 착해빠진 애임다."

타치바나는 깔깔 웃었다.

하지만 코히나타 이로하는 미묘한 표정을 짓고 있었다.

아무래도 코히나타 가의 가정환경은 내가 생각하는 것보다 더 복잡한 것 같았다. 오락을 금지하는 꽉 막힌 부모와 반항기인 딸이라는 관계라면 이해하기 쉬울 텐데 말이다.

자기가 적극적으로 부모의 뜻을 거스르고 싶지 않은 건가…….

……어? 잠깐만 있어 봐.

그녀의 대사를 머릿속으로 정리하다 보니, 위화감에 사로

잡혔다.

"그럼 왜 양아치가 되려는 건데? 그런 짓을 하면, 어머니를 배신하는 거나 마찬가지잖아?"

"그건…… 그렇지만요……."

대답이 시원찮았다.

타치바나 또한 뭔가를 알고 있는 듯한 눈빛을 머금고 있지만, 세세하게 설명해주지는 않았다.

하지만 의문이 서서히 풀리고 있는 것도 사실이었다.

코히나타 가는 오락을 금지하고 있다지만, 오즈는 자기가 좋아하는 연구에 몰두하고 있다. 그렇다면 부모는 동생인 이로하만을 속박하고 있거나, 아니면 본인이 부모의 의향을 무시하면 될 일인데 이로하 본인이 그것을 열심히 지키고 있을 가능성이다.

혹시 후자인 게 아닐까? 그래서 오즈만은 자유로운 시간을 보내고 있다?

…………. 부모의 의향, 인가…….

자기 가슴에 손을 대며, 자기 일처럼 생각해봤다.

듣고 보니 나도 부모의 뜻을 거스른 적이 거의 없다. 중학생이 됐는데도 과보호를 하려고 드는 부모님에게 반발한 적은 있지만, 기본적으로는 가족과 지내는 시간을 좋아했다. 그리고 꿈을 좇고 싶다며 나와 상의했을 때도, 두 사람의 등을 밀어주며 응원했다.

만약 오즈와 만나지 않았다면, **부모의 의향에 따라** 나도 해외로 갔을 것이다.

내가 억지로 일본에 남은 건, 가정 밖에 이유가 있어서다.

"혹시, 계기를 원하는 거야?"

그것은 비교적 깨끗한 표현이다.

날 선 표현을 쓰자면, 자기를 억지로 밖으로 끄집어내서 변명거리를 제공해주는 환경을 원하고 있다.

뭐, 그 점을 지적하는 건 융통성 없고 가여운 짓이란 생각도 들었다.

"…………윽."

코히나타 이로하는 입을 다물었다. 하지만 한순간 눈빛이 변했다. 한순간에 지나지 않지만, 조금이라도 힌트를 얻으려고 정신을 집중하고 있었던 나는 그것을 놓치지 않았다.

세세하게 설명해주지는 않는다. 내 예상이 정답인지 오답인지 딱 잘라 말해주지 않는다.

하지만, 얼추 맞다. 그런 분위기가, 느껴졌다.

만약 이것이 내 착각이라면 어릿광대 같겠지만…… 오즈의 여동생이 마음을 열어주지 않는다면, 결국 도박을 하지 않으면 상황이 변화하지 않는다. 변화시킬 수 없다.

"좋아, 알았어!"

"……네?"

얼이 나간 코히나타 이로하의 앞에서, 나는 힘차게 토마토 주스를 들이켜며 리코펜을 섭취했다.

그리고 뇌를 최대한 가동해서 도출한 결론을 밝혔다.

"너희 두 사람과 《크림슨》이 안고 있는 문제, 전부 한꺼번에 해결해주겠어! 불량 서클을 다른 형태로 변화시켜서, 돈과 환경에 얽매이지 않고 자유롭게 즐거운 시간을 보낼 수 있게 해주는 굿 아이디어를, 내가 찾아내고 말겠다고!"

"어어?! 무슨 소리 하는 검까. 그런 부탁 한 적 없거든요!!"

"부탁받은 적도 없거든!"

"오지랖이라는 말로 넘어갈 레벨이 아닌다! 괜한 참견이에요 그런 걸 당하면 우리는 곤란해지거든요?!"

"너희 사정 같은 건 알 바 아냐. 나와 오즈를 위해서 하려는 거라고!"

"전부 한꺼번에 해결하겠다니, 대체 뭘 하려는 검까?"

"아직 생각 안 났어!"

"노 플랜?! 선배, 장난치는 검까?!"

"물론 진지해. 계획은 아직 백지상태지만, 이제부터 백지를 채우기로 결심했어. 이건 같은 백지라도 엄연히 달라."

해냈나, 해내지 못했나, 라는 단계가 아니다.

그 직전의 하려고 했나, 하려고 하지 않았나, 라는 단계다. 하려고 마음을 먹었기에 처음으로 보이는 게 있는 법이다.

"이럴 때가 아니지. ―나 먼저 돌아가 보겠어."

"네엣?!"

나는 테이블 위에 자기가 먹은 밀라노풍 도리아와 드링크바의 돈만 둔 후, 벌떡 일어섰다.

이런 과감한 더치페이는 남자애의 특권이다. 뭐, 그런 속담이나 고사성어는 없지만 말이다.

아무튼 최소한의 의무를 다하면서 자리에서 일어난 나는 망연자실한 눈길로 자기를 쳐다보는 두 명의 여자 후배를 내버려 둔 채, 다급히 가게를 나섰다.

―《크림슨》을 대신할 무언가. 불량 서클과 다른 무언가를 만들려면 어떻게 하면 될까?

머릿속에서 리코펜이 미친 듯이 날뛰었다. 리코펜에 그런 성분이 있는지는 모르겠지만 말이다.

맨션으로 돌아가는 도중에, 스마트폰으로 마구 검색을 해 봤다.

『음악』, 『돈 버는 방법』, 『즐거운 집단 작업』, 『프로그래밍』― 이것들이 내가 검색해본 단어다.

오즈, 오즈의 여동생, 타치바나, 그리고 《크림슨》 그 자체. 그 모든 것을 이어주는 한 줄기 선이 없는지, 단서를 찾아본 것이다.

하지만 검색 결과는 하나같이 확 와닿지 않았다.

돈 버는 방법, 이라는 단어 탓에 IT기업의 구인 모집이나 인재 매칭 관련 사이트가 나왔다.

"긱워크…… 크라우드 소싱…… 스킬 셰어링……이 뭐지……?"

검색 결과로 나온 사이트 안에서, 낯선 단어를 발견했다.

설명을 읽어봤다.

우선 긱워크. 고용 계약을 맺지 않는 단기 노동을 말하는 것 같았다. 음식 배달원 같은 건가.

다음은 크라우드 소싱. WEB를 통해 불특정 다수에게 업무를 발주하는 서비스다.

마지막으로 스킬 셰어링. 개인의 기술을 돈으로 바꾸는 서비스다.

"……으으, 복잡해! 전부 비슷한 거 아냐?! 다른 단어 쓰지 말라고!"

머리에 열이 오른 나는 무심코 딴죽을 날렸다.

전부 인터넷 일용직 아르바이트인 거잖아…… 란 생각이 들었다. 엄밀하게 따지면 엄연히 다른 것 같지만 말이다.

……그런데, 일할 사람을 모집하는 곳이 잔뜩 있구나.

음악으로 먹고 살 수 있는 건 일부 일류 아티스트 뿐이라고 생각했다.

세상에는 이렇게 많은 구인 공고가 있구나.

"어라?"

문뜩, 모집 내용 중에 비슷한 게 많다는 사실을 눈치챘다.

"**게임**……인가……."

음악, 프로그래밍, 양쪽 다 필요로 하는 집단 작업이다. 확실히 내가 원하는 조건에 부합됐다.

모집 글을 하나하나 확인해봤다.

스마트폰 게임이나 동인 게임의 제작 스태프를 모집하는 글이 많았다.

텐치도 같은 유명 기업만 알고 있었는데, 세상에는 내가 모르는 게임 회사와 제작팀이 이렇게 잔뜩 있었구나.

그 안에는 회사가 아니라 아마추어 제작 집단 같은 것도 있으며, 홈페이지를 보니 의외로 재미있는 게임을 만드는 곳도 많았다. 친척이 엔터테인먼트 기업을 경영하고 있어서 게임은 대기업에서 대규모 프로젝트를 진행해서 만든다는 선입관을 가지고 있었지만, 이런 식으로도 만드는구나.

그러고 보니 오즈는 게임을 할 때 즐거워 보였다. 엔지니어의 천성인지, 겉으로 드러나지 않는 설계 부분을 해석하는 듯한 시선으로 게임을 보고 있었다.

완성된 게임에서 역으로 계산해서 분해하는 걸 즐긴다면, 자기가 처음부터 하나하나 만들어나가는 것에도 흥미가 있지 않을까?

하지만 모집 글을 보니 중학생에게 일거리를 줄 듯한 곳은 하나도 없었다.

고등학생으로 범위를 넓혀도 마찬가지였다.

누군가에게 고용되어 게임을 만들려면, 적어도 앞으로 5

년은 걸린다.

"그래선 늦어. 그때까지 기다릴 순 없어."

조사를 하면서 걸음을 옮기다 보니, 내 안에서 생각이 점점 굳혀졌다.

맨션에 도착했다.

5층까지 엘리베이터로 올라간 후, 내 발은 자연스럽게 503호실로 향했다.

"오즈, 지금 괜찮아?"

"아키, 무슨 일이야? 미리 연락도 안 하고 찾아오다니, 드문 일도 다 있네."

"갑자기 찾아와서 미안해. 저기, 오즈. 우리 말이야—."

그리고 인터폰을 눌러서 부른 오즈에게, 나는 리코펜 파워로 내린 결론을 털어놨다.

우리의 미래를 결정지을 그 말을…….

"게임, 만들자."

*

『여자애 두 사람을 한꺼번에 내 날개로…… 히로인을 한 명으로 줄이지 않는 하렘 주인공…….』

『방금 에피소드를 듣고 그런 감상을 내놓는 건 이상하지 않아?! 연애 요소 제로였거든?!』

『청춘물과 연애물은 강화계와 방출계만큼 비슷하고, 양립되기 쉬운 요소…….』

『멋대로 인기 만화의 설정을 차용하지 마. 무슨 말이 하고 싶은 건지는 알겠지만…….』

『호러와 에로틱, SF와 판타지, 휴먼 드라마와 코미디, 액션과 어드벤처만큼 밀접해.』

『알고는 있다고!』

『하지만 설마 《5층 동맹》을 결성하게 된 계기가 이런 눈부신 청춘 이야기였다니……. 여기서부터는 마시로— 아니, 마키가이 나마코와 합류할 때까지 일이 술술 풀렸어?』

『당연히 아니지.』

『또 무슨 문제 있었어……?!』

『응. 정확하게는 이제부터 커다란 문제가 드러나는 거야.』

005 제5화 …… 친구 여동생과 친구의 다리 역할

"오오오오! 움직여…… 움직인다고……!"

"그야 제대로 프로그래밍을 했거든."

여름 방학이 막 시작된 7월 말.

에어컨을 빵빵하게 틀어놔서 시원한 오즈의 방.

컴퓨터 화면 안에서 낙서 같은 동물이 아장아장 옆으로 움직이고 있었다.

텐치도의 원조 슈퍼 마르코를 참고해서 재현한, 횡스크롤 액션 게임이다.

퀄리티는…… 짐작이 되겠지만, 30년 전 레벨 이하다.

호화로운 CG가 표준 장비된 현대에서는 통하지 않으리라는 건 나도 알고 있다.

하지만…….

"직접 만든다는 건, 참 좋네……."

솔직하게 말해 감동했다.

우선 단둘이서 시험 삼아 적당한 게임을 하나 만들어보기로 한 나와 오즈가 시제품 삼아 만든 게임에 지나지 않지만, 묘하게 애정이 느껴졌다.

지금 생각해보면 참 긴 시간이었다. 날짜로 치면 얼마 되지 않지만, 어마어마하게 집중한 덕분에 시간이 천천히 흐르는 듯한 느낌이 들었다.

오즈가 프로그래밍을 할 수 있으니 식은 죽 먹기일 거라고 생각했는데, 의외로 그렇지 않았다.

프로그래밍 이외의 영역은 전부 내가 해야만 했던 것이다.

캐릭터 설정은 직접 생각하고, 일러스트도 내가 대충 그렸다. 음악과 효과음도 직접 만들지 고민했지만, 제대로 된 곡을 만들 자신이 없어서 관뒀다.

조사를 통해 저작권이 없는 BGM과 효과음이 공개되어 있다는 것을 알았고, 그것들을 감사히 쓰기로 했다. 세상에는 편리한 서비스를 무상으로 제공해주는 사람이 있다는 것을 알고 감격했다. 감사하옵니다~.

허공을 향해 감사 인사를 올리고 있을 때, 갑자기 아하하하는 웃음소리가 들려왔다.

컨트롤러를 손에 쥔 오즈가 조작을 멈추더니, 웃으면서 나를 돌아보고 있었다.

"왠지 기쁜걸."

"뭐가 말이야?"

"아키와 뭔가를 만드는 기쁨을 나누는 게 말이야."

"뭐야. 경험자 행세하는 거야? 너도 게임 제작은 처음이잖아."

"게임은 그래. 하지만 나는 이제까지 발명품을 만들거나 실험 같은 걸 해왔어. 즉, 뭔가를 계속 만들어온 거잖아."

"하긴, 그렇게 보면 같다……고 할 수 있나……?"

발명품과 게임이 같다고 해도 확 와닿지는 않았다.

하지만, 하고 싶은 말은 알 것 같았다.

나는 이제까지 오즈가 하는 일에 흥미를 품으며 그의 활동을 응원해왔지만, 직접 뭔가를 만들려고 하지는 않았다. 솔직히 말하자면 재능을 지닌 오즈의 방해가 될 거라고 생각했고, 자신의 빈곤한 발상으로는 재미있는 연구를 할 수 있을 리가 없다며 포기했다.

옆에서 오즈가 뭔가를 완성시켜 가는 모습을 보는 게 편했다.

"이제까지는 프록시 서버를 통해서만 액세스를 했지만, 드디어 같은 서버를 이용하는 느낌이 들어."

"그 비유는 못 알아듣겠지만…… 으음, 그러니까, 이제까지는 벽을 좀 느꼈지만, 드디어 진정한 의미에서 친구가 된 느낌이 든다는 거야?"

"아마 그거일 거야. 비유 표현은 잘 모르지만 말이지."

"보통은 이쪽이 더 알아듣기 쉬울 텐데……."

여전히 오즈의 커뮤니케이션은 독특했다.

"자기 손으로 이 세상에 『가치』가 탄생한다. 이 감각에 가슴이 뛰지 않아. 왜 그런지는 모르겠어. 하지만 고양감이 느껴져. 이런 걸 본능이라고 하는 걸까."

"글쎄……."

가슴에 손을 대며 생각해봤다. 확실히 심장이 뛰고 있었다. 자신의 유전자에 새겨진 야생의 포효인 걸까.

—원시인 행색으로 수렵 성과에 기뻐하는 자신을 상상하니, 어처구니가 없어서 웃음이 다 났다.

하지만, 아직 멀었다.

내 마음속의 원시인은 아직 만족하지 않았다. 아직 굶주리고 있다. 우호우호~ 하며 맹렬하게 그것을 어필하고 있다.

"아직 멀었어. 우리의 게임 제작은 아직 안 끝났다고."

"아키?"

"안 그래? 게임은 만들고 끝이 아냐. 가지고 놀아주는 사람이 있어야만, 비로소 진정한 가치가 생겨나잖아."

"그건 그래. ……그럼, 이제부터 둘이서 플레이할까?"

"그것도 매력적인 제안이지만, 그게 아냐. 그리고 우리는 테스트 플레이를 실컷 했잖아."

"뭐, 맞아. 효율적인 공략법 정도가 아니라 버그를 이용한 치트까지 전부 망라하고 있으니까, 즐기긴 어려울 거야."

오즈는 쓴웃음을 머금으며 고개를 갸웃거렸다.

"그럼 누구에게 플레이해달라고 할 건데?"

"플레이해줬으면 하는 애가 있어."

나는 바로 대답했다.

오즈에게는 이제까지 말하지 않았지만, 이 게임은 처음부터 플레이할 상대가 정해져 있었다.
어디까지나 이 처녀작은 시제품이다.
내가 상상하는 지도의, 밑그림에 지나지 않는다.
누구? 하고 중얼거리며 눈을 깜빡이는 오즈에게, 나는 씨익 웃으면서 대답했다.

"코히나타 이로하— 네 여동생과, 걔의 친구야."

*

"하아. 왜 오오보시 선배가 여기 있는 거예요?"
다음 날.
코히나타 이로하의 방 앞. 문을 열자마자 내 얼굴을 본 황금색 머리카락의 여자애는 차디찬~ 눈길을 나에게 보냈다.
"오늘은 타치바나와 집에서 놀기로 약속했다고 들었거든."
"누구한테요?"
"신뢰할 수 있는 정보원한테야."
"그럴듯한 표현으로 스토커 짓을 포장하지 마세요. 기분 나쁘다고요."
"너무하네. 양심에 찔릴 짓은 안 했다고."
내 여친(가짜)이 타치바나의 동향을 전부 알 수 있는 위치에 있거든.

내 생각을 전부 말해주자, 오토이는 쾌히 협력해줬다.

"그리고 그건 오오보시 선배가 여기 있는 이유가 못 되거든요? 타치바나 양이 곧 올 테니까, 돌아가 주세요."

"아니, 그럴 수는 없어."

"네?"

"타치바나는 이미 왔거든."

"……미안해, 이로하. 선배를 데려와 버렸어."

"타치바나 양?!"

타치바나가 내 뒤편에서 거북한 표정을 짓고 있자, 그 모습을 본 코히나타 이로하가 눈을 동그랗게 떴다.

나는 타치바나의 어깨를 두드리며 음흉한 미소를 지었다.

"보다시피 타치바나한테서 정식으로 초청을 받아서 이 자리에 왔거든. 그러니 스토커가 아니라고."

"큭…… 언니의 명령을 무시할 수 없습다……. 상하관계를 이용해서 자기 말을 듣게 만들다니, 저질 갑질 자식……."

"강요는 안 했어. 오토이의 뜻을 거절하는 건 네 자유야. 뭐, 양아치로서 어중간한 애가 되는 걸 받아들일 수 있다면 얼마든지 해봐."

"끄으으으응……."

굴복한 애 특유의 분한 표정을 지은 타치바나와, NTR남 같은 음흉한 표정을 짓고 있는 나…….

범죄 냄새 풀풀 나는 구도지만, 찔리는 구석은 전혀 없다.

안심&안전한 전연령 대상 장면이다.

"그러니까, 잘 부탁해."

"잘 부탁하긴 뭘 잘 부탁해요. 오늘은 타치바나 양이 하고 싶은 게 있다고 해서 집으로 부른 거예요. 약속이 있으니까, 오오보시 선배는 자중해 주세요."

"아, 그게 말임다. 이야, 정말 미안하게 됐달까……."

"타치바나 양……?"

타치바나는 창백해진 얼굴로 땀을 삐질삐질 흘렸다.

어이어이, 평소에 그렇게 잘 놀리던 입은 어디 가버린 거야? 평소의 앙갚음 삼아 그런 심술궂은 생각을 하며, 내가 대신 대답했다.

"타치바나의 볼일이 바로 이거야."

"……네?"

"너희 둘이 해줬으면 하는 게 있어. 그래서 약속을 잡게 한 거야."

"미안함다!! 이 남자의 계략에 걸려들었슴다!!"

"따, 딱히 사과할 것까지는 없는데……. 하지만, 어떻게 된 거야? 아무리 보스의 명령이라도, 타치바나 양이 이 남자의 말에 순순히 따를 리가……."

"그게…… 피치 못할 사정이……."

"시키는 대로 하면 오토이한테서 포상을 받을 수 있던가~? 쭉 가고 싶었던, 최애 가수의 라이브 티켓~."

"타치바나 양?!"

"미안하다고오오오오오오!! 내가 음악에 눈뜨는 계기가 된 사람임다아아아!! 완전 최애의 라이브, 한 번은 가보고 싶었어어어어어어!"

"으, 으음~ 그런 거라면, 괜찮지만……."

괜찮은 거냐…….

애걸복걸한다고 용서할 줄이야. 아무리 그래도 너무 쉬운 애인 거 아냐?

자기 품속에서 우는(시늉을 하는) 타치바나의 머리를 쓰다듬어주면서, 코히나타 이로하는—.

"그래서요? 저희한테 어떤 음란한 짓을 시킬 속셈인 거죠?"

나를 마구 노려봤다.

"음란한 짓 같은 게 아니라고."

나, 되게 신용 없나 보네. ……신용이 생길 이유가 없으니 당연하지만 말이야.

뭐, 신용은 이제부터 얻으면 된다.

나는 한숨을 내쉬며 마음을 다잡은 후, 엄지로 복도 끝을 가리켰다.

손가락이 향한 방향은 코히나타 가의 한 구석— 그리고, 코히나타 이로하가 전혀 관여한 적 없는 장소다.

"오빠 방……?"

"그래. 오즈의 방에서, 두 사람이 게임을 플레이해줬으면 해."

두 여자애를 데리고 방에 들어가자, 모니터와 컴퓨터를 준비하던 오즈가 문이 열리는 소리를 눈치채고 돌아봤다.

"왔구나. 나도 마침 준비를 마쳤어."

"땡큐, 오즈. —자, 두 사람 다 앉아."

"으, 음……."

당혹스러워하는 친구 여동생의 등을 살며시 밀어서 원형 의자에 앉혔다.

참고로 이 의자는 최근에 잡화점에서 사왔다. 그것도 내 돈으로 말이다. 부모님이 준 생활비를 털어서 샀다.

한동안 식사를 절제해야겠지만…… 꼭 필요한 지출이다.

먼저 의자에 앉은 타치바나가 박물관에 온 어린애처럼, 실내를 둘러봤다.

"이 방, 장난 아니네. 이로하의 오빠, 과학자?"

"……오, 오타쿠일 뿐이야."

"오타쿠 레벨이 아니잖아! 오오~ 두근두근해~!"

타치바나는 눈을 반짝이며 흥분했다.

친오빠에 대해 나름 생각하는 바가 있는 걸까, 아니면 가족이라 겸손해하는 걸까. 코히나타 이로하는 왠지 거북해 보였다. 오즈와 눈을 마주치려 하지 않았다.

역시 이 남매의 문제는 뿌리가 깊은 것 같았다.

……뭐, 그것도 한꺼번에 해결하려고 오늘 이 자리를 마련한 것이지만 말이다.

친구 여동생과 친구의 다리 역할— 그것이 나한테 있어서의 메인 테마다.

타치바나 아사기와 《크림슨》 멤버들에게는 미안하지만, 걔들은 어디까지나 **덤** 삼아서 어떻게 해주려는 것뿐이다.

그쪽을 책임질 사람은 오토이다. 그리고 우연히 전부 한꺼번에 해결할 가능성을 발견했기에, 손을 잡았을 뿐이다.

나에게 있어 《크림슨》 멤버는 어찌 되든 상관없는 존재이며, 오토이에게 있어서 코히나타 남매는 생판 남이다.

하지만 서로를 이용할 수 있기에, 우리는 서로의 손을 잡았다.

그래도 타치바나의 순진한 반응을 보고 좀 흐뭇해져서, 나는 친척 아이를 대하는 듯한 부드러운 태도로 말을 건넸다.

"타치바나는 이런 걸 좋아하나 보네."

"메카나 머신 같이 딱딱해 보이는 건 무지 동경함다! 완전 멋져요!"

"호오. 돈만 있다면 지금 바로 바이크를 사서 타고 다니고 싶어하는 타입의 양아치인 거려나?"

"당연한 거 아님까~! 크으, 빨리 면허 따고 싶슴다~!"

"아, 그래도 면허는 따는구나."

착하네. 뭐, 그게 당연한 거지만 말이다.

"무면허로 운전하다 사고라도 내면 죽을 거고, 다른 사람을 해치기라도 하면 좋을 게 없으니까요……."

"그 마음을 평생 잊지 마."

"코히나타 선배, 저 UFO 같은 검 뭘까? 무선 조종 헬기? 프로펠러가 달려 있네요."

"아, 저건 평범한 드론이야. 짐 운반과 문 열기가 가능하도록, 암과 프로그램을 신경 썼어."

"……아!"

오즈의 설명을 들은 나는 한순간, 움찔했다.

긴장한 것이다.

이제까지의 경험으로 볼 때, 오즈의 발명은 남에게 오해를 사기 쉽다. 학교에서의 하던 실험도, 반의 짜증 나는 녀석들이 나쁜 소문을 퍼트린 탓에 오즈가 무시무시한 실험을 한다는 식으로 소문이 퍼졌다.

지금 이야기를 나누는 드론 또한, 듣는 쪽에서 부정적으로 받아들인다면 오해를 살 수 있다.

짐 운반과 문 열기가 가능한 기계— 그것은 도둑질에 쓰이는 위험한 물건이라고 여겨질 수 있는 것이다.

오즈에게는 그럴 의도가 없다. 저 드론에 관해서도 예전에 이야기를 들은 적이 있는데, 오즈는 현관 앞에 놓인 택배를 자기 방으로 가져다 주는 드론이 있으면 편할 것 같다고 여길 뿐이었다.

다이너마이트를 발명한 천재가, 살육 병기의 탄생을 바란 것이 아니듯…….

만든 사람의 의도에서 벗어난 악용법을, 남들이 멋대로 상상하며 질색한다. ……그런 안타까운 모습을 보는 게 싫어서, 나는 무심코 긴장하고 말았지만…….

"우와~! 코히나타 선배는 천재?!"

타치바나는 사념이 전혀 섞이지 않은 맑은 눈길로 쳐다보며 그렇게 말했다.

솔직히 말해, 뜻밖의 반응이었다.

여자 후배. 게다가 불량 서클에 속한 날라리 느낌의 여자애.

오즈가 하는 일에 흥미를 가지는 타입과는 거리가 멀다고 생각했는데…….

……어디까지나 내 편견이었던 것 같았다.

"그것 말고는 또 어떤 걸 만들었슴까?!"

"이것저것 만들었어. 하지만 우선은 내가 프로그램을 담당한 게임을 플레이해주지 않겠어?"

타치바나가 관심을 보이자, 오즈는 그렇게 말하며 미소 지었다.

"코히나타 선배가 만든 검까?! 우와~, 할래요, 할래요, 할래요!!"

"고마워. 자, 받아."

"감사함다!"

오즈에게서 컨트롤러를 넘겨받은 타치바나는 의욕이 넘치는 것 같았다. 볼 또한 흥분한 것처럼 빨갰다.

호오…… 이거, 예상을 거듭 벗어나는 반응인걸.

타치바나가 자기 입으로 한 말에 따르면, 그녀가 좋아하는 사람에게는 짜증나게 굴지 않는다고 한다. 솔직하게 호의를 드러낼 거라고 말했다.

그러니 그녀의 지금 표정으로 볼 때, 오즈에게 꽤 호감을 가지고 있다……고 봐도 될까?

초면에 대뜸 한눈에 반했다! 천사의 화살을 가슴에 맞은 것처럼 폴인☆러브! 같은 전개는 아니겠지만 말이다. 이대로 관계를 이어간다면, 그럴 가능성도 있지 않을까.

타치바나가 옆에 앉아 있는 이로하에게 귓속말을 했다.

"……이로하의 오빠, 꽤 괜찮네."

"뭐?"

"오빠가 인기 많아서 고생이지? 친구들이 소개해달라며 성화일 거 아냐."

"아, 그렇지 않아. 그런 말, 처음 들어……."

"뭐~. 정말? 다른 여자애들, 사람 보는 눈 없네~."

……어이어이, 다 들린다고. 걸즈 토크는 여자끼리 있는 데서 해.

오즈는 남들의 밀담에 관심이 없는지, 못 들은 것 같으니 괜찮지만 말이다.

뭐, 타치바나의 이견에는 나도 동감한다.

헤어 스타일과 복장에 신경을 안 써서 드러나지 않지만, 오즈의 자연스러운 미소는 충분히 매력적이었다.

그럴 만도 했다. 동생인 이로하는 길을 가다 보면 무심코 돌아볼 만큼 미소녀다. 같은 피를 이어받은 오즈도 잘생긴 게 당연했다.

하지만 『실은 잘생겼지만 겉모습에 신경쓰지 않는 수수한 남자』와 『그런 남자의 매력을 눈치챈 희소한 양아치 타입 후배 가수 여자애』라는 조합인가…….

미소녀 게임이나 라이트노벨, 러브코미디 만화에서 흔히 볼 법한 구도다. 어쩌면 오즈에게는 주인공 적성 같은 게 있을지도 모른다. 그렇다면 옆에서 도와주는 남자 역할인 나는…… 친구 포지션이려나?

확실히 누군가의 보좌로서 도움이 되는 포지션을 좋아하니까, 적성에 맞을지도 모른다.

아니, 좋아하는 것과는 다를까.

아무튼, 나는 스포트라이트를 받는 것에 익숙하지 않다. 별 볼 일 없는 내가 빛을 받으면 무심코 숨고 싶어진다.

그런 생각을 하는 사이에 오즈가 게임을 켠 것 같았다. 경쾌한 BGM이 들려왔다.

"오, 시작됐습다!"

"으, 응."

타치바나는 가슴이 두근거리는 듯한 표정이었고, 코히나타 이로하는 긴장한 것처럼 표정이 굳어 있었다.

두 사람 다 컨트롤러를 쥔 자세가 어색했다.

아무래도 두 사람 다 이제까지 살아오면서 게임을 거의 해보지 않은 것 같았다.

동물이 즐겁게 움직이고 있는 메뉴 화면이 나온 순간, 타치바나가 푸핫~ 하고 웃음을 터뜨렸다.

"아니, 이 캐릭터는 뭡까! 못난이네요!"

"뭐어?! 인마, 비웃는 거냐?"

"왜 선배가 발끈하는 검까?"

"큭…… 아니, 그게……."

"아하~, 선배가 그린 건가 보네요?"

"그, 그래. 뭐 문제 있어?"

"흐~음. 꽤 귀여운 그림이다 싶습다~. 푸푸풉."

타치바나는 히죽히죽 웃으면서 놀려댔다.

초보자의 그림을 인정사정없이 놀려대다니…… 처음 그려 본 거니까 어쩔 수 없잖아. 별로라는 건 나도 안다고.

"저기. 이로하도 그렇게 생각하지 않습까?!"

"……뭐?"

그 말을 들은 코히나타 이로하가 얼이 나간 듯한 목소리로 그렇게 말했다. 바로 동의하나 했더니, 그녀는 화면 속의 예술적인(거짓말로 치부되지 않을 마지노선의 긍정적 평가)

동물을 신경 쓰고 있었다.

어라…… 혹시, 오즈의 여동생의 취향에는 맞는 걸까?

한순간, 나는 그런 기대를 품었지만—.

"으, 응. 이 고양이, 못나서 그다지 귀엽지, 않네."

결국 타치바나와 마찬가지로, 엄격한 평가를 내렸다.

젠장. 반론을 할 수는 없지만 분하다.

"이로하도 이렇게 말하지 않습까. 연습 좀 더 하세요, 선배!"

"두고 보자, 이 짜증녀야……."

죽도록 그림 실력을 갈고닦아서, 언젠가 따끔한 맛을 보여주마.

그렇게…….

자작 게임 테스트 플레이 모임은, 최악의 형태로 시작됐다. —적어도, 나한테 있어서는 말이다.

두 시간 후…….

"이쪽은 맡기고 먼저 가는 겁다! GO! GO! GO!"

"으, 응! 거기!"

"나이스, 이로하! 이대로 장애물을 피해서 달려가면……!"

"조심해 타치바나 양. 거기, 천장에서 함정이 떨어지는 곳이야!"

"알고 있습다!"

그래픽은 30년 전이지만 건방지게도 협력 플레이가 가능한 그 게임을, 여자 중학생 두 명이 대화를 나누며 공략했다.

30분 전부터 서서히 몸이 앞으로 쏠리기 시작하더니, 어느새 화면속으로 들어가려는 듯이 몸을 앞으로 숙이고 있었다.

함정을 설치한 나마저도 힘내, 거의 다 왔어, 하고 마음속으로 응원했다.

그리고…….

"가라! 거기서 점프!"

"에잇! ……앗……!"

마지막 보스(미술D, 노력의 결과 미술C 정도로 성장한 미술 실력으로 그린 자칭 드래곤)를 밟고 뛰어넘은 후, 그 뒤편에서 반짝이고 있는 깃발을 플레이어블 캐릭터인 토끼가 손에 쥔 순간…….

""골————인!""

달성감으로 가득 찬 두 사람의 환성과, 게임 속의 팡파르가 거의 동시에 울려퍼졌다.

타치바나와 코히나타 이로하는 찰싹! 소리나게 하이파이브를 하더니, 흥분으로 볼을 붉힌 채 서로의 플레이를 칭찬하기 시작했다.

나 또한 가슴이 벅차올라서 무심코 박수를 쳤다.

고개를 돌려보니, 웬일인지 오즈도 부드러운 표정으로 박수를 치고 있었다.

“우와, 이게 뭡까. 완전 대박! 시간 순삭임다!”

“아하하. 나도 그래. 이렇게 뭔가에 열중한 건 오래간만일지도 몰라.”

“못난이 캐릭터도 중간부터는 전혀 신경 안 쓰였슴다. 뭐랄까, 나름의 매력이 있는 것 같달까? 못난이 마스코트 캐릭터 같달까?”

“타, 타치바나 양도 그래? 나도 실은 꽤 귀엽다고 생각했어.”

“귀엽지는 않슴다~!”

“뭐어?!”

그렇게 무시하던 내 그림까지, 손바닥 뒤집듯 태도를 바꾸며 극찬했다.

며느리가 미우면 손자까지 밉다, 라는 속담의 정반대다. 마음에 들면 하나부터 열까지 전부 긍정한다. 속 편한 애들이다.

뭐, 타치바나는 캐릭터의 귀여움까지 인정하진 않는 것 같지만 말이다.

“그래도 불가사의함다. 확실히 저는 무료로 즐길 수 있는 스마트폰 게임만 좀 해봤을 뿐이거든요? 그래도 게임 실황 영상 같은 건 본 적이 있어서, 요즘 게임이 어떤 건지는 알고 있슴다.”

“퀄리티만 보면 요즘 시대에는 먹히지 않을 거야. 그건 자각하고 있어."

"그래도, 정말 재미있습다. 그림은 한심 그 자체에, 음악도 싸구려예요. 게임성은 확실히 있지만, 그것만으로 이렇게 만족한다는 건 말도 안됨다. 왜 이런 게 재미있는 건지……."

"바로 그 점이야."

"네?"

"『게임성은 확실히 있다』— 네가 방금 한 말이, 그게 답이야."

"???"

타치바나는 영문을 모르겠다는 듯이 눈을 깜빡거렸다.

무리도 아니다. 나도 처음에는 반신반의했다.

게임을 만들기로 결심한 후, 참고가 될 듯한 사이트를 검색해보거나 게임을 만드는 법에 관해 영상으로 해설해놓은 사람의 채널을 등록하며 여러모로 공부했다.

그 과정에서 나는 『게임』이라는 것의 본질을 조금씩…… 아주 조금씩, 배울 수 있었다.

일방적으로 마음의 스승으로 모시는, 수많은 선현은 입을 모아 이렇게 말했다.

"—게임의 본질이란, 『소꿉놀이』다."

"소꿉놀이……? 그게 무슨 소리임까?"

내가 선현의 명언을 입에 담자, 타치바나는 바로 되물었다.

사전을 읽듯, 나는 내 머릿속에 새겨진 가르침을 암송했다.

"가위바위보, 술래잡기, 숨바꼭질, 피구. 초등학생 때, 그런 놀이를 자주 했지?"

"질리도록 했습니다."

"정말 질렸어? 지금 하면 재미없을 것 같아?"

"으음, 글쎄요……. 자연스럽게 졸업했는데……. 지금 해도, 재미있을 것 같긴 합니다."

"그렇지? 왜 그런지 알아?"

"……글쎄요?"

"최고 수준의 완성도를 자랑하는 게임이라서야."

"게임?"

무슨 말인지 전혀 이해 못 하는 표정이다.

"룰이 있고, 승리 조건이 설정되어 있으며, 플레이어는 자기가 이기기 위해 노력해. 게임도, 놀이도, 마찬가지지?"

"그건 그렇습니다……."

애들의 소꿉놀이에는 뛰어난 시나리오도, 호화로운 그래픽도, 장대한 음악도 없다.

하지만 전 세계에 플레이어가 있으며, 몇 세대에 걸쳐 즐기고 있다.

현대의 온갖 게임의 정점에 군림하는, 최강의 엔터테인먼트라고 해도 과언이 아니다.

"진짜로 재미있는 게임은 전혀 꾸며주지 않더라도 재미있어. 그래서 두 사람 다 이 게임에 푹 빠진 거야."

실제로 고예산 게임이 우글우글한 현대에도 저예산 게임의 열렬한 팬도 많다.

개인 제작으로 발표하기 쉬운 플랫폼이 늘어난 덕분에, 옛날보다도 아이디어가 승부를 보려고 하는 저예산 게임도 늘어난 모양이었다. 오히려 사업보다 개성적이고 색깔 있는 인디즈 작품을 즐겨 사는 애호가도 많아서, 하나의 커다란 흐름이 되고 있다. ……라는 것을, 조사해보고 알았다.

"예산이 없더라도 머리를 잘 쓰면, 우리도 전 세계의 팬을 매료시키는 게임을 만들 수 있어. 제작에 있어 유일한 허들은, 프로그래밍 지식과 기술인데—."

제작자가 되고 싶어도 될 수 없는, 다른 게임 제작자 지망생과는 조건이 다르다.

"—오즈라면, 그 어떤 아이디어도 게임에 반영해줄 수 있어. 뛰어난 기술과 지식, 그리고 부족한 부분이 있으면 바로 흡수해서 자기 걸로 만드는 학습력을 지녔지."

"열변 토하는데 찬물 끼얹는 것 같아서 좀 그렇지만요."

타치바나는 내 말을 끊었다.

"선배는 대체 무슨 말이 하고 싶은 검까?"

"시치미 떼지 마. 짐작이 되잖아."

"……뭐, 맞슴다. 이래 봬도 바보는 아니니까요~."

입술을 삐죽 내민 타치바나는 토라진 듯한 표정을 지었다.

의자 위에서 책상다리를 하고 앉았다.

태도 되게 안 좋네~. 팬티가 보일 것 같으니까 다리 좀 오므리라고.

—그렇다. 내가 이 시제품 게임을 제작해서 저 두 사람에게 플레이시킨 건, 창작 욕구를 자극하거나 오즈의 재능을 보여주고 「내 친구, 대단하지?」 하며 자랑하고 싶어서가 아니다.

단순명쾌한, 단 하나의 목적.

시종일관. 초지관철. 철두철미.

요즘 들어 내가 하고 있는 건, 전부 하나의 목적을 위해서다.

"《크림슨》을 관두고, 우리와 게임을 만들지 않겠어? 두 사람은 게임에 쓰는 BGM이나 테마송 같은 걸 만들어줬으면 해."

"……아니, 저는 평범하게 음악 활동이 하고 싶은데요."

"물론 그것도 계속해. 게임에 쓰이는 악곡을 제작할 때 말고는, 자유롭게 활동해도 돼."

"저한테 메리트가 없지 않슴까."

"있어."

나는 단언했다.

당연히 있다고.

나는 철저한 준비 끝에 오늘 교섭에 임했어. 그러니 얕보면 곤란해.

"말했지? 예산이 없더라도 머리만 잘 쓰면 전 세계의 팬을 매료시킬 게임을 만들 수 있다고 말이지."

즉…….

"게임이 팔린다는 거야. 잘만 하면, 충분히 돈이 돼."

"……아!"

타치바나의 눈빛이 변했다…… 이 반응은 눈으로 확인하기 전에 예상할 수 있었다.

그녀가 가장 하고 싶은 건 음악 활동이다.

불량 서클에 속해 있는 건 어디까지나 활동자금 조달과 동료가 있기 때문이며, 안 그러면 일부러 사회에 가운뎃손가락을 세워 보이며 FU○K할 마음은 없다. ……그것이 며칠 동안 타치바나를 곁에서 관찰한 나의 자기류 프로파일링의 결론이다.

"솔직히 말해, 좀 끌리긴 함다만……."

딱 하나, 타치바나가 고개를 끄덕일 수 없는 요소가 남아 있지만—.

"언니를 배신할 수는 없슴다~!"

"오토이한테라면 이미 허락을 받았어."

"네엣?!"

—당연히, 그것도 예측해서 미리 손을 써뒀다.

스마트폰을 꺼내서 오토이와의 LIME 화면을 보여줬다.

『아사기의 양아치 관두기&크리에이티브 활동 완전 오케이~. 오히려 추천~.』

본인의 목소리까지 머릿속에서 여유롭게 재생될 듯한 대충&나른한 문장을 본 타치바나는 눈과 입을 크게 벌리며 굳어버렸다.

퇴로가 완전히 막혔다. 도망칠 곳은 없다.

“자, 선택해. 네가 하고 싶은가, 하기 싫은가. 거기에 따르면 될 뿐이야.”

“윽…….”

타치바나의 얼굴을 향해 스마트폰을 힘차게 내밀면서 그렇게 묻자, 그녀는 도망치듯 몸을 뒤편으로 젖혔다.

하지만, 거부의 말은 입에서 나오지 않았다.

타치바나는 옆에 있는 친구를 힐끔 쳐다보더니, 멋쩍은 듯이 볼을 긁적이며 중얼거렸다.

“이로하가 양아치가 안 되어도 된다면, 저도 그편이 낫다고 생각함다.”

“타치바나 양…….”

“이로하도 같이 하는 편이 좋을 검다. 협력하면 재미난 게임을 실컷 할 수 있는 거죠? 이제까지의 재미없는 하루하루와 굿바이할 수 있을 검다!”

타치바나가 그렇게 몰아붙이듯 설득했다. 역시 마음만 먹으면 저돌적으로 몰아붙이는 여자애다.

적으로 돌리면 짜증 그 자체지만, 같은 편이 되면 저 뻔뻔할 정도로 밀어붙이는 면이 참 믿음직했다.

확실히 오즈의 여동생에게 있어서도 매력적인 제안일 것이다.

오락 없이 지겨운 나날을 보내온 그녀가, 특별한 집단 안에서 특별한 일을 하면서 자유롭게 오락을 접하기를 바란다면……. 이 제안에 매력을 느낄 것이다.

그리고 그것은 오즈와 활동과 연관되어 있는 만큼, 거의 끊어지기 직전인 남매의 유대에 다리 역할을 해줄 것이다.

부탁이야. 이 손을 잡아, 코히나타 이로하……!

표정 변화는 전혀 없이…….

마음속으로 기도하며 가슴 앞에 모은 두 손에는 현관이 불거질 정도로 힘을 주며…….

"죄송해요. 저는 사양할게요."

대답은 짤막했고…….

또한, 명쾌하기 그지없는…….

오해나 해석의 여지가 전혀 없는, 심플한 거절이다.

"타치바나 양, 폐를 끼쳐서 미안해. 이제 양아치 동료로 삼아달라는 말은 안 할게."

"이로하…… 잠깐만, 쓸쓸한 분위기 내지 마요. 우리 관계가 끝난 것 같잖습니까."

"그럴 리가 없잖아. 노상 라이브를 할 때면 불러줘. 바로 뛰어갈게!"

"그건 기쁜 말이지만……."

어디까지나 한 명의 팬으로서. 그렇게 선을 긋는 것처럼, 코히나타 이로하는 환한 미소를 지었다.

그 의미를 눈치챈 타치바나는 마주 미소 짓지 못했다.

"이제부터 작전 회의를 할 거지? 나, 방해될 것 같으니까 나가 있을게!"

그렇게 말한 코히나타 이로하는 오즈의 방에서 뛰쳐나갔다.

말투는 밝지만, 마치 도망치는 것처럼 다급해 보였다.

"이로하?! 잠깐…… 빨라!"

복도로 뛰쳐나가는 발소리가 들려온 후, 이어서 현관문이 열렸다 닫히는 소리가 들려왔다.

타치바나가 뻗은 손은 갈 곳을 잃더니, 힘없이 축 늘어졌다.

여친에게 차인 남친을 알기 쉽게 연기해봤습니다~ 라는 느낌의, 일부러 그러는 듯한 느낌마저 감도는 우스꽝스러운 행동이었다. 하지만 실제 상황이기에 웃어넘길 수가 없었다.

버림받은 고양이 같은 표정을 짓고 있는 타치바나를 보니, 진심으로 미안한 마음이 들었다.

"아~. 저기, 뭐냐. 그게, 그러니까……. 미안해."

"선배, 사과한다는 건 나쁜 짓을 했다는 걸 자각하고 있다는 검까?"

"나쁜 짓을 안 했더라도 사과해야만 할 때도 있어."

"그건 일본인한테만 먹힐걸요? 메이저리그에서 데드볼을 던지고 사과하면, 고의로 던진 거 아니냐며 문제가 되거든요?"

"음악 소녀면 음악에 비유하라고."

왜 야구에 비유하는 건데.

"되게 성가시네요. 텔레비전의 야구 중계는 무료로 즐길 수 있는 오락임다."

"하긴~. 요즘은 일본인 선수가 해외에서 활약하고 있잖아."

그래서 일본에서도 메이저리그 중계를 하는 건가. 몰랐던 점인데, 확실히 납득은 된다.

"그리고 진심으로 사과할 거 없습다. 선배의 제안은 충분히 매력적이었는걸요. 선배는 아무 잘못 없어요."

"그렇게 말해주니 고맙긴 한데…… 타인의 우정을 박살낸 건, 처음이거든……."

"아하♪ 그렇게 멋대로 굴어놓고, 그런 부분은 완전 소인배네요. 대박~."

"정말 아키다워."

"이봐, 오즈까지 나를 놀리는 거야?"

"당치도 않아. 나는 칭찬하는 거야. 타치바나 양도 그렇지?"

"당연히 칭찬이죠. 순억지쟁이 쓰레기 자식이 이렇게 약한 모습을 보이니, 너무 귀엽습다."

"완전히 동감이야. 아키 이야기를 나눌 수 있는 동지가 생겨서 기뻐, 타치바나 양."

"헤, 헤헤헤♪ 부끄럽습다, 코히나타 선배."

"너희는 대체 뭐야……."

남을 놀리며 꽁냥대지 말라고.

—아무튼…….

"저기, 오즈. 네 동생, 혼자 놔둬도 괜찮은 거야?"

"괜찮지 않을까? 아직 해지려면 멀었고, 이제 중학생인걸."

"하지만, 분위기가 심상치 않았어."

"으음…… 사람의 분위기를 겉모습으로 판단을 내릴 수 없으니, 영 모르겠어."

"하긴, 나도 무리야. 하지만, 그런 게 아니라……."

"응?"

오즈는 어리둥절한 표정을 지었다.

여전히 동생 일인데도 그다지 관심이 없어 보이는 눈치였다. 아니면 내가 너무 신경을 쓰는 것일까.

……아니다. 나는 너무 신경을 써도 된다.

코히나타 가에 감도는 위화감이 기우에 지나지 않는다면, 그것으로 괜찮다. 착각을 했더라도, 나 하나만 체면을 구기면 될 일이다.

하지만 만약 위화감을 무시한 바람에 치명적인 일이 일어난다면, 그편이 훨씬 최악이다.

"미안하지만, 역시 네 동생이 신경 쓰여. 나, 좀 나갔다 올게."

"그럼 저도 같이 가겠습다!"

"나도 갈까?"

"타치바나와 오즈는 집에서 기다려줘."

"어째섬까. 무관계한 거나 다름없는 선배보다, 친구인 제가 쫓아가는 게 나을 검다."

"네 말이 옳긴 해. 하지만……."

—오빠와 친구처럼 가까운 이들한테는 말할 수 없는 게 있을지도 모른다는 느낌이 들었다.

그런 오만하기 그지없는 본심은, 입에 담지 못했지만…….

"아무튼, 여기서 기다려. 금방 다녀올게!"

"잠깐만, 코히나타 선배와 단둘이서 뭘 하란 검까?!"

"게임!"

"친구 오빠와 1대1로 게임?! 완전 무리거든요?!"

타치바나의 비명에 가까운 목소리는 깔끔히 무시했다. 지금은 콩트 같은 대화를 계속 나눌 시간이 없다.

오즈와 좋은 분위기가 된다면 친구 대표로서 축하해줄게. 힘내라고, 타치바나.

무책임한 성원을 가슴에 품으며, 맨션을 나섰다.

로비를 빠져나가자, 친숙한 광경이 눈에 들어왔다. 왼쪽과 오른쪽, 바로 갈림길과 맞닥뜨렸다.

어느 쪽으로 가면 될까……?

한순간 망설인 후, 즉시 한쪽을 선택했다.

판단 기준은— 매일 등교할 때 지나는 길이다.

자유를 제한당한 우등생의 생활을 상상해보니, 통학로 이외의 길을 이용하지 않을 거란 생각이 들었다.

딱히 목적지가 없다면, 항상 이용하는 통학로를 선택하지 않을까.

"하지만 이쪽 길도 갈림길이 잔뜩 있으니까, 이제 와서 따라잡는 건 무리 아닐까……?"

오즈 여동생의 성격과 행동 패턴은 전혀 알지 못한다. 그런 것을 알 만큼 친하지도 않고, 아직 만난 지 얼마 안 됐다.

……아니, 잠깐만 있어 봐.

혹시, 거기 아닐까?

코히나타 이로하에 관한 정보량이 적기에, 내 뇌는 즉시 『그럴 듯한 답』을 내놨다.

근거도, 확신도 없지만…….

"어차피 거기 말고는 가볼 곳도 없잖아. 이렇게 되면 도박하는 셈 치고 가볼까!"

내가 숨을 헐떡이며 향한 곳은 바로 공원이었다.

통학로 도중에 있는 공원— 코히나타 이로하와 타치바나 아사기가 처음으로 접촉(했다고 음악 소녀의 정보를 통해 내가 멋대로 판단)한 공원이다.

한여름의 푸른 하늘이 어렴풋이 붉게 물들기 시작한, 해질녘 직전. 희미하게 바람이 불면서, 가로수의 나뭇잎이 스치는 소리가 들려왔다.

자연공원이라고 부를 만큼 장대하지는 않지만, 주택가 한복판에 있는 것치고는 충분한 넓이를 자랑했다. 작금의 공원 소음 사태 탓에 놀이기구가 대부분 치워지면서 낡은 철봉과 조그마한 미끄럼틀밖에 없었고, 벤치만 잔뜩 있었다.

놀이터로서의 매력이 제로인 장소인 탓에 아이들의 모습은 보이지 않았으며, 인기척 또한 거의 없다.

사람의 거의 없는 공원 한복판에서…….

대화를 나누고 있는 이가 있었다.

"어이어이어이! HEY! YO! 왜 도망친 거예요?! 아사기와 함께 게임을 만들면, 엄청 재미있을 거잖아YO!"

"나, 나도…… 그렇게 생각해. ……이로하 양은 양아치가 되고 싶었던 게, 아니잖아."

"두 사람이 하고 싶은 말이 뭔지는 알아. 하지만 함께 게임을 만들자는 제안을 받은 타치바나 양의 반응을 보고, 눈치채고 말았어."

"뭘 말이에YO?"

"타치바나 양에게는 『뼈대』가 있다는 거야."

"『뼈대』……인가요……?"

"응. 음악을 하고 싶다는, 올곧고 확고한 중심축이야. 그래서 양아치 활동을 하든, 게임 제작을 하든, 자유자재로 오갈 수 있어. 자기가 있을 곳이 바뀌더라도, 자기 자신이 달라지지 않아."

"이로하 양에게는…… 그게, 없어……?"

"맞아. 타치바나 양이 멋져 보여서, 부러웠을 뿐인걸. 음악이든, 양아치든, 뭐든 괜찮았던 거야. 그저 나는 뭔가를 하고 싶은 게 아니라, 타치바나 양이 되고 싶었을 뿐이잖아."

"HEY! YO! 그건 알고 있어YO! 워너비를 말해봐YO!"

"아하하. 인정사정 없네. 하지만, 네 말이 맞아."

기묘한 광경이다, 라고 생각했다.

대화의 내용만 들으면, 세 사람이 있는 것 같았다.

하지만 그 자리에는 세 명은 고사하고 두 명도 없었다. 코히나타 이로하, 단 한 명뿐이었던 것이다.

(머릿속 회의? 아니, 생각만 하는 게 아니라 실제로 말을 하고 있으니까 일인극이라는 표현이 옳을까?)

나는 나무 뒤편에 숨어서, 몰래 그 모습을 쳐다보고 있었다.

이제까지 보여주지 않았던 코히나타 이로하의 새로운 일면을 알 수 있었을 것 같았고, 무엇보다 이런 괴상한 짓을 하는 인간을 처음 봤다는 호기심이 이 광경을 더 보고 싶다며 나에게 속삭이고 있었다.

"이로하양. 사양……하고 있는 것 아냐?"

"사양?"

"쭉…… 자기를 내세우지 않으려고…… 해왔지? 게임에 나온 동물의 그림도, 실은 『엄청 귀여워서 마음에 든다』고 생각했는데, 아사기 양이 못난이라고 하니까 거기 맞춰서 자기 의견을 바꿨잖아."

"그건…… 타치바나 양의 뜨거운 반응에 찬물을 끼얹는 건 좀 그래서……."

"HEY! YO! 완전 사양하고 있는 거잖아YO! 귀엽다고 생각하면 귀엽다, 솔직하게 말하면 된다고YO!"

촌극은 계속 이어졌다. 엉뚱하기 그지없는 광경이지만, 이상하게도 우습지는 않았다.

왜냐하면 **무시무시할 정도로 연기가 능숙해서다.**

마치 진짜로 세 명의 인간이 존재한다는 착각이 들 정도로, 뛰어났다.

완전 인싸인 코히나타 이로하, 얌전한 아싸인 코히나타 이로하, 그리고 본체 느낌이자 그 둘의 중간 같은 코히나타 이로하.

다른 목소리, 다른 성격, 다른 기억을 지닌 각각의 인간을 완벽하게 연기하고 있었다.

겉모습만 꾸민 연기가 아니다. 완전히 역할에 몰입한 상태에서, 세 명을 순간순간 바꿔가면서 대화를 나누고 있다— 범상치 않은 수준의 예술적인 연기다.

"우와……."

솔직한 감상이 입에서 흘러나왔다.

친구 여동생이 일인극에 몰입한 나는, 나무 그늘에서 얼굴을 내민 채 멍하니 서 있었다.

그건 내 실수였다.

"어?"

대화가 일단락된 그녀가 위치를 바꾸려고 움직이면서—마침 시선이 내 쪽을 향한 것이다.

눈과 눈이 마주친 순간, 망했다는 것을 눈치챘다. 죄를 지었다는 것을 눈치챘다.

"어, 어, 어……."

"아, 아냐! 아니라고!"

코히나타 이로하는 쓰레기 관음증 자식을 목격하고 충격을 받은 건지, 입만 뻐끔거리고 있었다.

나는 허둥지둥 손을 내저으며, 변명을 하려고 했다.

하지만 내 목소리가 들리지 않는 건지, 그녀의 얼굴은 점점 새빨개지고 있었다.

"봤어…… 봤어……! 봤어……!"

"보긴 했어! 하지만 안심해. 딱히 질색하진 않았어!"

"제가 아무 말 안 했는데, 일부러 질색이란 표현을 쓴 거죠?! 그건 마음속 깊은 곳에서 질색했다는 의미 맞죠?!"

"확실히 질색하긴 했어! 하지만 안심해. 중간부터는 솔직히 연기가 대단하다는 감상만 들었어!"

"역시 처음에는 질색했던 거잖아요! 안심하란 말을 듣고 괜히 혹했어요!"

"사소한 부분까지 눈치채지 좀 마! 적당한 둔감력이 인생을 풍족하게 해준다고!"

"이 분위기상에서 설교 늘어놔서 주도권 쥐려고 하지 말아줄래요?! 지금은 오오보시 선배가 비난당해야 하는 시추에이션이란 말이에요!"

"찍소리도 못하겠네!"

느닷없이 말싸움이 벌어졌는데도 적절한 반론을 하는 것을 보면, 머리 회전이 정말 빠른 것 같았다.

역시 머리 자체는 꽤 좋은 것 같은걸? 이런 면을 보니, 소원한 것 같기는 해도 역시 오즈의 여동생이라는 게 실감됐다.

코히나타 이로하는 벤치 뒤편에 숨더니, 맹견처럼 으르릉거렸다.

멋쩍음과 경계심이 5대5로 믹스된 눈빛이, 농도 50퍼센트 수준으로 나를 노려보고 있었다. 조그마한 동물 같아서 참 귀엽다.

아, 지금은 이런 생각을 할 때가 아니다.

"저기~, 동생 분. 지금 본 것은 아무한테도 말 안 할 테니까, 그렇게 노려보지 말아줄래?"

"말 안 하는 조건으로 협박을 하려는 거죠? 음란한 짓을

© tomari

요구하려는 거죠?"

"안 해! 오락을 접하지 못했다면서, 그런 건 대체 어디서 배운 거야?"

"타치바나 양과 놀면서, 스마트폰으로 만화책을 보기도 했거든요……."

"타치바나 자식, 애들 교육에 좋지 않은 유형의 만화를 보여준 거냐."

하아 하고 한숨을 내쉰 나는 그녀가 숨어 있는 벤치에 앉았다. 물론, 당당히 말이다.

찔리는 구석이 전혀 없으니 당연했다.

"오지랖 넘치는 자식이라며 마음속으로 얼마든지 디스해도 돼. 일단 표면상으로라도 나와 대화하는 척을 해주지 않을래?"

"……그 이상한 부탁은 대체 뭔가요?"

"이상한 녀석한테 휘말렸다고 포기하며, 적당히 내 이야기에 맞춰달라는 거야."

코히나타 이로하에게, 나는 그저 오빠의 친구에 지나지 않는다.

마음속 고민을 털어놓을 만한 상대가 아니다.

하지만 그런 것을 전부 알면서도, 나는 그녀가 품고 있는 문제를 알고 싶었다.

귀찮기 그지없는 오지랖 쓰레기 자식에게 휘말리고 말았

다— 그런 태도라도 괜찮으니, 아까 전의 일인극 때처럼 속내를 털어놔 줬으면 한다.

……왠지 그녀는 본심을 누구에게도 털어놓지 못하고 있는 듯한 느낌이 들었던 것이다.

"……오오보시 선배는 참 특이한 사람이네요."

"자각은 하고 있어."

"그럼 더 문제잖아요."

체념하듯 한숨을 내쉰 코히나타 이로하는 드디어 몸을 일으켰다. 그리고 벤치 앞으로 이동하더니, 내 옆에 앉았다. ……두 명 정도 앉을 공간을 비워두고 말이다.

경계심 MAX인 타인의 거리. 벤치 가장자리에서 반쯤 엉덩이를 들고 있었다.

그렇게 거리를 안 벌려도 되는데…… 아무리 나라도 이러면 상처 입는다고.

뭐, 대화를 나눠주는 것만으로도 감사하지만 말이지.

"…………."

그렇게 나란히 앉은 후, 한동안 말이 없었다.

고개를 숙인 채 사복의 치마를 꼭 움켜쥐고 있는 그녀를 곁눈질하며, 나는 마음속으로 말을 정리했다.

하고 싶은 말이 너무 많아서, 뭐부터 말하면 좋을지 고민됐다.

……우선 아무래도 상관없는 부분부터 정리하도록 할까.

"고마워."

"……왜 갑자기 고맙다고 말하는 거죠?"

"동물 그림. 귀엽다고 생각해줬다며?"

"아."

아까 일인극을 떠올린 건지, 코히나타 이로하는 볼을 붉혔다. 부끄러운 기억을 떠올리게 하는 게 미안하지만, 꼭 고맙다는 말을 하고 싶었다. 용서해줬으면 한다.

"나, 미술 수업을 항상 싫어했어. 그림에 재능이 꽝인데 자기가 그린 그림을 누군가에게 보여줘야만 하는 게 너무 고문이었어."

"아하하. 무슨 말인지 알 것 같아요~."

"그래? 너는 우등생이고, 여자애 중에는 그림을 잘 그리는 사람이 많다는 이미지가 있잖아. 너라면 미술 성적도 좋을 것 같거든."

"미술 수업은 그렇게 힘들지 않았어요. 본 것을 본 대로 그리면 되잖아요. ……하지만 자유롭게 그려도 된다는 말을 들으면, 자신이 없어요. 아마 형편없는 그림을 그릴 거라고 생각해요."

"흐음, 이상한 일도 다 있네."

역시 그것도 성격과 환경이 영향을 끼친 걸까?

뭐, 그것에 대해 생각하는 건 다음으로 미루자. 지금은 본론으로 돌아가야겠다.

"—아무튼, 나는 미술을 정말 못해. 그래도 게임을 만들려면 그림이 필요하니까, 나름 그리는 법을 조사해보거나 공부하며 그려봤어."

그 게임의 그림은 대충 그린 그림 같아 보이지만, 그렇다고 해서 대충대충 그린 게 아니다.

전력을 다한 결과, 타인으로부터는 대충 그린 것이라는 평가되는 그림이 됐을 뿐이다.

"그래서, 칭찬을 받으니 솔직히 기뻐."

"그, 그런가요. 으음…… 별말씀을요, 라고 말하면 되려나요."

"그래."

"제 센스를 신용하면 곤란하지만 말이에요."

"대중에게 널리 평가받을 레벨이라고는 생각 안 하니까 괜찮아. 하지만 한 명이라도 좋아해 주는 사람이 있으니, 왠지 구원받은 느낌이 들어."

"그런 건가요. 잘 모르겠네요."

나도 오늘까지 몰랐던 감정이다. 아마 무언가를 창작하고, 누군가에게 보여줘서, 감상을 듣는 경험을 해본 인간만이 이해할 수 있는 감각이리라.

어쩌면 타치바나가 이쪽 길의 대선배일지도 모른다.

아직 작품을 타인에게 보여준 적이 없는 코히나타 이로하로서는 아직 모를 감정…… 아니, 잠깐만 있어 봐. 정말 그럴까?

"저기, 아까 했던 일인극 말이야."

"그, 그 개그 같은 이야기도 언급하는 건가요. 좀 더 시리어스한 가정 문제에 관해 물을 줄 알았는데……."

"아, 개인적으로는 그것도 중요하긴 해."

왜냐하면, 하고 쿠션 삼아 한 마디를 끼운 후에 말을 이었다.

"연기력이 너무 끝내줘서, 솔직히 감동했어."

"……네?"

예상 밖의 변화구가 가슴 깊숙한 곳에 꽂힌 건지, 그녀는 얼이 나간 표정을 지었다.

"처음에 목소리만 들었을 때는 말이지? 세 사람이 있는 줄 알았어. 목소리와 인격이 전혀 다른 세 사람이 대화를 나누는 것처럼만 들렸다니깐."

"……하지만, 제 모습을 보니 소름 끼쳤죠?"

"모습을 본 후에도 정말 대단하다고 느껴졌어. 오히려 한 명이라는 걸 알고 더 감동했다고."

"그, 그런가요. ……감사, 해요?"

열변을 토하는 나에게, 코히나타 이로하는 당황한 투로 감사의 뜻을 표했다.

당혹스럽기는 하지만, 그 표정은 이제까지 본 그녀의 표정 중에서 가장 부드러운 것 같았다.

뱃속 깊은 곳에서 치밀어오른 기쁨이 볼 안에 쌓여 있는 것처럼, 조그마한 입을 오물거리고 있었다.

"이제, 알 것 같지? —아까 내 심정 말이야."

"앗……."

코히나타 이로하는 지적을 듣고 화들짝 놀란 표정을 지었다.

"한 명이라도 팬이 있으니 구원받은 기분이…… 들지 않아?"

"어, 하지만, 제가 아까 한 건 작품도 뭐도 아닌데요!"

"그래? 남에게 보여주고 돈 받아도 될 레벨의 재주였잖아."

타치바나의 연주와 본질적으로 똑같다.

"정말, 그런 게 아니라…… 그건 그저, 심심풀이 삼아 하는 놀이랄까……."

"놀이?"

"으음…… 우리 집이 어떤지, 짐작이 되나요?"

그녀는 곁눈질로 나를 쳐다보며 물었다.

나는 즉시 고개를 끄덕였다.

"오락이 금지되어 있다…… 맞지?"

"네. 엄마가, 그런 걸 싫어하거든요."

"그런 걸…… 텔레비전 말이야?"

"아뇨, 전부예요."

"전부?"

"네. 텔레비전 방송, 음악, 게임, 만화…… 오락이라 불리는 건, 대부분 싫어해요."

"그 정도구나. 텔레비전이 없기만 한 게 아니네……."

"옛날에는, 그렇게 엄격하지 않았어요. 엄마가 그런 걸 싫어하긴 해도, 저와 오빠가 텔레비전을 보는 것까지 금지하진 않았어요."

솔직히 말해, 그편이 정상이라고 생각한다.

자기가 싫어한다고 해서 자식들이 오락을 접하지 못하게 하는 건, 일반적으로 내릴 수 있는 판단이 아니다.

하지만 옛날에는 금지하지 않았는데, 왜 지금은 금지한 것일까?

"금지된 건, 언제부터야?"

"초등학교 고학년쯤……이었을 거예요. 일요일에 하는 애니메이션의 캐릭터가 귀여워서 흉내를 냈어요. 어떻게 하면 진짜처럼 멋지게 연기할 수 있을까~ 하고, 저 나름대로 궁리도 했고요. ……아, 이건 비밀이에요. 지금 생각해보니, 좀 부끄럽네요."

"어린애라면 누구나 한 번은 거치는 길이잖아. 나도 전등줄에 섀도 복싱을 하거나, 신문을 말아서 만든 검을 휘둘러 댄 적 있어."

"그, 그렇죠?! 저, 그렇게 이상한 애는 아니죠?!"

"그, 그래."

그녀가 고개를 쑥 내밀자, 나는 무심코 몸을 반대편으로 젖혔다.

꽤 귀엽게 생긴 애가 확 다가오니, 가슴이 콩닥거렸다.

벤치 위에 앉은 두 사람 사이의 거리가 어느새 좁아졌다.

"이상하진 않다고 생각하는데…… 어찌 된 건지 제가 캐릭터 흉내를 내는 걸 본 순간, 엄마가 흐트러진 모습을 보였어요."

"흐트러진 모습…… 화를 내진 않은 거야?"

"화도 나긴 했을까요……. 왠지 화도 나고, 슬프기도 한, 그런 여러 가지 감정에 휘둘리고 있는 듯한 반응이라……."

확실히 그것은 『흐트러진 모습』이라고 표현할 수밖에 없으려나.

"그 후로 집에서 텔레비전이 사라졌어요. 그리고 엄마는 오락을 접하지 말고 공부에 집중하라고 했죠."

"……어머니가 흐트러진 모습을 보인 이유는 들었어?"

"아뇨. 아무 말도 해주지 않았어요……. 하지만 엄마의 슬픈 표정을 보니, 저도 더는 아무 말도 할 수가 없었어요……."

"그래서 엄마의 말에 따라, 자유를 빼앗긴 채로 사는 거구나."

"…………."

네, 라고 말하거나 고개를 끄덕이지도 못했다.

그녀는 그 말에 긍정하는 것이 엄마에 대한 배신이라고 여기는 걸지도 모른다.

……하지만 가정마다 다른 사정이 있는 법이며, 우리 집도 일반적인 가정과는 거리가 멀다고 생각한다.

그래도 코히나타 가가 안고 있는 어둠은, 내가 아는 한도 안에서는 가장 뿌리가 깊지 않을까.

“그래서 애니메이션이나 드라마 같은 것의 존재는 알지만, 접하지 못했어요. ……아, 이 이야기는 절대로 아무한테도 안 할 거죠?”

“그래, 안 할게.”

“남한테 이야기한다면, 평생 원망할 거예요.”

“말 안 한다니까 그러네.”

나는 오즈와 친구로 계속 지내고 싶다. 그러니 친구 여동생에게 미움을 받으면 처지가 나빠진다.

일부러 처지가 나빠질 짓을 할 이유가 없다.

“저기, 실은…… 오락이 없으니 너무 심심해서, 혼자서 이야기를 상상하거나 직접 연기해보기도 해요.”

그녀는 부끄러운 듯이 작은 목소리로, 그렇게 고백했다.

“이야기나 캐릭터를 만드는 재능은 꽝이라서, 우연히 본 사람이나 클래스메이트를 참고해서 배역을 만들지만요. 아하하.”

“아~, 그래서 전형적인 인싸와 내성적인 애였던 거구나.”

“으…… 부끄럽네요…….”

“부끄러워할 필요 없어. 대본도 없이 그렇게 고해상도의 인간을 연기했잖아. 그 정도면 대단한 거라고.”

“그, 그런가요. ……그런데 오오보시 선배는 연극 같은 것에 참여하고 있나요? 그쪽으로 꽤 해박한 것 같은데요.”

"아냐. 하지만 우리 엄마가 배우 메이크업 쪽 일을 하시거든. 어릴 적부터 한 번씩 현장에 데려가 주셨어."

철이 들락 말락 하던 시기지만, 프로 배우의 연기를 두 눈으로 직접 본 기억은 아직도 선명하게 머릿속에 남아있다.

일류의 연기란 어떤 것인지, 건방지게도 내 마음에 똑똑히 새겨진 것이다.

"그런 내 말이니까 틀림없어. 네 연기는 압도적이야."

"왠지…… 대놓고 칭찬을 받으니 부끄럽네요."

"그렇지? 아까 내 마음, 이해가 돼?"

"네…. 가슴 언저리가, 엄청 간질간질한 느낌이에요."

코히나타 이로하는 볼을 붉히며 배시시 웃었다.

냉담한 태도를 취할 때는 귀여운 구석이 없는 우등생이라고 생각했지만, 이렇게 보니 솔직하고 귀엽다는 느낌이 들었다.

확실히 외모는 꽤나 괜찮다. 몸매도 좋다. 엄청난 미소녀다.

범상치 않은 연기력도 지녔으니까, 장래에는 여배우나 아이돌도 될 수 있지 않을까.

여동생이 천재 여배우였습니다, 라거나, 소꿉친구가 일류 아이돌?! ……같은 건 만화의 설정으로는 왕도적이겠지만 말이다.

실제로는 여동생이나 소꿉친구가 아니라 친구 여동생에 지나지 않으며, 아직 여배우나 아이돌이 아니기도 했다. 가장 맛깔나는 구도에서 살짝 어긋나는 점이, 현실이라는 느낌을 자아냈다.

하지만 현실이기에, 만화보다 더 나은 점도 있다.

희대의 천재 영화 감독에게 재능을 인정받지 않더라도—.

학교가 폐교 위기에 처하지 않더라도—.

딱히 특별한 계기가 없더라도, 언제 어디서나—.

—꿈을 한 첫걸음을, 뗄 수 있다.

"너는 말이지. 남의 안색을 살피는 게 능숙해. 그래서 눈으로 본 사람을 실감 나게 연기할 수 있어."

"듣고 보니, 그럴지도 모르겠네요. 이제까지 자각은 못 했지만요."

"그래서 너 스스로는 어머니를 배신할 수 없고, 오즈와도 관계가 어색해졌어. ……안 그래?"

"……뭐, 맞아요……. 오빠는 저한테 흥미가 없을 거라고 생각하고요. 엄마에 관한 것도…… 솔직히 말해, 정답이에요."

"그러니 외부에서 너를 바꿔주기를 바란 거야. 불량 서클에 속한 친구의 권유로 어쩔 수 없이, 라는 형태를 원한 거지. 자기 책임이 되지 않는 환경에서, 억지로 자신을 바꿔주기를 바랐어. ……듣기 싫은 이야기를 늘어놔서 미안해."

"……아뇨, 괜찮아요. 그런 약아빠진 생각을 한 건, 아마 사실일 테니까요."

아마, 라는 말 또한 변명 삼아 말한 게 아니리라.

코히나타 이로하는 자각이 없었다.

자신의 솔직한 마음에 뚜껑을 덮고, 하고 싶은 것을 참은 끝에—.

어머니의 말을 고분고분 듣는 우등생인 자신— **이란 캐릭터를, 창조했다.**

그리고 항상, **그 캐릭터를 연기해왔다.**

그 캐릭터에 모순되는 행동은 취할 수 없다. 하지만 봉인된 진짜 진짜 진짜 코히나타 이로하는, 쭉 SOS를 보내고 있었다.

캐릭터를 지키면서 진짜 자신의 소망을 관철할 길을, 무의식적으로 찾고 있었다.

그녀에게 필요한 것은, 그녀의 손을 억지로 잡아 끌어줄 무언가다.

그렇기에…….

"내가 불량 서클을 대신하겠어."

"……네?"

"너한테 억지로 오락을 권해서, 네 엄마의 말을 어기게 할 거야. ……코히나타 이로하의 인생을, 나에게 맡겨주지 않겠어?"

"인생이라니…… 잠깐만요, 이야기가 왜 갑자기 이렇게 장대해진 거죠?!"

내가 대뜸 그런 제안을 하자, 그녀는 깜짝 놀란 목소리를 냈다.

저런 반응을 보이는 것도 당연하지만, 나로서는 이 며칠 동안 조금씩 쌓아온 결과에 따라 도출된 결론이다.

"즐겁지 않아?"

"……뭐가요?"

"연기. 누군가를 연기하는 것."

"그건…… 뭐, 그것만 해왔으니까요."

"그렇다면, 네가 나아가야 할 길은— 연기자의 길이 아닐까?"

"연기자……."

코히나타 이로하는 내가 한 말을 앵무새처럼 따라 했다.

마치 이제까지의 인생에서 한 번도 그런 생각을 해본 적이 없다는 듯한, 그런 소박한 반응이다.

"타치바나를 흉내내는 게 아니라, 코히나타 이로하만의 꿈이야. ……어때? 확 와닿지 않아?"

"연기자……."

다시 한번 그 말을 되풀이한 그녀는 자기 가슴에 손을 대며 생각했다.

그리고 5초 동안 뜸을 들이며 차분히 곱씹은 후…….

"그다지 의식한 적은 없지만, 아까 칭찬을 받고 기뻤어요……. 아마 이게, 제가 하고 싶은 일일지도 몰라요."

진짜 코히나타 이로하가, 자기 소망을 입에 담았다.

그리고 그것은, 내가 갈구하던 답이기도 했다.

"그럼 내가, 네가 활동할 수 있는 『장소』를 만들겠어. 너도 우리와 함께 게임을 만들자. 타치바나가 담당하는 음악을 겸사겸사 돕는 게 아니라, 코히나타 이로하만의— 코히나타 이로하만이 할 수 있는 일을 맡기고 싶어."

"저만이 할 수 있는 일…… 게임에서, 말인가요? 하지만, 연기가 게임 제작에 도움이 될까요?"

"응. 아까 같은 게임에는 필요 없어."

그것은 흔히 레트로 게임이라 불린다. 음성을 넣는 문화가 아직 없던 시절의 수준이다.

"하지만, 이제부터 만들려는 게임에는 필요해."

시제품이라 그 퀄리티로 타협했지만, 이제부터 우리가 만들어나가야만 하는 건 어디까지나 『팔리는 게임』— 『돈을 벌 수 있는 게임』이다. 《크림슨》을 해산시키고, 타치바나를 비롯해 오토이가 데리고 있는 양아치들을 일반인으로 되돌려놓기 위해서는 그것이 최소한의 조건이다.

그렇다면, 캐릭터에 목소리를 넣는 것 또한 선택지로 고려할 만하다.

연기자 중에서도 성우라는 역할이라면 얼굴을 드러내지 않고 활동할 수 있으며, 경험을 쌓는 데도 도움이 될 것이다.

—그런 청사진을 늘어놓은 후, 나는 오즈의 여동생을 향해 다시 손을 내밀었다.

"같이 게임을 만들지 않을래?"

"오오보시 선배……."

내밀던 손이, 허공에서 움직임을 멈췄다.

그녀의 얼굴에 흐릿하게 그림자가 드리워졌다.

이렇게 판을 깔아줬는데도, 머뭇거리는 건가……

어머니의 마음을 생각해서, 자기가 하고 싶은 것을 참는 코히나타 이로하란 캐릭터는, 내 상상보다 훨씬 더 그녀에게 중요한 롤플레이일지도 모른다.

어머니와의 양호한 관계를 위해서인지, 아니면 다른 이유가 있는 건지는 모른다.

그렇다면 나는, 악당일지도 모른다.

그녀가 소중히 여기는 것을, 이제부터 억지로 빼앗게 될지도 모른다.

하지만 설령 그것이 나쁜 짓일지라도, 이것은 나와 오즈의 미래를 위해 필요한 일이다.

오즈가 반에서 더는 고립되지 않도록, 그의 주위에서 묘한 움직임이 없도록 만들기 위해서다. 전부 원만하게 풀리게 만들려면, 코히나타 이로하가 자기를 둘러싸고 있는 껍데기를 깨야만 한다.

코히나타 이로하를 위해서가 아니다. 어디까지나 내 아집이며, 나만을 위한 일이다.

"잠깐만, 오오보시 선배?!"

나는, 그녀의 손을, **움켜쥐었다.**

"절대로 네 엄마한테 들키지 않도록 조심하겠어. 만약 들킨다면, 오빠 친구의 권유로 어쩔 수 없이 협력했다, 실은 엄마와의 약속을 어기고 싶지 않았다……인 걸로 하면 돼. 그러니 부탁할게!"

"……. 왜 이렇게 필사적인 거죠? 선배는 타인에 지나지 않잖아요."

"오즈의 동생이라서야. 너를 위해서 이러는 게 아니라고."

"프로듀서의 권유 코멘트치고는 정말 최악이네요."

프로듀서……인가.

그녀가 별생각 없이 입에 담은 단어가 나는 묘하게 확 와닿았다.

꼭 그렇게 되고 싶단 생각은 한 적 없고, 이제부터 목표로 삼아 오지도 않았다.

하지만 재능을 지닌 자를 내버려 두지 못하고, 자기 손으로 꽃피워주고 싶다는 오만한 생각에 빠진 지금의 자신을 한마디로 표현하자면…….

프로듀서, 란 말이 가장 적절할지도 모른다.

"……그렇게 달콤한 말로 유혹해놓고, 도중에 내팽개치지는 않을 거죠?"

"절대로 내팽개치지 않겠어. 쭉 책임을 질 거고, 오즈와 활동과 여동생의 활동도 계속 도울 거야."

책임을 지겠다, 라고 나는 무책임하게 단언했다.

근거는 없다. 하지만 이제 와서 말끝을 흐려선 그녀의 마음을 움켜쥘 수 없다.

그렇게 생각한 나는 그녀의 눈을 똑바로 쳐다보며, 힘찬 어조로 말했다.

"아하하."

어처구니없다는 듯한, 뭔가를 떨쳐낸 듯한 미소가 코히나타의 입가에서 흘러내렸다.

그리고, 입술을 살짝 내밀면서 말했다.

"그거, 관두세요."

"응?"

"여동생, 말이에요. 일일이 그렇게 부르니, 좀 이상하잖아요. 그냥 성으로 불러주세요."

"듣고 보니 그러네……."

마음속으로 『오즈의 여동생』이나 풀네임인 『코히나타 이로하』라고 부르는 게 좀 귀찮다고 생각했다.

하지만, 왜 그렇게 부른 거냐면—.

"코히나타, 라고 부르는 것에 위화감이 있거든. 친구 사이가 되기 전에는 오즈를 코히나타라고 불렀어."

"그럼 이름으로 부르면 되겠네요."

"이름…… 이로하 양?"

"후배를 그렇게 부르면 기분 나쁘지 않나요? 그냥 이름만으로 불러주세요."

"……이로하?"

"네."

그녀는 고개를 끄덕였다.

네, 하고 말할 일이 아닌데…….

그녀는 아무렇지 않게 제안했지만, 나에게 있어서는 중대사다. 왜냐하면 나는 여자애와 깊게 교류한 경험이 거의 없다.

즉, 여자애를 이름으로 불러본 적 또한 거의 없는 것이다.

타치바나는 성인 타치바나라고 부르고, 오토이는 오토이라고 부른다.

애초에 오토이는 이름이 뭔지도 아직 모른다. 가짜 여친이 된 후로 이름 정도는 알아둬야겠다 싶어서 명부를 보려고 한 적도 있지만…… 어찌 된 건지 오토이가 휙 빼앗아갔다. 이유를 모르겠네.

아무튼 여자애를 이름으로 부르는 건, 나에게 있어 허들이 너무 높았다.

"자, 리피트 애프터 미~. 이로하."

"이, 이로하."

"더듬지 말아요. 이로하."

"……너, 캐릭터가 좀 달라진 거 아냐?"

의외로 본성은 꽤 주관이 강한 타입일지도 모른다.

자신의 솔직한 마음에 뚜껑을 덮을 필요는 없지만…… 이대로 본성을 밝혀나갔다간, 엄청난 캐릭터가 모습을 드러낼 듯한 느낌이 들었다. 어쩌면 나는, 판도라의 상자를 연 걸지도 모른다.

"너, 가 아니에요. 자, 뭐라고 부르라고 했죠?"

코히나타 이로하는 물러설 생각이 없는 것 같았다.

나는 숨을 한 번 내쉬며 결의를 다진 후…….

—그 이름을, 입에 담았다.

"이로하."

"네. 잘 부탁해요. 오오보시 선배♪"

이리하여 나는, 친구 여동생— 이로하와, 누구에게도 말할 수 없는 비밀스러운 관계를 맺었다.

*

『—이런 감동 에피소드를 거쳐서, 지금에 이른 거야.』

『저질…… 믿기지 않아…….』

『왜, 왜 그래, 마시로. 그렇게 질색할 건 없잖아. 좀 억지로 이쪽 길로 끌어들인 건 좀 심하달까, 중학생 시절의 풋풋하기 그지없는 흑역사이긴 하지만…….』

『그걸 말하는 게 아냐.』

『뭐?』

『여자애를 이름으로 부른 적이 없다니…… 마시로를, 까맣게 잊었던 거지?』

『어…… 아…… 아앗?!』

『거봐! 이제 생각났다는 듯한 반응이잖아! 저질……! 최악……! 죽어버려……!』

『잠깐만, 잠깐만 있어봐. 너는 소꿉 친구에 사촌이잖아? 노카운트 아냐?!』

『여자는 여자, 이름은 이름이야. 마시로를 이름으로 부른 걸 못 떠올린 죄는 옛날 같았으면 참수형 감.』

『아니, 하지만 이 시기에는 너와 거리가 있었으니까……!』

『변명 안 들을 거야. 죽어, 쓰레기, 바보. 이제 몰라.』

『어, 어이. 왜 스마트폰을 만지는 거야. 아직 이야기 안 끝났는데…….』

『됐어. 원고나 쓸래.』

『여기서 말이야?!』

『기분 최악. 못 참겠어. 그러니까, **스트레스 해소 원고** 쓸 거야.』

『스트레스 해소 원고?! 완전 듣도 보도 못한 단어거든?!』

『짜증나는 일이 있으면 잠을 자기도 하잖아? 그것의 원고 버전이야. 마시로 안에 있는 모든 부정적인 감정을…… 작품에…… 쏟아내 버릴래……!』

『이, 이건, 마키가이 나마코 선생님의 암흑 작풍의 파동! 그래, 이렇게 해서 명작이 탄생하는 거구나!』

『흥. 아키 따위는 바다의 마물한테 잡아먹혀 버려.』

『뭐, 알았어. 원고 쓸 거면 관람차에서 내릴까? 이야기를 더 듣기 싫은 걸 테니까, 원고에 집중할 수 있는 환경으로 이동하는 편이…….』

『싫어. 관람차에서 내리고 싶지 않아. 이야기도 계속해.』

『뭐? 듣기 싫은 거 아니었어?』

『마시로는 원고를 쓸 테니까, 아키는 혼자서 이야기나 계속 늘어놔.』

『완전 벌칙 게임이잖아!』

006 제6화 …… 친구 여동생과 나만의 비밀

코히나타 이로하를 이로하라 부르게 된 후, 반년 이상의 세월이 흘렀다—.

새학기, 봄.

나, 오즈, 오토이는 이제 3학년이다. 앞으로 1년 후면 이 학교를 졸업한다.

이 시기, 아무 일도 없었……던 것은 아니지만, 게임을 만들기 위한 기획을 짜거나, 《크림슨》의 불량 행위 졸업을 위한 기반 다지기, 이로하의 연기 지도 같은 수수한 작업을 계속했을 뿐이다.

꾸준히 한 걸음씩 나아가다 보니, 순식간에 반년이 흘렀다.

그리고—.

개학식 후, 나와 이로하는 오토이의 집으로 불려갔다.

"오~ 너희들~. 잘 왔어~."

"그래, 왔다고. ……그런데 오토이, 개학식 날에는 학교에 와."

"아하하~. 갈 리가 없잖아. 새 학기 첫날은 1년 중에서 가장 농땡이를 피워도 되는 날인걸~."

"애초에 농땡이를 피워도 되는 날 같은 건 없는데……."

"아키는 여전히 사소한 걸 따지네~. 뭐~ 아무래도 상관없어~. 안 그래~ 코히나타~?"

"마, 맞아요. 오오보시 선배는, 좀 더 대충대충 살아도 괜찮다고 생각해요."

"이로하, 너는 대체 누구 편인 거야……. 나, 네 직속 프로듀서인데……."

"하지만 오토이 씨가 더 위엄 있는걸요."

"부정 못 하니 슬픈걸."

생략한 나날 중에서, 이로하와 오토이의 만남은 완료됐다.

양아치 보스와 처음 만나는 자리에서 엄청 긴장했던 이로하는 이야기를 나누다 보니 그녀가 지닌 특유의 나른한 분위기 덕분에 긴장이 풀렸고, 지금은 꽤 사이 좋은 선후배 정도의 사이가 됐다.

"—그런데 오늘 우리를 부른 건…… 완성된 거야?"

"그래~. 됐어~. **오토이 스튜디오**, 완성이야~."

"오오오오! 드디어……!"

흥분을 감출 수 없었다.

고풍스러운 오토이의 집 정원을 둘러봤다. 어딘가에 건물을 증축했을 거라고 생각했는데, 그런 건물은 보이지 않았다.

"으음, 어디 있는데?"

"저기야~."

오토이가 가리킨 곳은— 평범한 창고였다.

오토이는 우리를 창고 앞으로 안내하더니, 무거워 보이는 철제 문을 열었다. 그러자 독특한 향기가 밖으로 흘러나왔다.

햇살이 어둑어둑한 공간을 비추면서, 내부의 상태가 확연하게 보였다.

그리고 지하로 이어지는 계단의 존재를 눈치챘다.

"마치 던전 같은 구조네……. 이 아래에 있는 거야?"

"맞아. 지하라서 방음도 완벽해~."

"듣고 보니 그렇긴 한데…… 그래도 활동을 위해 지하까지 준비한 거야?"

"할아버지, 할머니를 설득해서~, 장래에 받을 재산까지 왕창 가불했어~."

"그렇게까지 한 거야?! 인생을 걸었네……."

"어이어이, 남 일처럼 말하지 마~. 걸게 만든 책임의 절반은, 아키한테 있거든~?"

"그런 말 들으니 마음에 찔리네……."

오토이 가에 만들어진 음향 스튜디오는 이로하의 음성 레코딩을 하거나 타치바나를 비롯한 《크림슨》의 음악 제작 집단이 악곡을 녹음하기 위한 시설이다. 그 활동은 전부 내가 내놓은 게임 제작과 연관되어 있다.

하지만 타치바나를 비롯해 음악 활동을 하는 멤버를 지원하기 위한 시설 제작은 오토이도 원래 계획하고 있었던 것 같으며, 만약 내가 아이디어를 내놓지 않더라도 어떤 시설을 마련했을 것이다.

그래도 음향 스튜디오를 오토이가 준비해줘서 솔직히 큰 도움이 됐다.

게임 제작에는 돈이 꽤 든다.

기획, 프로그래밍, BGM, 효과음, 성우는 자체적으로 준비할 수 있었다. 하지만 그래픽과 시나리오는 가능한 인간에게 외주를 해야만 한다. 내가 그린 그림으로는 팔리는 게임을 만들 수 없을 테고, 시나리오도 시험 삼아 써봤지만 좌절했다.

올바른 일본어로 쓰기는 했지만, 세계관 및 캐릭터와 대사에서는 전혀 매력이 느껴지지 않았다……. 시나리오는 참 어려워.

그런고로 인터넷을 통해 누군가에게 의뢰할 필요가 있으며, 그러기 위해서는 의뢰금이 필요하다.

매달 받는 생활비를 모아서 자금을 확보한다고 해도, 게임 하나를 만들 때마다 레코딩 스튜디오에 수십만 엔이나 되는 돈을 쓰다간 예산이 부족할 것이다.

이로하에게 연기 지도를 하기 위해 정기적으로 스튜디오를 빌리다간, 수백만 엔은 나갈지도 모른다.

그러니 이렇게 오토이가 음향 스튜디오를 마련해서, 무료로 빌려주는 건 정말 감사했다.

오토이, 신. ―아니다.

"왠지 오토이라고 이름만으로 부르는 것도 좀 그래. 오토이 씨라고 불러야 할지도 몰라."
"마음대로 불러~. 풀네임 말고는 뭐라고 불러도 괜찮아~."
"그러고 보니 오토이…… 오토이 씨는 이름이 어떻게 돼?"

"뒤질래~?"
"어째서야?!"

지난번과 같은 반응이었다. 이름으로 불렀을 뿐인데 살의를 드러내는 건지, 정말 모르겠다.
"그건 그렇고 오오보시 선배는 어찌 보면, 오토이 씨의 돈으로 꿈을 좇고 있는 거네요. 기둥서방 같아요."
"말이 너무 심하잖아, 이로하……. 그리고, 남친인 건—."
"알아요. 가짜죠?"
"알면 그걸로 놀리지 마."
"아하하."
이로하는 재미있다는 듯이 가볍게 웃었다.
이로하는 때때~로 이런 일면을 보여준다니깐.
기본적으로는 성실한 우등생 아가씨지만, 때때로 살짝 사디스틱하달까 은근히 심술궂은 면을 드러낸다. 타치바나처럼 짜증스럽게 치근덕을 대거나 놀리지 않는 만큼, 그나마 나을지도 모른다.
오토이 씨의 안내로, 우리는 지하에 있는 스튜디오에 발을 들였다.

"오오……!"

"우와…… 본격적이네요……!"

나는 탄성을 터뜨렸고, 이로하도 눈을 반짝였다.

지하 입구의 약간 넓은 공간은 응접실이었다. 테이블과 의자가 줄지어 있으며, 선반에는 과자가 들어 있는 상자(특히 눈길을 끄는 것은 츄파드롭이 고슴도치처럼 잔뜩 꽂혀 있는 탑 형태의 상자)와 각종 찻잎, 커피 콩 등이 있었다. 의자에 앉아서 악보를 보던 모히칸 남성은 우리를 보더니 고개를 들면서 「안녕하심까~!」 하고 힘차게 인사를 했다.

활짝 열린 두꺼운 방음문 안은 컨트롤 룸이었다. 명칭도 잘 모르는 기자재가 실내를 가득 채우고 있어서 본격적이라는 점만은 알 수 있는 공간이었으며, 차와 로봇에 흥분한 남자애처럼 마음이 술렁거렸다.

"이거, 다룰 줄 알아? 나는 전혀 몰라."

"뭐~, 취미 삼아 사운드를 만져보긴 했거든~."

엔지니어석에 털썩 앉은 오토이 씨는 컴퓨터를 켰다. 최근에 녹음한 곡의 편집 작업 중인지, 커다란 모니터에 파장 같은 것이 표시됐다.

"써본 적 없는 기자재도 많지만, 쓰다 보면 손에 익을 거야~."

"뭐, 그렇겠지."

듣고 보니 나도 이 반년 동안, 그래픽 소프트와 텍스트 에디터의 사용법을 익히고 말았다. 그뿐만 아니라 오즈가 쓴 프로그램 코드도, 완전히 이해하지는 못해도 어느 정도 파악할 수 있게 됐다.

물론 직접 짤 수 있는 건 아니며, 이해 또한 어중간한 수준이지만…….

"부스 쪽을 봐도 될까요?"

"아~ 봐도 돼~. 코히나타한테는 그쪽이 더 중요하잖아~."

"고마워요!"

고개를 꾸벅 숙인 이로하는 흥분한 바람에 볼이 살짝 상기된 채 종종걸음으로 안쪽에 있는 부스로 향했다.

나도 이로하의 뒤를 따랐다.

레코딩 부스 안은 넓었다. 둘러보니 마이크와 흡음재, 천장에도 조명과 카메라, 스피커 등이 눈에 들어왔다. 용도를 모르는 물건도 있는데…… 소리의 반사를 조절하는 것일까? 으음, 모르겠다.

이로하는 머뭇머뭇 마이크에 다가가더니, 컨트롤 룸에 있는 오토이 씨를 힐끔 쳐다봤다.

시험해봐도 될까요? 라는 의미의 눈짓이다.

레코딩 부스와 컨트롤 룸은 유리창을 사이에 두고 서로를 쳐다볼 수 있게 되어 있다.

시선을 눈치챈 오토이 씨가 고개를 끄덕이는 모습 또한,

© tomari

이쪽에서 똑똑히 볼 수 있었다.

"아~ 아~ 아~. 오토이 씨, 들리세요?"

『그래~ 똑똑히 들려~.』

천장의 스피커에서 오토이 씨의 목소리가 흘러나왔다.

"흐음, 이렇게 안팎에서 소통하는 거군요."

『혼자서 녹음할 때는 헤드폰을 쓰고, 이쪽 목소리를 헤드폰으로 듣게 해~. 거기 스피커를 쓰는 건 여럿이서 일제히 녹음할 필요가 있을 때뿐이려나~.』

"그래. 그런 패턴도 있겠네."

레코딩 부스 안에는 마이크가 여러 대 놓여 있으며, 벽 쪽에는 소파도 있다.

그러고 보니 성우 레코딩에 관해 조사해보니, 크게 나눠서 개별 레코딩과 대화 레코딩이라는 두 종류의 방식이 있다고 한다.

여러 명의 연기자가 한 장소에 모여서, 상대 연기에 대응해 자기 연기를 하는 게 대화 레코딩. 이것은 애니메이션과 드라마CD 등의 녹음에서 주로 쓰인다고 한다.

거꾸로 성우 한 명 한 명이 다른 시간에 녹음한 후, 편집을 통해 작품에 넣는 것을 개별 레코딩이라고 한다. 게임 등에서 흔히 쓰이며, 애니메이션에서도 연기자 전원의 스케줄을 맞추는 게 어렵거나 특별히 감염증 등을 경계하는 시기에는 개별 레코딩을 한다고 한다.

『코히나타의 경우에는 대화 레코딩은 거의 없다……고 봐도 되겠지?』

“아…… 사정이 좀 여의치 않거든.”

『부모에게 들키지 않도록 성우 활동을 하는 건가~. 오즈한테도 아직 비밀로 하고 있지?』

『실은 그래.』

오즈에게는 이로하를 권유하는 데 실패했다고 전했다. 하지만 내가 부모 몰래 오락을 접할 수 있게 해줄 것이며, 이로하 또한 우리의 게임 제작을 이해해주고 있다는 점은 알렸다. 그 덕분에 오즈도 남매 사이에 응어리는 없다는 점을 이해했다.

이로하의 말에 따르면 그녀의 어머니한테 있어서의 지뢰는 오락을 접하는 게 아니라, 오락에 영향을 받아서 연기를 하거나 흉내를 내는 쪽인 듯한 느낌이 들었다.

그렇다면 오락을 접하고 있다는 점만큼은 들통이 나더라도 최악의 치명상이 되지는 않을 것이다.

가장 알려져선 안 되는 점은, 성우 활동이다. —오즈에게도 숨기는 게 마음에 걸리지만, 두 사람의 어머니에게 숨기기 위해서는 가족인 그에게도 가르쳐줄 수 없다.

이것은 나와 친구 여동생— 이로하만의 비밀이다.

아, 엄밀히 따지면 오토이 씨와 타치바나와 스튜디오에 눌러앉아 지내는 일부 《크림슨》 멤버는 알고 있지만 말이다.

원래 양아치였던 만큼, 보스에게서 「절대로 퍼뜨리지 마~ 퍼뜨리면 뒤진다~」 라는 규율에 충실히 따르고 있다.

"성가시게 해드려서 죄송해요……. 저, 많은 사람들에게 폐를 끼치고 있네요……."

『아하하, 신경 쓰지 마~. 어차피 이 스튜디오는 만들 생각이었거든~.』

오토이 씨는 시원시원한 웃음을 터뜨리며 그렇게 말했다.

오토이 씨는 매사에 대충대충인 것 같지만, 이럴 때는 믿음직스러웠다.

『그것보다 아키~. 이로하 이외의 성우는 어떻게 할 거야~? 대화 레코딩은 무리겠지만, 인터넷으로 모집할 거야~?』

"아니, 그럴 필요 없어. ……목소리는 전부, 이로하가 담당할 거야."

『하지만~, 게임에 쓰이는 목소리를 전부 한 명이 담당하는 건 무리잖아. 남자 캐릭터도 있을 테고, 낼 수 있는 목소리도 한도가 있지 않아~?』

"그렇게 생각하던 시기가 나한테도 있었지."

『뭐?』

영문을 모르겠다는 듯이 눈을 껌뻑이는 오토이 씨한테서 눈을 뗀 나는 다시 이로하를 쳐다봤다.

이로하는 화들짝 놀라며 등을 꼿꼿이 펴더니, 긴장한 듯한 미소를 머금었다.

"저, 저는 언제든 할 수 있어요. 시켜만 주세요."

"좋아. ……그럼 지금 바로 오토이 씨에게 보여줘."

"아, 네. 으음, 오토이 씨. 갑자기 이런 부탁드려서 죄송한데…… 레코딩, 요청드려도 될까요?"

『……아하~. —좋아, 시작해.』

이로하의 목소리에 담긴, 스파이스 느낌으로 감도는 **도전적**인 향기를 감지한 것일까. 오토이 씨의 입가에도 호전적인 미소가 어렸다.

『어디, 네 실력을 보여 봐~.』

나와 이로하도 이 반년 동안, 스튜디오가 완성되기만 손가락을 빨며 기다리지는 않았다.

아마추어 나름대로 쌓아온 노력의 결정이 존재하며, 그 결과—.

코히나타 이로하라고 하는, 재능이 꽃피었다.

*

반년 전의 일이다.

내가 이로하의 연기자 활동을 서포트하기로 한 다음 주의 일이다.

방과 후, 나는 막 교환한 이로하의 LIME 계정에 메시지를 보내서, 집으로 불렀다.

오즈에게 들키지 않도록 몰래 집을 나선 이로하는 우리 집에 발을 들이더니, 자신을 맞이해주는 나를 보자마자 대뜸 이렇게 말했다.

"역시 발정남이었던 거네요."
"잠깐만, 왜 그런 결론에 도달하는 건데?"

얼굴을 마주하자마자 그런 불명예스러운 칭호를 나에게 내려주는 이로하에게, 나는 주저 없이 딴죽을 날렸다.

우선 그 경계심에 찬 도끼눈부터 관뒀으면 한다.

"여자를 프로듀스하겠다며 꼬드기고 며칠 후에 자기 집으로 부른다…… 보통 이다음에는 『우헤헤~』 하는 상황으로 이어지잖아요."

"그 인식은 잘못됐어! 엔터테인먼트를 접한 적 없다면서, 그런 건 대체 어디서 본 거야?!"

"타치바나 씨와 어울리게 된 후, 몰래 스마트폰 만화 애플리케이션으로……."

"교육에 너무 안 좋아……. 저기, 기업 윤리에 엄격한 작금에는 그런 음흉한 전개가 실제로 일어나는 일이 거의 없다고."

"중학생이 게임을 만들겠다고 하는 것 자체가 현실에서는 희귀한 전개잖아요. 이미 드문 일이 일어나고 있으니까, 무슨 일이 일어나도 이상할 게 없어요."

"큭, 부정하기 어려운 논리를 늘어놓기는……."

뭐, 남자에 대한 경계심이 강한 것은 나쁘지 않다고 생각한다. 실제로 그런 생각을 하는 음흉한 녀석이 아예 없는 건 아니니 말이다.

하지만 자기가 그 경계 대상이 되자, 여러모로 되게 귀찮다.

"문 안 잠글 거고, 스마트폰을 계속 들고 있어도 돼. 내가 수상한 행동을 취하면 바로 신고하라고. 아무튼, 들어와."

"……알았어요. 그렇게까지 말한다면야……."

두려움을 주지 않으려고 이로하와 거리를 둔 나는 그녀를 집안에 들였다.

이로하를 안내한 곳은 거실이다.

애초에 여자애를 방으로 초대할 생각은 없었지만, 이로하가 나를 경계하는 모습을 보니 그 판단이 옳았다는 생각이 들었다.

거실의 테이블에는 미리 방에서 가져다 둔 책 몇 권이 놓여 있었다.

"아무 데나 앉아. 뭐 마실래?"

"수면제가 들어 있을 가능성을 고려해, 사양하겠어요."

"『사양』이란 말 앞에 늘어놓은 정보 같은 건, 하다못해 마음속으로만 생각해주지 않겠어?"

하아, 하고 한숨을 내쉰 나는 자기가 마실 음료만 준비했다.

냉장고를 열어서 토마토 주스 병을 꺼낸 후, 애용하는 잔에 따랐다.

부모님이 마음에 들어 해서 정기적으로 인터넷 구매를 하던 상품이다. 이 근처 편의점이나 슈퍼마켓에서 파는 음료가 아니다. 나는 항상 집에 있다는 이유로 자주 마셨다. 혀가 이 맛에 익숙해져서, 부모님이 해외에 간 지금도 매달 정기 구입을 이어가고 있다.

토마토 주스를 들고 테이블로 돌아왔다.

의자에 살며시 걸터앉아 있던 이로하는 테이블 위에 놓인 책을 지그시 쳐다보고 있었다.

"오오보시 선배, 이건……."

"제목을 보면 짐작이 될 거야. 연기에 참고가 될 만한 자료야."

"역시…… 어, 혹시 오오보시 선배가 산 거예요?"

"그래. 네 용돈으로 사게 할 수도 없잖아. 이런 책을 집에 둘 수는 없지?"

"자기 방에 숨겨두면 들키지 않을 거예요."

"아니, 들켜. 틀림없이 들킬 거라고."

"화, 확신하나 보네요."

"너는 어머니란 생물의 무시무시함을 몰라. 잘 들어. 전국의 남자애라면 누구나 알고 있는 건데…… 침대 밑이든 책장 안쪽이든 간에, 아무리 교묘하게 숨겨두더라도 어머니란 존재는 꼭 찾아내."

"흐, 흐음. 그런가요."

이로하는 잘 이해가 안 된다는 듯한 반응을 보였다. ……뭐, 이런 이야기에 공감해도 곤란하지만 말이다.

"하지만 집 안에 숨겨두는 건 위험할 거예요. 엄마는 자주 집을 비우지만, 그렇다고 방심했다간 바로 들킬 것 같아요."

"그렇지? 그러니 기본적으로 연기에 필요한 자료나 도구는 우리 집에 둘까 해."

"아하. ……그걸 구실로, 저를 정기적으로 이 집에 부르려는 거군요."

"구실 같은 소리 하지 마. 가능하다면 나도 이런 오해 살 법한 짓은 하고 싶지 않다고."

"흐음……. 그럼, 좋아요."

이로하는 눈을 살짝 가늘게 뜨면서 미심쩍은 눈길로 쳐다봤다.

하지만 곧 눈을 돌리더니, 작은 목소리로 말했다.

"죄송해요. 저를 위해 이렇게 준비해줬는데, 괜히 의심했네요."

"아, 아냐. ……뭐, 네 또래 여자애한테는 그런 의심이 필요하긴 할 거야."

이로하의 태도가 원만해지자, 나도 괜한 소리를 할 이유가 없다.

이로하의 이런 면은 우등생답다고나 할까, 청초하고 조신한 여자 후배 같은 느낌이라 매력적이었다. ……아, 그런 감정은 우리 관계에서 필요 없지.

실제로 이로하는 매력적인 여자애라고 생각하지만, 나와 그녀의 관계는 한때의 실수 같은 게 절대 벌어지지 않는 절대적인 신뢰를 통해서만 성립된다.

이로하가 나를 경계하지 않아도 되도록, 안심하며 나에게 시간을 할애할 수 있도록, 나는 내 감정에 선을 그었다.

그러기로 결심했다.

이렇게 나와 이로하의, 둘만의 비밀스러운 시간이 시작됐다.

때로는 책을 참고하며 발성 연습을 했다.

"아~ 아~ 아~ 아~ 아~. ……이런 연습이 제 레벨업에 도움이 될지, 그다지 신용이 안 되네요. 그래도 해야 하나요?"

"당연히 해야지. 성대의 공명은 모든 것의 기초! 성대의 활용법을 몸에 새겨야 한다! ……라고 책에 적혀 있거든."

"으음…… 그럼, 오오보시 선배도 해보세요."

"뭐? 내가 왜?"

"만약 의미가 없다면, 저만 해선 손해잖아요. 진짜로 의미가 있는지 없는지 자기 몸으로 확인해주세요."

"그건 그래……. 효과를 체감하는 편이 나도 자신감을 가지고 트레이닝 메뉴를 짤 수 있겠지."
"그럼 같이 해요. ―아~ 아~ 아~ 아~ 아~."
"아~ 아~ 아~ 아~ 아~."

때로는 현역 여배우의 해설 영상을 보며 연기 테크닉을 갈고닦았다.
"『연기를 할 때, 감정을 표현하려 하면 안 된다』라고, 이 사람이 말하네요. 대체 어떤 의미일까요?"
"설명이 부족해서 이해하기 어려운걸. 으음, 비슷한 이야기를 하는 사람의 세세한 해설을 찾아볼까. ……아, 찾았어."
"저도 보고 싶어요. 어디어디…… 『사람의 감정은 일정하지 않고, 항상 흔들리고 있다. 자기가 담당하는 역할의 장면에 들어가기 전에 표현할 감정을 미리 준비해두면, 필요한 순간까지 감정이 이어지지 않고 마음이 진정되는 탓에 전후 감정이 부자연스러워진다』…… 아하, 알겠어요."
"……말끝에 괄호로 (모르겠다)가 붙어 있을 듯한 반응인걸."
"들켰군요……."
"같은 분노라도 현실의 인간이 내는 분노에는 단계가 있잖아? 서서히 짜증이 나며 쌓여가더니, 별것 아닌 자극으로 그 감정이 최고조에 도달하면 분노가 폭발한다. 분노 0부터 분노 100이 갑자기 되진 않는 거야."
"아…… 처음부터 『화낼 거야~!』 하고 준비하면, 부자연스럽게 100부터 시작하고, 거꾸로 100이 되는 게 너무 빨라서 중요한 순간에 50 정도까지 내려갈 가능성이 있다는 거네요."

"응. 그러니 기본적으로는 무덤덤하달까, 어깨에 힘을 뺀 평소의 자신과 같은 자유로운 상태에서 임하는 게 좋은가 봐."

"아하~."

"뭐, 이로하는 이런 걸 의식하지 않는 편이 더 나을지도 모르겠네."

"그게 무슨 말이죠?"

"이 영상을 봐. 빙의 타입의 연기에 관한 설명이 있는데, 이쪽으로 경지에 이른다면 장면에 들어가기 직전의 해당 캐릭터의 정신 상태로 언제든지 튜닝할 수 있는 거야. 이로하라면 이쪽이 더 적성에 맞을 것 같네."

"어려울 것 같은데요……."

"아니, 너는 처음부터 이걸 해냈잖아."

"의식한 적이 없으니까, 언젠가 전부 잊어버릴 것 같아서 무서워요……."

"그렇게 되지 않도록, 자기 재능을 언어화해두자. 모처럼 선현의 지혜를 언제든지 접할 수 있는 시대가 됐잖아."

"그, 래요……. 알았어요! 힘낼게요……!"

때로는 거실 텔레비전에 영화를 틀어놓고 감상회를 했다.

"으, 으흑…… 행복한 결말이라 다행이에요……."

"응. 절묘한 구성이었어. 복선 회수도 대단했고, 중간부터 툭하면 화면에 비치던 유품인 도끼도 메타포로 기능했는걸."

"후반에 저 두 사람이 못 만날 줄 알았어요……. 정말, 눈물 흘린 게 너무 분해요."

"연기자의 연기력도 합격점이야. 이 세상을 리얼하게 느끼게 해주는, 박진감 넘치는 연기였어. 좀 노골적일 만큼 연기 못하는 애가 섞여 있는 게 유감이긴 하네."

"클라이맥스의 액션도 화끈했다니까요. 가슴이 끓어오르는 게 느껴졌어요!"

"하지만 10대 소녀가 저렇게 커다란 도끼를 휘둘러 대는 건 좀……. 판타지 세계관이라 신경이 안 쓰이긴 하지만, 현대가 무대였다면 리얼리티가……."

"…………."

"…………."

"—오오보시 선배는 영화를 보는 관점이 너무 배배 꼬였어요!"

"너야말로 그냥 감동하기만 하면 어떻게 해. 뭐라도 하나 더 배우려고 노력해야 할 거 아냐!"

"첫 관람 때는 영화 자체를 즐겨도 괜찮잖아요~!"

때로는 애니메이션을 음소거로 틀어놓고 더빙 놀이를 했다.

"제가 하니, 왠지 가짜 같은 느낌이 드네요. 역할에 몰입해서 연기하려고 하는데도 말이에요."

"이미 다른 성우 분이 더빙을 해서 완성시킨 모습을 보고 있잖아. 그걸 자기 목소리로 바꿨으니 위화감이 느껴지는 게 당연해."

"어떻게 하면 자연스러워질까요?"

"아니, 자연스러워질 필요 없어. 원래 성우 분과 가깝게 연기하려고 하면, 그건 성대모사에 지나지 않는걸."

"아…… 그렇구나. 그렇겠네요……."

"일단 이 애니메이션의 관람은 멈추고, 원작 만화를 최신화까지 보는 건 어때?"

"……그건 어떤 의도에서죠?"

"원작을 읽어서 이로하 나름대로 캐릭터를 해석해보는 거야. 그리고 자기라면 어떤 식으로 연기할지 생각하며 캐릭터를 잡은 후, 다시 더빙을 해보는 거지. 이번에는 애니메이션의 최신화를 한 번도 보지 말고, 바로 말이야. 대사는 내가 미리 써둘게."

"그러면, 어떻게 되나요?"

"모르겠어? ―원래 목소리를 신경 쓰지 않으며, 이로하만의 캐릭터로 연기할 수 있어."

"아하……!"

그런 식으로, 나와 이로하는 매일같이 시간을 보냈다.

그리고, 이로하는…….

코히나타 이로하라고 하는, 연기자는…….

—활짝, 꽃피었다.

*

다시, 달력을 반년 치 정도 뒤로 넘기겠다.

개학식 날 방과 후, 오토이 가의 음향 스튜디오.

이로하는 레코딩 부스 안에 있었다. 그리고 나와 오토이 씨는 컨트롤 룸에 있었다.

유리 너머로 보이는 이로하가 연기를 마치고 임시 레코딩용 대본을 무릎 위에 뒀다. 휴우 하고 안도의 한숨을 내쉬고 있다.

그 모습을 보면서…… 나는 남몰래 주먹을 꽉 말아쥐었다.

좋았어! 하고 생각한 나는 오토이 씨 쪽을 힐끔 쳐다봤다.

"하아~~."

의자에 등을 깊이 맡긴 채, 오토이 씨는 기나긴 한숨을 내쉬었다.

입에 물고 있던 막대사탕의 막대 부분을 위아래로 까딱거리며…….

"맙소사……. 이거, 예상보다 훨씬 대단하잖아~."

감격한 목소리로 그렇게 말했다.

나는 그런 오토이 씨를 보고 우쭐해졌다.

"그렇지? 흐흥."

"왜 네가 우쭐하는 건데~?"

"전속 매니저, 혹은 프로듀서거든. 내가 길렀다고 해도 과언이 아냐. ……아, 그건 과언일까. 재는 원래 재능이 있었거든."

"우쭐댄 후에 솔직하게 인정하는 거야~? 잘은 모르겠지만, 참 특이하게 잘난 체 하네~."

"아주 조금이지만 내가 공헌했다는 사실만 알아주면 그걸로 만족해."

100퍼센트 내 공적이라고 주장할 생각은 없지만, 그렇다고 제로라고 말하는 것도 짜증난다.

내가 생각해도 어처구니없을 만큼 소시민 같은 감정이다.

"하지만 한 번 레코딩해보고 바로 재능이 있는지 파악하네. 음악만이 아니라 연기에도 조예가 있는 거야?"

"아니, 연기 전반에 관한 지식은 없어~."

"뭐야. 그럼 대충 떠든 거잖아."

"그렇지도 않아~. 연기는 모르지만, 소리에는 꽤 자신있거든~."

"소리?"

"응. 연기력과는 다른 능력이라고 생각하지만, 코히나타의 『목소리』 말인데~. 엄청 깨끗한 소리야~."

"깨끗, 하구나. 나는 잘 모르는 감각이야. 좋은지 나쁜지는 왠지 알 것 같지만……."

"소리 그 자체의 질이라고나 할까~? 뭐~, 나는 성장 환경이 좋잖아~."

"성장 환경과 관련이 있는 거야?"

피아노를 칠 줄 안다거나 절대음감 같은 거라면 성장 환경과 연관이 있을 것 같기는 하다.

하지만 오토이 씨가 딱히 그런 능력을 지녔단 이야기는 들은 적이 없다.

"있어~. 우리 집은 오래된 일본 가옥이잖아~. 여기는 할아버지의 할아버지 때부터 이어져 내려온 건물이야~."

"아~ 정말 오래된 집이네."

"맞아. 그리고~ 나는 이래 봬도 할아버지를 엄청 따르는 편이거든~."

"아~. 그래서 이렇게…… 아니, 아무것도 아냐."

"『애늙은이 같다』 같은 소리를 하려고 했던 거 아냐~?"

"기, 기분 탓이실 겁니다."

마음의 목소리를 정확하게 읽으니까, 애늙은이 같다고 하는 거라고.

"뭐~, 아무튼~."

"으, 응."

"어릴 적부터 할아버지가 여기저기 데려가 줬어~. 성악이나 관현악단, 가부키에 타카라즈카 가극단…… 전통 있는 예술 무대는 대부분 가봤을 거야~."

"맙소사. 너는 아무렇지 않게 말하지만, 그건 엄청난 경험 아냐?"

"축복받은 가정환경이지~. 덕분에 귀도 고급이 됐어~."

오토이 씨는 슬며시 웃음을 터뜨렸다.

일본에서 너와 같은 경험을 한 고등학생은 좀처럼 없을 거라고.

"뭐~, 내 이야기는 그만하기로 하고~. 귀가 고급인 내가, 깨끗한 목소리라는 표현을 특별히 쓴 거야. —코히나타의 목소리, 장난 아냐~."

"그래……. 장난 아닌 거구나……."

"아키? 왜 그래? 고개 숙인 채 부들부들 떨고 있네~."

"후, 후후, 크크큭…… 그래. 장난 아닌 거야……."

"아키……?"

오토이 씨는 평소와 다르게 당혹스러운 표정으로, 내 얼굴을 들여다봤다.

그런 그녀의 표정도 재미있다는 느낌이 들면서, 내 안의 감정은 더욱 고조됐다.

"그래, 장난 아닌 거야! 그래! 오토이 씨도 그렇게 생각하는구나!"

"으, 응."

흥분한 나는 오토이 씨의 손을 움켜잡고, 위아래로 흔들었다.

"되게 흥분했네~. 갑자기 왜 이래~?"

"이로하의 재능을 알아주는 사람, 이야기를 나눌 사람이 이제까지 없었거든……."

"아~."

내 친구는 오즈 뿐이다. 그런 오즈에게 설명을 해줄 수 없으니, 이로하의 연기자 활동(게임에 있어서는 성우 활동)에 관해 이야기를 나눌 사람이 한 명도 없었다.

같은 최애를 응원하는 오타쿠를 발견하면, 누구라도 이렇게 된다. 나도 마찬가지다.

"정기적으로 나와 최애 토크를 해줘!"

"아니~, 좀 별로인데~."

"어째서야?!"

"귀찮거든~. 이런 건 혼자 즐기는 타입이야~."

"큭, 오토이 씨다운 소리를 하기는……."

"그리고 안 그래도 무료로 스튜디오에서 게임 레코딩을 시켜주는 데다, 음성 편집까지 내가 공짜로 담당해주잖아~. 더 많은 걸 바란다면, 아무리 내 피를 쪽쪽 빨아먹는 기둥서방이라도 도가 지나치지 않을까~?"

"크억…… 너무 정론이라 반박을 못 하겠어……."

사실, 그 지적이 옳다.

우리의 활동에는 오토이 씨의 협력이 꼭 필요하다. 그녀에게 더 많은 것을 바라려면, 그에 걸맞은 대가가 필요할 것이다.

이럴 때는 좋아하는 것으로 낚는 게 철칙이라고, 내 머릿속 만화 지식 데이터베이스에 기록되어 있다.

"츄파드롭을 사주는 대가, 라는 건 어때?"

"싫어~. 매달 인터넷으로 대량 구매하거든~."

"큭. 내 토마토 주스와 같은 취급인 거냐……."

"솔직히 말해, 돈이나 물건으로 나를 낚는 건 무리거든~? 나, 부자야~. 원하는 게 있으면 사면 돼~."

지당하기 그지없는 말이다.

"좀 어떻게 안 될까?"

"싫어~."

사탕 부분을 다 먹고 남은 막대를 퉤 하고 뱉어서 쓰레기통에 집어넣은 후, 오토이 씨는 테이블 위에 놓인 스탠드에서 새 츄파드롭을 뽑아서 포장을 벗기고 입에 넣었다.

재고는 충분한 것 같았다.

생각해. 생각하는 거야, 나.

오토이 씨는 츄파드롭을 좋아한다. 어째서 좋아할까. 입 안이 허전한 게 싫어서? ……그럴 가능성도 있다.

하지만, 그게 전부일까?

그냥 달콤한 것을 좋아한다. ……이쪽이 정답 아닐까.

그리고, 「돈은 있으니까 원하는 게 있으면 사면 된다」라고 그녀는 말했다. ……정말 그럴까? 말만 들어봐도 귀찮은 것을 딱 질색하는 오토이 씨의 성격에, 이 사태를 돌파할 힌트가 숨겨져 있는 듯한 느낌이 들었다.

"……아! 그래, 알았어!"

"응~?"

"인터넷으로는 살 수 없는, 특별한 가게의 디저트를 사다 줄게. ……이거면 어때?"

"……호오~."

오토이 씨의 눈빛이 변하자, 나는 YES! 하고 속으로 외치며 주먹을 말아쥐었다.

"직접 사러 가는 건 귀찮잖아? 내가 사다 줄게. 그걸로 스튜디오 사용권 및 최애 토크를 할 시간과 교환해줘."

"오케이, 오케이. 좋아~. 그걸로 오케이~."

"빨라! 즉답하는 거냐!"

판단이 빠르면 우수한 것 같지만, 실은 대충 결론을 내린 게 분명해.

뭐, 나로서는 이득이니까 됐다.

나와 오토이 씨가 몰래 계약을 맺고 있을 때, 이로하가 레코딩 부스에서 나왔다.

"오토이 씨. 필기구 잘 썼어요!"

"오~. 저쪽에 대충 둬~."

"알았어요!"

이로하는 레코딩 개시 전에 빌린 필기구가 들어 있는 필통을 테이블 위에 뒀다. 대본에 자기 나름대로 메모를 하거나, 음향감독의 디렉션으로 각본이 수정됐을 때, 그 자리에서 바로 고칠 필요가 있다. 그래서 필기도구는 레코딩에 있어 필수 아이템이다.

"그런데, 제 연기는 어땠나요?"

자기한테 빙의시켰던 역할에서 막 벗어나서 그런지, 혹은 처음으로 스튜디오 레코딩을 해서 흥분한 건지, 목소리가 상기된 이로하는 안절부절못하듯 눈을 사방으로 놀리고 있었다.

이로하의 얼굴은 땀으로 범벅이 되어 있었다. 노이즈를 막기 위해 레코딩 중에는 기본적으로 에어컨을 켜지 않는다. 뱃속에서 목소리를 끌어내면 당연히 체력이 소모되며, 땀도 난다. 진심으로 임한 증거, 그 결정체가 바로 이 땀이다.

"최고였어. 받아."

"앗. 고마워요."

내가 수건을 건네주자, 이로하는 그것으로 얼굴을 닦았다. 비에 젖은 개가 얼굴을 닦는 모습을 상상한 나는 풉 하고 웃음을 흘렸다.

"어? 오오보시 선배, 왜 그래요?"

"아무것도 아냐. 네가 참 열심히 했다고 생각했을 뿐이야."

"그래봤자 임시 레코딩인걸요. ……하지만 오오보시 선배 이외의 사람에게 제 연기를 보여주는 건 처음이고, 스튜디오를 제공해준 오토이 씨의 평가가 신경 쓰였어요. 그래서 좀, 긴장했네요."

"아하하. 쓰레기 같은 연기였어도 괜히 빌려줬다고는 생각 안 해~. 아마도 말이지~."

오토이 씨의 「아마도~」는 세상에서 가장 믿을 수가 없다니깐.

"그래도~ 좋았어~. ……코히나타의 목소리에선, 재능이 느껴지네."

"정말요?!"

"그래. 분명, 내가 지니지 못한 재능을 지닌 인간이야."

그리고, 잠시 뜸을 들인 후…….

오토이 씨는 말을 이었다.

"아사기 네와 마찬가지야~."

"네? 타치바나 양과요?"

"그래. 원래 걔들이 음악을 할 수 있도록 지원하자고 생각한 것도, 뭐~ 나는 도달할 수 없는 장소에 갈 수 있는 애들이라고 확신해서야~."

"……오토이 씨는, 시도해보지 않는 건가요?"

"나는 무리~. 이래 봬도 귀가 좋거든~. 그래서 자기 소리에 센스가 없다는 것도, 알아버려~."

이로하는 말문이 막힌 건지, 난처한 듯이 나를 쳐다봤다.

하지만 나도 무슨 말을 하면 좋을지 생각나지 않았다.

그저, 가슴 깊은 곳에서 솟구쳐나온 말이 있었다.

"이해해."

"오~, 아키도 이해하는구나~."

"응. 나도 최근에 그걸 느꼈어."

나는 이 반년 동안, 다양한 경험을 했다.

연기 지식을 공부하고, 이로하의 트레이닝에 동의했으며, 때로는 대화 연습을 위해 나도 성우 흉내를 냈다.

오즈와 함께 게임 아이디어를 생각하고, 사양서를 쓰면서 근간이 되는 부분을 구축하기도 했다.

시나리오가 좋은지 나쁜지를 판단하기 위해 시나리오의 기초를 독학으로 공부했으며, 외주 시나리오라이터와 열띤 토론을 하기도 했다.

일러스트가 좋은지 나쁜지를 판단하기 위해(중략) 하기도 했다.

UI가 좋은지 나쁜지를(이하 생략).

아무튼 학습에 학습을 거듭하면서 그 업계에서 활동하는 인간과 교류하다 보니, 내 안에 어떤 마음이 생겨났다.

절대로, 당해낼 수 없어……란 마음이 말이다!

아무리 공부를 해서 내 능력을 키워봤자, 그 업계의 평균

수준에 지나지 않았다. 다른 크리에이터와 당당히 승부를 펼쳐서 이길 수 있을 정도의 천재는 아닌 것이다.

그래서, 나는—.

그리고 아마, 오토이 씨도—.

"재능을 지원해주는 길을 나아가고 싶은, 거지? 이해해. 완전 공감한다고."

"그래~. 역시 아키와는 마음이 맞네~."

"하하하. 나도 오토이 씨가 왠지 남처럼 느껴지지 않는다니깐."

"닮은꼴인 걸지도 몰라~. 잘은 모르겠지만~."

화기애애하게 유대를 확인하는 나&오토이 씨. 우리 사이에서는 남녀간의 감정과는 다른, 불가사의한 공감이 형성됐다.

"……지그시~."

"아. 미안해, 이로하. 무심코 매니저 입장에만 몰입하고 말았네."

"아, 사과할 것 없어요. 사이가 좋다는 건 멋진 일이잖아요. 자, 마음껏 하세요."

이로하는 두 손으로 뭔가를 양보하는 듯한 시늉을 하며 그렇게 말한 후, 「그런데—」 하고 덧붙였다.

"—이렇게 사이가 좋은데도, 오오보시 선배는 쭉 『오토이 씨』라고만 부르네요."

"이름을 모르는 데다, 그 호칭이 입에 익었거든."

예전에 물어봤을 때, 어째선지 오토이 씨는 언짢은 반응을 보였다.

친한 척을 하는 게 싫은 건지, 아니면 이름으로 불리는 게 싫은 건지는 모르지만 말이다.

"오토이 씨는 아키라고 부르니까, 오오보시 선배도 『레이쿠』란 이름으로 부르면 되잖아요. 그러면 두 사람의 사이도 더 진전…… 어, 어라?"

순진한 생각을 입에 담던 이로하는 분위기가 확 변했다는 것을 눈치채고 입을 다물었다.

"…………."

시간이, 멈췄다.

오토이 씨의 눈빛이 얼어붙었다.

그러고 보니 나는 예전에 반 명부에서 본 오토이 씨의 이름이 멋지다, 『레이쿠(麗紅)』란 이름이 잘 어울린다, 하고 늘어진 표정으로 생각했었다.

"코히나타, 어떻게 안 거야?"

"어, 뭘 말이에요?"

"내 이름."

"아, 그건…… 아까 필통을 빌렸잖아요. 거기에 이름이 적혀 있었어요. 풀네임이―."

이로하는 테이블 위에 둔 필통을 손가락으로 가리키며 말했다.

"오토이 레이쿠라고요."
"코히나타, 입 좀 다물어줄래?"

오토이 씨는 이로하의 어깨를 확 움켜쥐었다. 위협적인 목소리라 무지 무서웠다. 완전 양아치 같네.

아, 양아치 맞았지. 얼마 전까지는, 말이야.

"이름으로 불리는 걸 싫어해."

"왜 싫어해요? 참 멋진 이름이잖아요."

"이유는 상관없잖아~."

"한자 뜻으로 보면 아름다운 홍색, 이잖아요? 참 예쁜 이름인데요."

"사람이 봐주는 데도 한도가 있거든?"

"히익."

분위기를 눈치채지 못하고 소박한 의문을 던진 이로하도, 기어를 한 단계 더 올린 위협 아우라에는 겁먹은 것 같았다.

"아무튼 기억을 지우고 『오토이 씨』라고 불러~. 알았지?"

"아, 네."

이로하는 세차게 고개를 끄덕였다.

이 순간, 두 사람 사이의 파워 밸런스가 확정됐다.

오토이 씨는 양아치든 아니든 공포와 힘으로 지배하는 듯한 느낌이 들지만…… 나는 눈치 못 챈 척을 하기로 했다.

그건 그렇고 오토이 씨는 왜 자기 이름을 싫어하는 걸까.

오토이 레이쿠. 나도 오토이 씨에게 어울리는, 힘과 우아함을 겸비한 멋진 이름이라고 생각하는데 말이다.

으음~, 모르겠네.

—그런 사소한 결렬 위기에 맞닥뜨리면서도, 나와 이로하와 오토이 씨의 밀약은 성립됐다.

이때부터 오랫동안 비밀은 공유됐고, 파트너로서 협력하게 되지만…… 당시의 나는, 그저 활동을 할 수 있다는 사실만으로 만족하고 있었다.

*

『아아! 그래, 그랬어. 오토이 씨의 이름, 생각났네. 레이쿠야, 레이쿠. 오토이 레이쿠. 오랫동안 안 부른 바람에 기억에서 깨끗히 지워졌다니깐.』

『……오토이 씨의 심정을 알 것 같아……. 화, 확실히……숨기고 싶네…….』

『하지만 이상해. 지금 생각해봐도 멋진 이름이잖아. 왜 싫어하는 걸까?』

『아키, 진심으로 하는 소리야……?』

『응, 진심이야.』

『아니, 하지만 말이야. 오토이 레이쿠[#1]를 붙이면, 일본어로 화장— 아, 아무것도 아냐.』

『어? 잘은 모르겠지만, 아무것도 아니면 됐어.』

『오토이 씨의 명예를 위해, 눈치 못 챈 척을 해야…… 이상해…… 더는 아무것도 숨기지 않기로 결심하며 이 관람차 이벤트에 임했는데, 왜 이런 어처구니없는 비밀을 품게 된 거지…….』

『마시로가 밖을 쳐다보며 중얼거리고 있어……. 대체 왜 저러는 거지…….』

#1 오토이 레이쿠 읽는 방식에 따라서 '화장실 간다'라는 뜻으로 읽힐 수 있다.

007 제7화……친구 여동생이 나하고만 가깝다

방과 후를 알리는 종이 치면서 담임 교사가 학급 회의가 끝났다는 것을 알린 순간, 나는 벌떡 일어섰다.

그러자, 올해도 같은 반이 된 오즈가 나에게 말을 건넸다.

"오늘도 이로하와 만나기로 했어?"

"응. 방과 후에 보기로 약속했거든."

"두 사람, 요즘 들어 거의 매일 만나네. 아키의 방에도 드나들지?"

"《크림슨》에 들어가서 자유를 즐길 권리를 내가 빼앗았잖아. 하다못해 오락이라도 몰래 접하게 해주려는 거야."

"그렇구나."

—으음.

내 『거짓말』에 속은 건지 아닌지, 오즈의 무기질적인 표정만 봐서는 알 수가 없네.

전부 간파하고 있는 듯한 느낌도 들고, 거꾸로 아무것도 개의치 않는 것처럼도 보였다.

뭐, 아무래도 상관없다. 어느 쪽이든 간에, 나는 이로하를 배신할 수 없다. 책임감을 가지고, 거짓말을 할 수밖에 없는 것이다.

"아, 맞다. 네가 가버리기 전에 보고해둘게. 시나리오와 일러스트, 체크 마쳤어."

"오오, 벌써 마쳤구나. 대단해, 오즈. 어제 막 부탁했었잖아."

"학교에서의 짜투리 시간을 활용했거든."

"이상적일 만큼 효율적인 녀석이라니까. 최고야."

시나리오와 일러스트를 발주하는 것은 기본적으로 기획 고안자로서 전체를 이끌어가는 내가 할 일이다.

하지만 게임은 최종적으로 전부 프로그램 상에서 작동하는 만큼, 프로그래머가 문제가 있는지 없는지 확인해둘 필요가 있다.

예를 들어 시나리오라면 게임에서 실현 가능한 연출인지, 플래그 관리가 적절한지를 살펴야 한다.

그리고 일러스트라면 예정된 플레이 환경에서 문제없이 사용 가능한 픽셀인지, 3D로 만들었을 경우에 부담이 덜 되는 디자인인지 살펴야 한다.

특히 우리가 지금 만들려고 하는 건, 스마트폰으로 즐길 수 있고 캐릭터가 매력적인 탈출 게임이다.

중요한 건, 스마트폰으로 즐긴다는 부분이다.

스마트폰은 컴퓨터나 가정용 게임기보다 기종이 많고, 전체 스펙 중 몇 퍼센트를 게임에 할애하는지도 파악하기 어려우며, 동작 확인도 쉽지 않다. 게임의 사양 면을 세세하게 조정해야만 한다.

세상에 범람하고 있는 수많은 스마트폰 게임이 서비스를 시작하자마자 점검에 들어가는 만큼, 우리가 만드는 게임은 괜찮을 거라며 가볍게 여길 수도 없다.

그렇기에 오즈에게 부담을 준다고 생각하면서도, 엔지니어 시점에서 피드백 코멘트를 부탁하기로 한 것이다.

"땡큐, 오즈. 다음에는 서버 쪽을 부탁해."

"응, 해둘게. 그럼 잘 가."

"그래. 또 보자."

대화는 짧지만, 담백하지는 않다. 이것이 나와 오즈의 관계다.

1분이라도 빨리 귀가해서 프로그램을 만지고 싶은 건지, 오즈는 서둘러 교실을 나섰다.

결국, 오즈는 3학년이 되고도 나 이외의 친구가 생기지 않았다. 동아리에 들어가거나 위원회에 들어가거나 친구와 놀러 가거나 여친을 만드는 일 없이…… 그런 것을 바라지도 않으며, 시간이 흘러갔다.

분명 중학교를 졸업할 때까지는 변하지 않을 것이며, 오즈에게 있어서도 그편이 행복하다면 그걸로 됐다고 생각한다.

"좋아. 나도 가볼까."

나는 혼잣말을 그렇게 중얼거리며, 교실을 나섰다.

학교를 나선 나는 근처에 있는 편의점 앞에서 이로하와

만났다.

하지만 이로하는 혼자가 아니었다. 그녀의 옆에는 금발에 니트 모자를 쓰고 피어싱을 한 양아치 소녀— 아니, 싱어 소녀인 타치바나가 있었다.

“아, 오오보시 선배. 이쪽이에요, 이쪽. 왜 이렇게 늦은 거예요.”

“아, 미안해. 오즈와 업무 이야기 좀 나눴거든. 타치바나도 오래간만이야.”

“안녕하심까. 건강해 보여서 다행임다.”

타치바나는 입에 문 아이스크림의 막대 부분을 까딱거리면서 인사했다.

음악 활동에 집중하려고 오토이 스튜디오에 눌러앉아서 그런지, 양아치 시절보다 더 오토이 씨의 영향을 진하게 받았다. 그래도 막대사탕에서 막대 아이스크림으로 바꾼 점에서 타치바나의 아티스트 기질이 느껴지는 것 같아서 왠지 흐뭇했다.

나는 문뜩, 이로하의 목에 헤드폰이 걸려 있다는 것을 눈치챘다. 아무래도 방금까지 머리에 착용하고 있던 헤드폰을, 내가 보이자 벗은 것 같았다.

아마 타치바나의 물건을 빌렸으리라. 집에서 음악을 들을 수 없는 이로하가 이런 것을 가지고 있을 리 없으니 말이다.

“신곡의 데모 테이프야?”

"아뇨. 그냥 요즘 유행하는 노래를 듣고 있어요."

"아하, 『Demon』이구나."

"그걸 어떻게 안 거예요?!"

"최근에 본 드라마의 주제가잖아. 너는 정말 쉽게 영향 받는 애라니깐."

"으으, 간파 당했어……. 분해……."

이로하는 불만을 드러내듯 입술을 삐죽 내밀었다.

옆에 있는 타치바나가 웃음을 터뜨렸다.

"이루하는 항상 이럽다. 선배와 함께 본 작품의 주제가는 바로 듣고 싶나 봐요."

"흐음. 그때마다 타치바나에게 들려달라고 하는구나."

"그렇습다. 자기가 듣고 싶은 음악도 못 듣는다니, 참 불편하게 사네요~."

나도 그렇게 생각한다.

하지만 음악을 듣고 싶다면, 집에서도 들을 수 있게 환경을 갖춰줄 텐데 말이다. 이제까지 그런 부탁을 받은 적이 없는걸.

타치바나에게 부탁하면 되니까 나한테 기대지 않아도 된다, 라고 생각하는 거라면 괜찮지만 말이다.

만약 괜히 사양하고 있는 거라면, 그럴 필요 없는데…….

"하지만 이로하는 선배를 완전히 따르게 됐네요~. 오늘도 이제부터 데이트입까?"

"데, 데이트 아냐. 타치바나 양, 무슨 소리를 하는 거야!"

타치바나가 헤드폰을 돌려받으며 놀리듯 웃자, 얼굴을 붉힌 이로하가 허둥지둥 부정했다.

"어~. 둘이서 놀러 가는 것 맞지 않슴까~?"

"그건 그렇지만…… 우물쭈물."

타치바나, 알면서 놀리는 거구나. 이로하가 난처해하는 모습을 보며 즐기는 거야.

어쩔 수 없지. 도움의 손길을 내밀도록 할까.

"어이, 타치바나~. 너무한 거 아냐? 오즈한테 차였다고, 오즈 동생한테 화풀이하지 말라고."

"으윽?!"

이번에는 타치바나의 얼굴이 펑 하며 폭발한 것처럼 새빨개졌다. 예상대로 이 짜증스런 애는 공격은 능하지만, 방어는 별로인 것 같았다.

"몇 달 전의 일로 언제까지 놀리려는 검까?!"

"약점이 있으면서 이로하를 놀려댄 네 잘못이야."

"끄, 으으응…… 시끄럽슴다~! 저는 아티스트 활동에 집중할 거니 괜찮슴다! 사랑놀음에 빠질 때가 아니란 말임다~!"

"그래, 그래~. 맞지, 맞아~."

"젠장……. 이해심 많은 어른 행세 같아서 짜증나~."

"하하하. 당했구나 싶으면 앞으론 말도 안 되는 러브스토리를 지어내지 말라고."

웃음을 터뜨린 나는 애 취급을 하듯 타치바나의 모자를 꽉 눌렀다.

그렇다. 생략하고 넘어갔지만, 사실 타치바나 아사기는 몇 달 전에 실연했다.

하지만 그것도 어쩔 수 없는 일이라고 생각한다.

상대가 바로 코히나타 오즈마니까 말이다. 솔직히 말해, 나와 친하게 지낸다는 사실마저 기적 같은 일이다.

그가 연애를 하는 모습은 상상조차 안 된다.

나와 사이좋은 두 사람이 사귄다면 응원해주겠지만, 그렇게 되지 않았다고 해서 오즈에게 강요를 할 마음은 없다.

타치바나도 실연을 해서 가슴이 아프지만, 오즈의 태도를 보고 결과를 짐작한 건지 깔끔하게 포기했다.

아직도 그 사실에 불만을 품고 있는 건— 이로하 뿐이다.

"타치바나 양을 차다니, 오빠는 센스가 너무 없다니깐."

"이, 이로하. 그 이야기는 됐다니까 그러네. 나도 받아들였는걸."

"하지만 거절할 때의 대사도 너무 심했잖아. 『너와의 연애에는 흥미가 생기지 않아』? 타치바나 양의 마음은 생각도 안 했어. 정말 저질이야."

"아니, 그렇게 딱 잘라 거절해주는 편이 나도 개운하긴 해."

"하지만 그 후로 타치바나 양은 한 번도 우리 집에 안 왔잖아. 나와의 관계가 나빠졌단 말이야."

"으……. 아니, 그건 차여서가 아니라 음악 활동을 하느라 바빠서……."

"하지만 차이기 전에는 매일 같이 우리 집에 왔는걸."

"으윽…… 그, 그때는 코히나타 선배를 너무 만나고 싶어서…… 그, 그 이야기 좀 그만해!"

"타치바나 편인 척하는 이로하가 가장 공격력이 세네."

타치바나를 감싸주려고 하면서, 완전히 논파해 버렸어.

"어이쿠. 슬슬 이동할까."

"그래요. 보는 사람도 늘어났으니까요."

귀가 중인 학생들의 모습이 드문드문 보이기 시작했기에, 나는 이야기를 끝냈다.

이로하는 미소녀라서 꽤 눈길을 끈다. 타치바나가 조사해 본 바에 따르면 2학년 남자애에게도 인기가 많다고 하니, 남자인 나와 같이 있는 모습을 남들이 본다면 괜한 소문이 돌지도 모른다.

딱히 몰래 교류하고 있는 건 아니지만, 괜한 오해를 사는 건 좋지 않거든.

아이들의 소문을 통해 학생 어머니들의 교류하는 자리에 의제로 올라오기라도 했다간, 최악의 경우에는 이로하의 어머니에게 나란 존재가 알려질지도 모른다. 이로하가 하려는 일이 어머니에게 들킬 위험은, 조금이라도 줄여야만 한다.

"이제부터 영화관에 갈 건데, 타치바나도 안 갈래?"

"영화?"

"응. 『사신 탐정 도일』 시리즈의 최신작. 꽤 화제라서 관심이 생겼거든."

"아동용 영화 아님까."

"—라고, 생각하지? 하지만 요즘에는 누님들에게 인기가 있나 봐. 게다가 미스터리물인 만큼, 매 편마다 스토리 전개도 탄탄하거든."

오락을 즐긴다……는 이유도 있지만, 목적의 절반은 물론 공부다.

내가 도전하려는 게임의 장르는 탈출 게임 요소가 있으며, 캐릭터의 매력이 중시되는 캐릭터 게임이기도 하다. 수수께끼와 트릭, 그리고 폭넓은 연대에서 지지 받는 캐릭터 조형…… 『사신 탐정 도일』 시리즈에는, 그 모든 것이 집약되어 있다.

그러니 당연히 참고로 삼아야 마땅하다.

"어떻게 할래?"

"으음…… 말은 고맙지만, 역시 사양할람다."

"타치바나 양, 또 나와 오오보시 선배가 사귄다는 소리를 하려는 거야? 진짜 그런 게 아니니까 신경 안 써도 돼."

"아, 그런게 아님다. 저는 이제부터 언니네 집에서 통조림이거든요."

"통조림? 방에 틀어박혀서 작업에 몰두하는 그거 말이야?"

"그렇습다. 실은 이번 주 안에 신곡 데모판을 몇 개 더 보내야 해서요. ……꽤 거물에게 보여줄 예정이라, 대충할 수는 없습다."

"거물?! 우와, 타치바나 양, 어느새 그런 사람과 인연이 닿은 거야?"

"물론 실력 덕택임다~. 상대방이 저의 재능을 알아봤다고나 할까……는 농담임다~. 언니가 소개해줬습다. 에헤헤."

"그래도 일류인 사람이 들어준다니, 정말 대단해. 그런 줄도 모르고, 방해해서 미안해."

"아, 그런 소리 마. 미안하다 소리 들으니 괜히 내가 미안해지네~. 뭐, 그렇게 됐으니까 ……."

그렇게 말한 타치바나는 나를 힐끔 쳐다봤다.

"오늘은 여기서 헤어지는 거구나. ……오케이. 그 대단한 사람한테 인정받을 수 있도록 잘해 봐."

"헤헤♪ 알겠습다!"

멋쩍은 듯이 코밑을 손가락으로 슥 훔친 타치바나는 알통을 만들어 보였다.

그런 훈훈한 모습을 보인 타치바나는 세워둔 자전거의 스탠드를 탁 걷어차더니, 춤추듯 그대로 올라탄 후에 그대로 바람처럼 사라졌다.

그 뒷모습을 바라보는 몇 초 동안, 나와 이로하 사이에서는 미묘한 침묵이 흘렀다.

……아까 타치바나에게 놀림을 받은 바람에, 괜히 의식하게 됐네……. 이제 와서 단둘이 있다고 멋쩍어할 사이도 아닌데 말이다.

침묵이 길어지면 길어질수록 멋쩍음도 오랫동안 이어질 것 같았기에, 나는 입을 열었다.

"조, 좋아. 그럼 갈까?"

"아, 네. 가, 가요."

막 사귀기 시작한 커플이냐! 싶을 정도로 우리는 어색했다.

아냐. 나와 이로하는 그런 사이가 아니라고.

연기자와 프로듀서는 연애 금지, 의식하는 것도 실례다. 정신 차려, 나. 오케이? 좋아, 심호흡 완료. 이제 문제없어.

우리는 옆 마을과의 경계 지점에 있는 쇼핑센터에 들렀다.

목적지는 최상층에 있는 영화관이다. 거기로 이어지는 통로를 지나고, 에스컬레이터로 올라가면서 묘한 거북함을 느꼈다.

평일 저녁때라 사람이 많지는 않지만, 또래 중학생 혹은 고등학생으로 보이는 손님이 드문드문 보였다. 같은 학교 학생이 우리를 보는 건 좀 그런데, 하고 자의식 과잉 같은 생각을 한 나는 살짝 긴장했다.

솔직히 말해, 시선은 느껴졌다.

그것도 그럴게, 내 옆에서 걷고 있는 이는 같은 중학교의 교복을 입은 미소녀다. 길을 가다 보면 돌아보게 되는 게 당연한 수준이다. 하지만 시선을 신경 쓰는 건 나뿐이었고, 일상적으로 이런 시선을 받았을 이로하는 표정이 여유로웠다.

오히려 주위의 시선보다 내가 더 신경 쓰이는 건지, 별다른 대화를 나누고 있지 않은데도 몇 초 간격으로 나를 힐끔힐끔 쳐다봤다.

프로듀스 생활을 시작하고 반년 넘게 흘렀지만, 아직 나를 경계하는 것 같다.

그래서 나도 가능한 한 이로하를 쳐다보지 않으려고 했고, 그 바람에 주위 사람들이 더 눈에 들어오면서 그들의 시선이 신경 쓰였다.

정말 마음대로 안 되는걸.

영화관에 도착했다.

우리는 발권기로 티켓을 산 후, 음료와 팝콘을 사기 위해 매점에 줄을 섰다.

"뭐로 할래? 내가 사줄게."

"아, 괜찮아요. 제 몫은 제가 살게요."

"그래. 그럼 더치페이로 하자."

"네."

이로하는 그런 쪽으로 꽤나 철저했다.

좋은 일이지만, 조금은 어리광을 부려도 괜찮지 않을까 하는 생각이 안 드는 건 아니다.

……하지만 너무 어리광을 부려대며 사달라고 졸라대도 짜증나기만 할 테니까, 그렇다면 지금 이대로가 좋을지도 모른다.

균형을 잡는 건 참 어려운걸.

"으음…… 콜라로 할까……. 이런 매점에는 음료 종류가 많지 않네요."

"뭐, 어차피 영화의 덤 같은 거잖아."

"오오보시 선배는 정했나요?"

"토마토 주스."

"항상 그것만 마시네요! 아니, 영화관에서 토마토 주스 같은 음료도 파나요?"

"없을 리가 없잖아. 없는 영화관에는 안 가."

"지, 진짜네요. 메뉴에 있어요……."

"건강에 좋으니 추천이야."

"……솔직히 말해, 선배가 하도 추천하니 한번 마셔보고 싶긴 해요. 꿀꺽."

"한 번 시도해봐. 젊은 애가 실패를 두려워하면 어떻게 해. 뭐든 시도해보라고."

"왜 아저씨 같은 관점에서 이야기하는 건데요? 선배와 저는 한 살밖에 차이 안 나거든요?"

"한 살 정도면 큰 차이잖아. 나는 내년에 고등학생이 되지만, 너는 아직 중학생이라고! 하하하."

"부우……. 그럼 저도 토마토 주스로 할래요."

뭐가 『그럼』인 건지 모르겠지만, 이로하도 내 종교에 물들기 시작한 것 같았다.

그녀는 입술을 살짝 내민 채, 물었다.

"그런데, 팝콘은 어떤 맛으로 할래요?"

"당연히 소금 뺀 소금 맛이야. 건강에 좋거든!"

"지, 진심으로 하는 말이에요? ……뭐, 오오보시 선배가 그게 괜찮다고 한다면 그걸로 할래요."

"응? 다른 맛이 먹고 싶으면 맞춰줄게. 딱히 확고한 신념이 있어서 소금 뺀 소금 맛에 집착하는 건 아냐."

"괘, 괜찮아요. 신경 쓰지 마세요."

그렇게 말하는 이로하의 시선은 메뉴 사진— 캐러멜 맛에서 떨어질 줄은 몰랐다.

눈은 입만큼 정직하다, 는 말이 이렇게 와닿는 장면은 처음 봤을지도 모른다.

"역시 달콤한 게 먹고 싶어졌어."

"네?"

"칼로리 따위 알 바 아냐. 캐러멜 맛으로 하자."

"손바닥 뒤집듯 태도가 바뀌었네요."

"사소한 건 신경 쓰지 마. 이로하는 캐러멜 맛이라도 괜찮아?"

"……그럼 그걸로 해요. 저도 먹고 싶었거든요……."

멋쩍은 듯이 눈을 살짝 내리깐 이로하가 작은 목소리로 그렇게 말했다.

솔직하지 못하네, 란 생각이 들지만…….

연기자의 섬세한 감정을 고려하며, 케어해주는 것도 내가 할 일이다.

음료와 팝콘이 담긴 쟁반을 들고 스크린 7이라고 적힌 방에 들어갔다.

영화 상영 전의 광고가 나오고 있는 은막을 곁눈질하면서, 머리를 숙인 채 자기 자리로 향했다.

죄송합니다, 하고 말을 하면서 이미 자리에 앉아 있는 손님의 무릎 위를 건너갔다.

앞에서부터 셀 때 가운데, 좌우로도 가운데 즈음— 즉, 완벽한 한가운데다.

스크린 전체를 살필 수 있는, 개인적으로 가장 좋아하는 감상 위치다.

"으음, 이 의자는…… 어, 어머? 어, 어엇……."

"뭘 그렇게 당황하는 거야."

"아, 아니, 그게, 의자가 스프링처럼……!"

"자, 눌러줄 테니까 빨리 앉아."

영화관에서 흔히 볼 수 있는, 체중을 싣지 않으면 자동으로 좌석이 접히는 의자다. 당황한 이로하를 대신해서 내가 손으로 좌석을 눌러주자, 그녀는 머뭇거리며 엉덩이를 걸쳤다.

이로하는 무사히 앉은 후, 휴우 하고 숨을 내쉬었다.

"고, 고마워요……. 하마터면 다른 관객들에게 이상한 사람 취급을 당할 뻔했어요."

"의자의 구조 정도는 직감적으로 이해할 수 있지 않아?"

"그런, 가요? 이런 의자를 처음 봐서…… 이런 게 있는 줄도 몰랐거든요."

"아……."

그러고 보니, 처음이라면 어쩔 수 없을지도 모른다. 내가 어떻게 이 구조를 이해했는지 남이 물어본다면, 나는 명확하게 대답하지 못할 것이다. 어릴 적에 부모님이 영화관에 데려와줘서 자연스럽게 기억한 걸지도 모른다.

그렇다면, 부모를 따란 이런 시설에 온 경험이 없는 이로하가—.

모르는 것도, 당연하지 않을까.

"미안해. 말이 좀 심했어."

"아, 아뇨. 딱히 기분 나쁘진 않았어요."

"하지만, 내 판단에 따라 사과하겠어. 아까 놀리듯 말해서 미안해."

"……오오보시 선배는 참 이상한 사람이네요."

이로하는 감탄과 어처구니없음이 반씩 섞인 듯한 표정을 지으며 말했다.

나 스스로도 이상하다고 생각한다.

특히 이로하와 교류할 때는, 이상함 레벨이 자사 대비 150퍼센트 정도가 되는 것 같았다.

너무 파고들지 않도록, 상처 주지 않도록 노력했다. 이제까지의 인생에서 이렇게까지 한 적이 있나? 싶을 만큼, 최대한 섬세하게 배려하고 있다.

그럴 만도 하잖아. 친구 여동생인걸.

실수라도 범했다간, 우정까지도 박살이 나고 만다. 폭탄처리반 같은 신중함이 요구되는 게 당연했다.

벨이 울리자, 내부가 어두워졌다.

상영 전의 선전 러시가 끝나고, 본편이 시작된다는 신호다. 이로하에게서 시선을 뗀 나는 등을 꼿꼿이 펴면서, 스크린에 집중했다.

초장기 연재 중인 명작 애니메이션, 『사신 탐정 도일』의 극장판.

사전 평가에 걸맞은 완성도인지 아닌지, 어디 솜씨 한 번 볼까!

—우와, 퀄리티 완전 대박이잖아…….

중반 즈음의 두 번째 클라이맥스를 지났을 때, 나는 실감하고 말았다.

이 시점에서 두 번 빌딩이 폭발하다니, 정말 최고다. 엔터테인먼트에 있어서 화약은 정의다. 흥분됐다.

캐릭터도 매력적이다. 일상 파트에서 보여주는 주인공의 시치미 떼는 일면과 사건이 일어난 후의 진지한 얼굴 사이의 갭이 커서 아무리 봐도 질리지 않아서, 초등학생이라면 누구나 좋아하게 될 것이다.

주변 캐릭터들도 디자인, 설정, 성격이 전부 동심을 자극해서 가슴이 뛰었다.

게다가 흥미로운 수수께끼의 제시, 저절로 몸이 앞으로 쏠릴 만큼 다음 내용이 신경 쓰이게 만드는 스토리 전개―.

그야말로 인기 요소의 박람회다.

……하지만 말이다.

이렇게 멋진 영화인데도 불구하고, 나는 그에 걸맞을 정도로 작품에 몰두하지는 못했다.

왜냐하면…….

오오……! 하고 감탄하며 즐거워하는 얼굴.

아니…… 하고 한탄하며 슬퍼하는 얼굴.

어버버, 거, 거기서 키스를……? 하며 부끄러워하는 얼굴.

이 나쁜 악당……! 하고 발끈하며 화내는 얼굴.

그 외 기타 등등…….

옆에 있는 이로하가 장면에 따라 보여주는 온갖 표정이 너무 재미있어서, 무심코 정기적으로 눈길을 주고 만 것이다.

잡담 금지인 영화관 안에서 감상을 소리 내서 말하진 않

© tomari

았지만, 표정은 정말 시끄러웠다.

등장인물에게 완전히 감정이입을 한 건지, 반응도 하나하나 오버 그 자체였다.

그래도 감수성이 풍부해서 그런 걸 테니, 연기자로서는 그 편이 낫다고 생각하지만 말이다.

"하아~ 재미있었어~."

"즐긴 것 같아 다행이야."

영화가 끝나고 상영관을 나서자마자 만족한 듯이 기지개를 켜는 이로하에게, 나는 안도하는 듯한 목소리로 그렇게 말했다.

영화가 재미없더라도 내 책임은 아니겠지만, 보러 가자고 말한 사람으로서 상대방이 즐기지 못한다면 여러모로 아쉬울 테니 말이지…….

"막 공개된 영화라서 스트리밍 서비스로는 못 보거든. 때로는 이렇게 영화관에 와서 보는 것도 좋지 않아?"

"네! 성우 분의 연기도 정말 공부가 됐어요!"

이로하는 흥분한 어조로 그렇게 외쳤다. 마음이 매우 고조된 것 같았다.

아니면 누구의 눈치도 살피지 않아도 되는 원래의 이로하는, 혹시 이런 애인 걸까?

모처럼 기분이 좋아 보이니, 이 기회에 좀 더 캐볼까.

“가장 마음에 든 캐릭터는 누구야?”

“20면상(트웬티 페이스)이에요! 카페 점원과 비밀경찰과 범죄조직과 다른 나라의 스파이와 내각 정보 조사실과 탐정과 학생과 노숙자 등, 거의 스무 가지의 역할을 연기하는 그 사람요!”

“아~, 여성에게 인기가 많긴 해. ……너무 역할이 많아서 영문을 모르겠지만 말이야.”

“정말 멋지다니까요.”

“호오. 이로하도 역시 미남에게 약한 거구나.”

“얼굴보단 직업과 설정이 끝내줘요. 트웬티 페이스, 멋지지 않아요? 그런 식으로 다양한 인생을 살 수 있다면 즐거울 거예요.”

“어찌 보면 연기자와 마찬가지네요.”

“맞아요. 소년의 마음을 자극한다고나 할까, 가슴이 두근거린다고나 할까……!”

중2병, 이라고도 말할 것이다.

“의외네.”

“……뭐가요?”

“아, 그런 두근거림은 남자들만 느낀다고 생각했거든. 여자애는 그런 남자들을 차가운 눈길로 쳐다보기만 하는 줄 알았어.”

“아~, 오오보시 선배는 문제네요~. 요즘 시대에 그런 가치관을 가지고 있으면 바로 구설수에 오르거든요?”

"정말이야?!"

"남녀 차별적 발언이에요. 여자애가 그런 멋진 요소를 이해 못 할 거라고 생각하면 착각이라고요."

이로하는 흥 하고 언짢은 듯이 코웃음을 쳤다.

"아, 무시하는 건 아냐. 좀 더 어른스러운 걸 좋아할 거라고 착각했을 뿐이라고."

나는 허둥지둥 변명을 늘어놨다.

이로하의 기분이 상했을지도 모른다는 사실 탓에, 온몸에서 진땀이 흘러나왔다. 거울을 본다면 내 얼굴은 아마 새파랗게 질려 있을 것이다.

바로 그때, 이로하가…….

"풉…… 아하하! 너무 진지하게 받아들이지 마세요."

이로하는 웃음을 터뜨리면서, 내 몸을 찰싹찰싹 살며시 때렸다.

"저, 진짜로 화나면 이 정도가 아니거든요?"

"……대체 어쩌는데?"

"완전 무시해버려요. 말도 안 섞는다고요."

"상상만 해도 마음이 비수에 헤집어지는 것 같은걸……."

"그렇게 되지 않도록, 마음 단단히 먹어주세요♪"

"으, 응."

정말 신경을 써야겠다.

마음속으로 그렇게 다짐을 하고 있을 때, 이로하가 갑자기 혀를 내밀었다.

장난기를 가득 담아서 말이다.

"너무 우쭐댔던 것 같네요. 죄송해요."

"……이쯤에서 슬며시 물러나는 모습은 참 이로하답네……."

"아하하. 너무 우쭐대서 설교 듣는 건, 저답지 않으니까요."

"하하. 그래."

나는 맞장구를 치면서도, 의문이 뇌리를 스쳤다.

—정말 그럴까?

이로하답네, 란 말을 써도 될 만큼 코히나타 이로하를 알고 있을까.

영화관이 있는 층의 엘리베이터를 타고 아래로 내려가는 동안, 그 생각이 내 머릿속에서 한사코 사라지지 않았다.

"아, 맞다."

상업 시설이 있는 층에서 내린 후, 문뜩 뭔가가 생각난 나는 이로하를 돌아보았다.

"좀 사고 싶었던 게 있어. 푸드코트에서 기다려줄래?"

"아, 마침 저도 화장실에 가고 싶었어요."

"그럼 일단 따로 행동하자. 나중에 푸드코트에서 합류하면, 차라도 한 잔 하고 돌아가재이."

"가재이…… 왜 갑자기 사투리 쓰는 거예요?"

"헉! 무심코 없어. 『도일』에 나온 사투리 캐릭터의 말투가 전염됐나……."

"풉. 정말, 뭐예요. 영향을 너무 쉽게 받는 거 아니에요?"

웃으면서 그렇게 말한 이로하는 좀 이따가 봐요, 하고 말하면서 화장실로 뛰어갔다.

너한테는 영향을 너무 쉽게 받는단 소리를 듣고 싶지 않거든? 어차피 돌아가면 영화 주제가를 듣고 싶어할 거잖아. —그런 태클을 날릴 틈도 없었다.

뭐, 됐어.

그건 그렇고 이로하는 의외로 말싸움으로 지는 걸 싫어하나 보네. 나한테 한 방 먹여주려고 드는 대사가 늘었어.

평소에는 조신한 척을 하지만, 어쩌면 이게 그녀의 본성일지도 모른다.

정말, 여자라는 생물은 아직도 모르겠다. ……아, 이런 말도 구설수 거리가 될지도 몰라. 나무아미타불, 나무아미타불.

"……자, 나도 갈까."

쇠뿔도 단김에 빼라. 오늘 할 일을 내일로 미루지 말라.

—중요한 볼일은, 일찌감치 끝내버리는 편이 좋다.

*

중요한 볼일을 마친 후, 이로하와 합류한 나는 쇼핑센터를 나섰다.

집에서 가장 가까운 역에 도착할 즈음에는 태양이 완전히 건물 뒤편으로 가라앉아서 사라졌고, 주위는 밤의 어둠에 잠……기는 일 없이, 달빛과 가로등이 길을 비추고 있다.

경치란 것은 소소한 차이로 크게 인상이 달라지는 것 같다고, 나는 문뜩 생각했다.

미세한 빛에만 의지하며 걷는 밤길.

옆에는 황금색 머리카락을 가볍게 흩날리며 걷고 있는, 친구 여동생.

익숙한 길을 걷고 있지만, 마치 자기가 불량 학생이 되어서 으슥한 뒷길을 걷고 있는 기분이 들었다.

그리고 그런 잡념에 사로잡힌 자신의 미숙함을 자각하면서, 마음이 더욱 꺼림칙해졌다.

오른손에 쥔 비닐봉투도, 왠지 더 무거워진 듯한 느낌마저 들었다.

"그러고 보니, 오오보시 선배."

"응?"

"그거, 뭐예요?"

"아직 비밀이야."

나는 뜸을 들이듯 그렇게 답했다.

"흐음. 뭐, 좋아요."

이로하는 흥미 없다는 투로 그렇게 말했다.

거짓말이 틀림없다. 흥미가 없다면 질문할 리가 없다.

하지만 이로하는 진짜로 흥미를 잃은 것처럼 비닐봉투를 전혀 쳐다보지 않으며 대화를 이어갔다.

"오늘 고마웠어요, 오오보시 선배."

"그래. ……뭐, 고맙다는 말을 들을 일은 없었어. 내가 한 턱내지도 않았잖아."

"그건 그렇지만, 저 혼자서는 절대 그런 곳에 안 갔을 거예요."

"뭐, 그럴지도 몰라. ……감사 인사를 너무 거부하는 것도 그러니까, 순순히 받아둘까."

"네. 받아주세요."

이로하는 빙긋 웃으면서 말했다.

그리고 그녀는, 하늘을 올려다봤다. 새하얗고 커다란 달이 떠 있었다. 한순간 카구야 공주, 란 단어가 머릿속에 떠올랐다.

나도 왜 그런 건지는 모른다. 그것도 그럴 것이, 카구야 공주는 결혼 상대를 뽑기 위해 불가능에 가까운 조건을 제시한 공주님의 상징이다.

코히나타 이로하라는 여자애와는 이미지가 전혀 맞지 않는 것이다.

"오빠가 한 말의 의미, 왠지 알 것 같아요."

"……오즈가? 나에 대해, 뭐라고 했어?"

"네. 『아키와 같이 있으면, 밝은 빛이 비치는 듯한 느낌이

든다』— 라고 했어요."

그렇게 말한 이로하는 머리 위에 펼쳐진 밤하늘을 손가락으로 가리켰다.

"선배는 큰 별 같네요. 이름에 걸맞게요."

"개그야?"

나는 딴죽을 날리면서도 좀 멋쩍었다.

큰 별이란 의미인 오오보시(大星)라는 자기 이름에, 누군가가 이렇게 의미를 부여한 것은 처음이다.

이로하가 쳐다본 건 달이 아니라, 별이었던 건가.

나는 커다란 달에만 눈길이 가서, 그 주위에서 어렴풋이 빛나고 있는 별은 눈에 들어오지 않았다. 가장 밝게 빛나는 별조차도, 태양이나 달에 비하면 너무나도 작다. 쳐다볼 가치조차 없다는 생각만 들었다.

"오빠와, 오래간만에 이야기를 나눴어요. 집에서요."

"그랬구나."

나는 이로하의 말을 듣고, 안도했다.

소원하다고 들었다. 그 관계는 건전하지 못하다고 생각했다. 그러니 남매가 조금이라도 대화를 나눠서 거리를 좁힌다면, 매우 바람직한 일이라고 생각한다.

"게임 제작을 즐기고 있나 봐요. 장래에는 게임을 만들며 살고 싶다고……. 놀랐어요. 이 사람, 장래 이야기도 하는구나…… 란 생각이 들었다니까요."

"이 사람……."

"가시, 돋친 것 같나요?"

"그야, 뭐……."

"그럴 거예요. 하지만 그렇게 표현할 수밖에 없을 만큼 먼 사이거든요. 오빠는 저한테도, 엄마한테도 흥미가 없어요."

그래서 이로하 또한 오빠에게 무관심해진 건가.

인간관계는 거울의 반사 같은 것이다. 호의를 받으면 호의를 주고, 적의를 받으면 적의를 주게 된다.

무관심을 받는다면 당연히, 상대방도 무관심을 주는 것이다.

그러면서 코히나타 가에서는 대화가 사라진 것이리라.

"오즈는 어째서 그렇게 무관심해진 거지……. 역시 발명에 몰두해서야?"

"글쎄요. ……실은 발명에도, 그렇게 흥미가 있진 않다고 생각해요."

"왜 그렇게 생각하는데?"

"방에서 작업하는 오빠의 모습을 본 적 있어요. 세탁물과 음식을 전해주러 방에 갔는데, 그때—."

숨 한 번 쉴 시간 동안, 머뭇거리듯 뜸을 들인 후…….

이로하는 말을 이었다.

"—무표정한 얼굴로, 재미없다는 듯이 기계를 다루고 있었어요."

"……뭐?"

뜻밖의 말이었다.

내가 아는 오즈는, 컴퓨터나 기계 앞에서 항상 즐거워 보였다.

오즈의 재미없다는 듯한 표정은 상상조차 할 수 없다.

"잘못 본 거 아냐? 그때만 좀 기분이 안 좋았을지도 몰라."

"오오보시 선배는 그렇게 생각하나 보네요. 아마 선배뿐일 걸요? 오빠가 즐거워하는 모습을 본 사람 말이에요."

"나 뿐……."

"게임을 만들 때의 오빠는 이제까지 본 모습 중에서 가장 즐거워 보였어요. 게임은 프로그램만 짜는 게 아니고, 로봇이나 이상한 발명품을 만드는 것도 아니잖아요. 하지만 정말 즐거워하며, 보람을 느끼는 건…… 오오보시 선배와 함께라서, 가 아닐까요?"

"……나는 친구에 지나지 않거든?"

그저 오즈의 능력이 대단하다고 생각하며, 가까운 곳에서 그 녀석이 만드는 것을 보고 싶을 뿐이다.

호기심을 품고 있을 뿐인 일반인에 지나지 않는다. 솔직히 말해, 누구라도 대신할 수 있는 부스러기에 지나지 않는다.

"그럼 오빠가 원한 건, **자기한테 호기심을 가져주는 사람**일지도 모르겠네요."

"자기 가치를 모르는 타입의 천재라는 거야? 말도 안 돼."

그렇다, 말도 안 된다. 그런 평범한 인간이 가질 듯한 인정 욕구에 따라 움직일 리가 없다.

오즈가 그런 애일 리가 없어.

한 번 몰두하면 깊이 빠져들어서 헤어 나오지 못하는, 평범하기 그지없는 나 같은 애와는 다른 세계에서 살고 있는 인간. 천재라 불리는 인종. 나한테 인정받는 것에 의미를 둘 리가 없다.

……….

아니, 하지만, 그렇다.

나는 내 시점에서만 오즈를 이해하고 있다.

여동생의 시점에서 본 오즈가 그렇다면, 그 또한 오즈가 지닌 또 하나의 측면일지도 모른다.

"장래에는 게임을 만들며 살고 싶다……. 오즈라면 데려가려는 곳이 얼마든지 있겠지."

"오오보시 선배도 그림의 길을……."

"싫어!"

"에이~. 저는 선배의 그림을 좋아하는데요~."

"정 보고 싶으면 너한테만 개인적으로 보여줄게."

"그럼 오늘 바로 보여줘요!"

"그렇다고 함부로는 안 보여줄 거야!"

*

맨션에 도착했다. 엘리베이터로 5층에 도착하자마자, 나는 집 열쇠를 꺼내며 말했다.

"이로하. 돌아가기 전에 우리 집에 잠시 들렀다 가."

"……그건, 라면 먹고 가란 의미……."

"아냐. 볼일도 1분이면 끝나."

"1분 만에 끝나는 타입의 범죄자일 가능성도……."

"그, 그렇게 빠르진 않아. ……이딴 소리 늘어놓게 만들지 말라고!"

"아하하, 농담이에요. 네, 따라갈게요."

정말…… 심장에 대미지 가는 농담 좀 하지 말라고. 네가 타치바나냐.

그래도 타치바나의 치근덕에 비하면 이로하의 장난은 귀여운 수준이다.

그리고, 나와 이로하는 우리 집으로 들어갔다.

"다녀왔습니다~."

"다녀왔습니다~."

"……이로하가 『다녀왔습니다』라고 말하는 건 좀 이상하지 않아?"

"사소한 것까지 따지지 좀 마세요. 분위기상 말해봤을 뿐이라고요. ―그런데, 무슨 일인가요?"

"아, 그게 말이야. 공용 복도에서 남이 보면 문제가 될 것 같아서 들어오라고 한 건데…… 받아."

나는 들고 있던 비닐봉투를 들어 보였다.

이로하는 양손으로 그것을 받더니, 눈을 동그랗게 떴다.

그 봉투에 프린트된 로고는, 쇼핑센터 1층에 있는 게임 샵의 로고다.

그리고 안에 들어있는 건, 주변기기 매장에서 적극적으로 추천하던 상품이다.

"헤드폰……."

빨간색 헤드폰. 최신 모델이며, 음질과 기능도 꽤 충실한 그것은 단단한 플라스틱 안에서 들어 있는 상태에서 개봉되는 순간을 기다리고 있었다.

실질적으로 선물이나 다름없기에 멋쩍은 느낌이 든 나는 눈을 돌리며 볼을 긁적였다.

"괜한 참견이란 생각도 들지만…… 그래도 있으면 편리하잖아?"

"하, 하지만, 이걸 집에 둘 수는 없는데요."

"알아. 그러니 이 헤드폰은 우리 집에 두겠어."

"으음~. 그럼 이제까지 영화를 보거나 게임을 할 때처럼, 오오보시 선배가 있을 때 이 집에 와서 음악을 들으라는 거예요?"

"아냐."

이로하의 추측을, 나는 딱 잘라서 부정했다.

"그래선 타치바나에게 헤드폰을 빌려서 음악을 듣는 거나 마찬가지잖아? 그래선 네가 원할 때 마음대로 음악을 들을 수 없어."

"그럼, 어떻게 할 건데요?"

"이렇게 할 거야."

나는 현관의 벽에 걸려 있던 벽걸이 시계의 뚜껑을 열었다. 수납공간으로 쓸 수 있도록 설계된 이 시계 안에는 오오보시 가에 있어 중요한 물건이 보관되어 있다.

그것은 바로—.

"자, 이걸 가져가."

"**열쇠**, 인가요……?"

"그래. 네가 들고 있어."

"이것만 있으면 네 의지로, 네가 원하는 타이밍에 우리 집에 와서 음악을 들을 수 있어. 음악만이 아니라 성우 공부를 하거나, 엔터테인먼트도 자유롭게 접할 수 있지. ……너한테 이런 환경이 필요하단 것을 더 일찍 눈치챘으면 좋았을 거야."

"괘, 괜찮겠어요? 그러면 오오보시 선배가 불편할 텐데……."

"상식적으로만 이용해주면 돼. 노크도 하지 않고 내 침실에 돌격하거나, 한밤중이나 꼭두새벽에 말도 없이 몰래 들어오는 것 같은 비상식적인 짓을 하면 화내겠지만…… 이로하라면 그런 짓을 하진 않을 거잖아."

열쇠를 줄지 말지, 나는 쭉 고민했다.

상대방이 부담을 느낄 수 있는 제안이란 생각도 들었고, 사적인 공간을 침범당할 가능성도 있다는 생각이 들었다.

하지만 오늘, 타치바나의 헤드폰을 빌리는 이로하를 보고…… 그런 느긋한 생각이나 했던 것이 부끄럽게 느껴졌다.

접하고 싶은 음악을 접하기 위해서는 친구에게 의지해야만 한다. 이로하처럼 남의 안색을 심하게 살피는 애가, 그런 부탁을 하기 위해 소모해야 하는 정신적 코스트는 어마어마할 것이다. 매번 얼마나 멘탈을 소모하며, 친구에게 미안한 마음을 품으면서도 헤드폰을 빌렸던 것일까.

오즈라면 분명 이렇게 말할 것이다.

그건 합리적이지 않아. 비효율적이네. ―하고 말이다.

오즈의 친구로서, 코히나타 이로하의 프로듀서로서, 나는 최선을 다해 최고 효율을 추구해야만 하는 것이다.

"일단 오즈와도 열쇠를 교환해두자는 이야기를 해둘까 해. 이로하가 우리 집에서 연기자 공부를 하는 걸 오즈에게 설명할 수는 없고…… 친구 여동생과 열쇠 교환을 할 합리적인 이유는 없잖아. 만에 하나라도 네가 우리 집 열쇠를 가지고 있다는 걸 들키면 성가셔질 거야."

"엔터테인먼트를 즐기게 해주고 있다, 라는 설명으로 괜찮지 않을까요? 그건 오빠도 알고, 승낙도 했잖아요."

"자유롭게 드나들 이유로선 약해. 내가 있을 때만으로 충분하다고 오즈가 말하면 할 말이 없어지거든."

"으음. 오빠가 그런 소리를 할까요?"

"열쇠를 오즈의 방에 두면 좋은 이유가 하나 더 있어."

이로하가 고개를 갸웃거리자, 나는 진지한 표정으로 말을 이었다.

"네 어머니 대책이야."

"아……."

"이야기를 들어보니, 네 어머니는 오즈에게는 관심이 많지 않잖아? 이로하를 속박하는 것에 비하면 말이지."

"그게…… 네, 맞아요."

"그러니 열쇠를 숨겨둘 장소로 딱이야."

자기도 모르게 방패막이로 쓰이는 오즈로서는 민폐겠지만 말이다.

대신 나도 성심성의를 다해 그 녀석을 위해 활동할 테니, 봐줬으면 한다.

자, 문제는—.

"…………."

—이로하가 마음에 들어 하느냐, 다.

이런저런 지론을 늘어놨지만, 이로하에게 있어서 민폐라면 그저 자기만족을 위한 행위에 지나지 않는다.

"오오보시 선배는, 정말…… 이상한 사람이에요."

"윽."

나는 가슴을 움켜쥐며 대미지를 견뎠다.

괜한 짓이었나? 열쇠와 헤드폰 콤보는 역시 너무 음흉한 것 같나?

이제 와서 심장이 쿵쾅쿵쾅 뛰기 시작하더니, 금방이라도 몸 밖으로 튀어나올 것만 같다.

그리고, 그런 내 걱정은…….

"고마워요. 오오보시 선배."

기우였다, 는 것을…… 곧 알게 됐다.

헤드폰을 소중하다는 듯이 꼭 안은, 이로하의 미소 덕분에…….

"지금 바로 써보고 싶은데, 잠시 들어가도 될까요?"

"아, 응. 그래. 착용감이나 사용감 같은 걸 확인해보고 싶은 거지?"

"네. 그럼 실례할게요."

이로하는 신발을 벗고 우리 집에 들어왔다. 몇 번이나 본 광경이지만, 지금은 타이밍이 안 좋다.

심장에, 무리가 갔다.

—이익! 잡념이여, 사라져라! 잡념이여, 사라져라! 선물이라고 해도 기자재를 빌려줬을 뿐이잖아! 복리후생! 복리후생! 결단코 개인적 호의가 아냐!

나는 속으로 되뇌면서, 이로하를 데리고 CD플레이어가

HEAD
PHONE
OUND
© tomari

있는 내 방으로 향했다.

요즘 같은 시대에 CD플레이어? 하고 생각하는 사람도 있겠지만, 부모님에게 물려받은 것이다.

아직 스마트폰으로 음악을 듣는 것이 일반적이지 않던 시대부터 우리 집에 있었으며, 타성적으로 계속 써왔을 뿐이다.

"CD…… 저, 이걸 처음 봤어요. 프리스비처럼 생겼네요."

"던지지 마."

"던지고 싶게 생기긴 했네요."

던진다면 따끔한 맛을 보여줄 거다. 체벌이 엄금인 이 시대에도 그 정도는 허락될 것이다.

"수입을 올리게 되면 이로하 전용의 스마트폰을 사줄게. 그러니 한동안은 레트로로 만족해."

"이 상황에서 배부른 소리 하면 천벌 받을 거예요."

이로하는 그런 겸허한 말을 하며 웃더니, CD플레이어에 헤드폰을 연결하고 음악을 듣기 시작했다.

두근거리는 마음으로 CD를 음미하는 모습을 보니, 나도 가슴이 훈훈해졌다.

딸을 둔 부모의 마음이 이럴까.

내 인생에서 가장 머릿속에 꽃밭이 펼쳐진 가운데, 나는 컴퓨터를 켰다.

들뜬 딸을 등 뒤에 두고 재택근무를 시작하는 휴일의 아버지가 된 심정을 맛보며, 메일을 확인했다.

상당한 양의 메일이 와 있었다.

메일을 보낸 이는 외주 의뢰처인 시나리오라이터와 일러스트레이터다. 그리고 오즈가 그들에게 보낸 메일의 본사본이 와 있었다.

그러고 보니 오늘, 프로그래머 시점에서 피드백을 했다고 오즈가 말했다.

분명 그 건이리라.

"……어?"

내가 낙관적인 마음으로 메일을 열어본 순간…… 마우스를 쥔 손가락이 굳어버리고 말았다.

본문을 자세히 읽을 필요도 없었다.

단어의 사용법, 어미, 문장 곳곳에서 느껴지는 감정. 그것은 바로…….

—분노, 였다.

"어이어이어이어이…… 뭐야. 뭐가 어떻게 된 거냐고……."

메일 밖으로 흘러넘칠 듯한 적의, 적의, 적의.

공격적인 문장의 파도에 휩쓸린 건, 태어나서 처음이었다.

위액이 치밀어오르는 듯한 불쾌함이 느껴졌다. 클레임이라는 건, 이렇게 사람의 정신을 피폐하게 만드는구나.

"오오보시 선배? 무슨 일 있어요?"

이변을 눈치챈 이로하가 고개를 갸웃거렸다. 그런 별것 아닌 행동조차도 지금의 나에게는 구원처럼 느껴졌다.

나는 딱딱하게 굳은 미소를 머금으며…….

무의미하고, 한심할 뿐이며, 그저 약한 소리나 다름없는 말을, 토했다.

"큰일 났어. 트러블 발생이야."

보낸 사람 : 타로마루하나코 앤더슨

제목 : 시나리오의 FB와 앞으로의 거래에 관해

AKI 님.

신세 지고 있습니다. 시나리오라이터인 타로마루하나코 앤더슨입니다.

방금 제가 제출한 시나리오에 대한 FB를 확인했습니다.

프로그래머인 OZ 씨의 「정확하고」, 「지극히 전문적이며」, 「지극히 세세하고 빈틈 하나 없는」, 「숭고한 지적」, 정말 감사드립니다.

모처럼 주신 의견입니다만, 「프로로서의 최저 수준도 충족시키지 못하고」, 「게임을 이해하고 있지 않은」 저 같은 말단 라이터는 OZ 씨가 원하는 수준을 충족시키는 게 불가능합니다. AKI 님께는 죄송합니다만, 이번 안건은 사양하도록 하겠습니다.

제가 어째서 이런 말씀을 드리게 됐는지는, OZ 씨의 저에 대한 코멘트를 읽어보시면 이해할 수 있을 거라고 생각합니다.

같은 콘텐츠를 함께 만드는 동료로서 전혀 신용 받지 못하고 있다는 사실을 알게 되어, 정말 슬프고 유감입니다.

※이후, 장문의 심정 표명이 이어짐.

보낸 사람 : 우흥 푸딩

제목 : 솔직히, 불신감을 품고 있습니다.

AKI 님.

항상 신세 많이 지고 있습니다. 일러스트레이터인 우흥 푸딩입니다.

OZ 씨에 관해 상의드릴 일이 있어, 메일을 보냅니다.

아까 받은 수정 의뢰 말입니다만, AKI 씨는 코멘트 내용을 확인하셨는지요?

제 커리어에 관한 모욕으로 받아들일 수밖에 없는 내용이었기에, 심히 유감입니다.

※이후, 장문의 이하 생략.

—화가 날 대로 난 두 사람에게, 위에 구멍이 뚫릴 것만 같은 상태에서 메일을 보냈다.

성심성의를 다해 송구한 마음을 담고, 불에 기름을 들이붓지 않도록 세심한 주의를 기울였다.

화난 상대를 달래는 스트레스는 물론 어마어마했지만, 정신이 피폐해진 이유는 따로 있었다.

오즈가 쓴 코멘트를 읽어봤는데…….

내가 봐도, 그들이 화내는 것도 무리가 아니라고 여겨지는 문장이었다.

변명의 여지가 없는 그 사실 탓에, 너무나도 힘들었다.

몇 번이나 메일을 주고받으면서 일단락을 시킨 후, 긴급 이탈한 전투기 파일럿처럼 의자에서 벌떡 일어선 나는 그대로 바닥에 대자로 뻗었다.

"푸핫~! 견뎌냈어~!"

"수, 수고하셨어요. 정말 힘들어 보이네요……."

"아, 이로하. 아직 있었구나."

"너무해요! 힘들어 보이는 오오보시 선배가 걱정돼서 옆에서 지켜보고 있었던 거란 말이에요!"

"아~, 미안해. 여유가 없어서, 그만……. 곁에 있어 줘서 땡큐."

"정말……."

어처구니없다는 듯이 한숨을 내쉰 이로하는 바닥에 벌러덩 드러누운 내 머리 옆에 무릎을 가지런히 모으며 앉았다.

무릎베개라도 해주려는 듯한 구도다. 허벅지에 내 머리를 얹어두진 않았지만 말이다.

"그래서, 어떻게 됐나요? 트러블은 무사히 해결됐나요?"

"결판이 나긴 했는데, 해결이라고는 말할 수 없을 것 같아."

"……그게 무슨 소리인가요?"

"—잡지 못했어. 시나리오라이터와 일러스트레이터, 양쪽 다 관뒀다고."

"네엣?!"

이로하는 비명에 가까운 목소리로 외쳤다. 나도 비명을 지르고 싶다.

하지만 어쩔 수 없었다. 우리들 발주처와 외주 크리에이터 간의 신뢰 관계가 완전히 붕괴된 것이다.

대화로 풀고 싶으니 전화 통화를 하자고 애원해봤지만, 걸지 마라, 괜히 시간을 빼앗을 거냐? 클레이머 취급하려는 거잖아, 하면서 매몰차게 응대할 뿐이었다…….

결국 미완성인 채로 시나리오 담당과 일러스트 담당이 사라진다고 하는 결과만이 남았다.

"아까 견뎌냈다고 안 했어요? 아무것도 못 견뎌낸 것 같은데요."

"마음이 꺾이지 않고 끝까지 메일을 주고받았다는 의미야. ……도중에 마음이 꺾여서 다 때려치워도 이상하지 않은데, 용케 버텼다는 뜻이었어."

"그, 그런가요……. 뭐, 정말 고생했네요……."

"미안해. 꼴사나운 모습을 보여주고 말았어."

"아뇨, 제가 멋대로 본 거잖아요."

이로하는 방치된 컴퓨터 화면을 힐금 쳐다보며 말했다.

"오빠가 사고를 친 건가요?"

"응……. 오즈와는 일하기 싫대."

"그런……가요……."

드러누운 채 올려다본 이로하의 얼굴에는 안타까움이 어려 있었다.

게임을 만드는 오빠가 즐거워 보였다—라는 이로하의 말을 떠올리자, 나까지 가슴이 옥죄어들었다.

일이 술술 풀릴 거라고는 생각하지 않았다.

하지만 이렇게 현실에 직면해보니, 상상했던 것보다 훨씬 힘들었다.

오즈와 친구로 지내는 것만이 아니라, 오즈와 진정한 의미에서 마주한다는 게 어떤 의미인가.

어쩌면 내 생각이 물렀던 걸지도 모른다.

"……좋아!"

"어? 어엇?!"

내가 갑자기 펄쩍 뛰듯이 몸을 일으키자, 이로하는 허둥지둥 몸을 젖혔다.

자세가 흐트러지면서, 지체 높으신 분께 희롱당하기 직전의 마을 아낙 같은 포즈를 취한 이로하를…….

나는, 똑바로 쳐다보며…….

"오즈와 이야기를 나눠보고 오겠어. ―안심해. 우리의 게임은, 꼭 완성시킬 거야."

……하고, 당당히 말했다.

*

"―그리고, 이렇게 너와 이야기를 나누러 온 거야. 오즈."

"…………그래."

현재는 심야라고 불러도 될 시간이다. 오늘은 부모님이 출장을 가서 돌아오지 않는 날인지, 코히나타 가는 가족이 아니라 친구인 내가 당당히 들어와도 되는 환경이었다.

나는 오즈의 방을 찾았다.

참고로 이로하는 이 자리에 없다. 지금쯤 자기 방에서 가슴을 졸이고 있을 것이다.

작전명, 『나한테 맡겨』―.

나는 책임감을 가지고, 이 자리에 임했다.

열쇠 교환 건을 이야기하고, 동의를 얻는다. 용건이 그게 다인 듯한 분위기를 낸 후, 나는 본론을 꺼냈다.

"솔직히 말해, 꽤 날 선 코멘트였다고 생각해. 그래선 동료가 기분의 기분이 상하는 게 당연하잖아."

친구에게 설교를 하고 싶지 않다. 하지만 게임 제작 동료로서, 꼭 해야만 하는 말도 있다.

팀이 정상적으로 돌아가게 하려면, 마음을 독하게 먹어야 할 때는 있다.

"어째서 그런 코멘트를 보낸 거야?"

"…………."

오즈는 잠시 침묵을 지켰다. 컴퓨터에 표시된 메일 화면을 무표정한 얼굴로 응시하고 있었다.

LED 빛 탓인지 그의 얼굴에는 짙은 그림자가 드리워졌으며, 눈동자의 색소 또한 옅어진 것처럼 보였다.

무(無), 라는 글자가 응집된 듯한 눈길을 머금은 채, 오즈는 대체 무슨 생각을 하고 있을까.

침묵은 느닷없이 끝났다.

"그 코멘트에 문제가 있었어?"

"진심으로 하는 말이야?"

"물론이야."

"『사양을 전혀 이해하고 있지 않습니다. 도저히 게임 개발 경험자로 보이지 않는 난잡한 결과물입니다』— 이 말이 상대를 헐뜯는 게 아니면, 뭔데?"

다소 의역하기는 했지만, 오즈의 코멘트는 얼추 그런 내용이었다.

실은 이것의 몇 배의 분량이며, 전문용어가 아낌없이 쓰인 텍스트였다. 그런 코멘트를 받은 측의 대미지는 상상조차 할 수 없다.

"헐뜯는 게 아니라, 사실을 말했을 뿐이야. 나는 그저 사실을 있는 그대로 썼어."

"좀 더 완곡하게 말할 수 있었을 거란 소리야. 같은 팀의 동료잖아."

"동료? ……그들이 우리 동료라는 거야?"

"그래. 외주이기는 하지만, 어엿한 동료야. 설령 사실일지라도, 전달 방식을 신경 써야 했어."

"아냐."

오즈는 고개를 저었다. 뜻밖에도 그는 강렬한 눈길로 나를 쳐다봤다.

무, 의, 정반대.

강렬하기 강렬한, 분노에 가까운, 강렬한 빛이 눈동자에 어려 있었다.

"그들은 동료가 아냐. 동료라면 **아키를 속일 리 없어.**"

"나를…… 속여……?"

뜻밖의 감정을 드러낸 오즈가 뜻밖의 대사를 입에 담자, 패닉에 빠진 나는 앵무새처럼 그가 한 말을 따라할 수밖에 없었다.

“그들은 『게임 개발 경험자』로서 아키의 발주에 응했어. 허니플레의 유명 컨슈머 작품과 대형 IT기업의 스마트폰 게임 등의 실적을 어필했지. 대외적으로 이름이 알려지지는 않았지만, 실은 그런 작품에서 중추적인 역할을 담당했다고 했어. 그들은 그런 말을 하며 아키한테서 일을 받았잖아? 시나리오도, 일러스트도 말이야.”

“그, 그래……. 하지만 그런 회사에서의 근무 경력이 있기는 했고, 문장력과 작화 실력은 사전에 확인했는데 문제없었어.”

“문장력과 작화 실력은 그래. 하지만 게임은 소설이 아니고, 단순한 그림도 아냐.”

나는 그 말에 반박하지 못했다.

나도 게임 공부 자체는 했지만, 오즈에 비하면 지식 양은 개미 눈곱 수준이다.

크리에이터들이 제대로 일을 하는지 안 하는지, 나는 판단할 수 없다.

“게임의 플레이 체험을 고려하지 않은 시 같은 시나리오, 게임에 넣기에는 사양적으로 문제가 되는 캐릭터 디자인과 시선 유도 지식이 모자란 UI 디자인. 그들의 납품물은 게임 제작을 숙지하고 있는 인간으로는 도저히 볼 수 없어.”

“경력이 거짓말……이라는 거야?”

"정확하게는 과장한 거겠지. —확실히 관련 사업에서 활동하기는 했지만, 아마 상류 공정이 아니라 하류 공정만 했을 거야. 위에서 지시한 대로 작업을 했을 뿐, 애초에 게임이 어떤 식으로 성립되는지 이해하고 있지 않아. ……그래가지고 용케 프로를 자처하네."

"오즈……! 말이 심하잖아……!"

"말이 심해? 어떤 기준에서 말이야? 나는 그저, 사실만을 입에 담고 있거든?"

"그건, 그렇지만……."

"백보 양보해서, 게임 제작 경험이 없더라도 시나리오 및 일러스트 업계에서 일류라고 할 수 있는 레벨이라면 아무 말도 안 해. 그저 그들은 『상을 수상한 작가나 인기 일러스트레이터 수준에는 미치지 못하지만, 게임 제작 쪽으로는 경험이 풍부합니다』라고 어필했잖아. —하지만 그건, 거짓말이었어."

오즈의 말은 정론이다.

하지만 정론만으로는 사람의 마음을 움직일 수 없다. 사람을 궁지로 모는 무기가 될 수 있지만, 사람을 지켜주는 갑옷은 되지 못한다.

함께 일을 하는 상대에게, 무기처럼 겨눠도 되는 것이 아니다.

—그런 식으로 오즈에게 말해봤자, 분명 그의 마음에는

전해지지 않을 것이다.

오즈는 자신의 정의를 신봉하며, 행동하고 있다. 거기에 악의가 섞여 있을 리가 없다.

그뿐만 아니라 오즈의 말이 사실이라면…… 내가 업계를 어둡다는 사실을 이용해서 경력을 조작해 다가온 무법자들로부터, 나를 지켜준 것이 된다. 보호를 받은 나에게 규탄을 당한다면, 내가 정론으로 비난한다면, 오즈의 마음은 상처 입고 말 것이다.

하지만 만약 오즈가 자각 없이 동료를 공격해서는 집단작업 같은 건 꿈 같은 일이다.

……미안해, 이로하. 역시 포기할 수밖에 없을지도 모르겠어.

"그리고, 하나 더 있어."

"응?"

"그들에게 심하게 말한 이유가 하나 더 있어."

오즈가 혼잣말을 중얼거리듯 그렇게 말했다.

아키에게 말할 생각은 없었는데, 하며 멋쩍은 듯이 눈길을 돌린 오즈는…….

"협의 때부터 믿을 수가 없어서, 그들의 LIME 대화를 해킹했어. 그랬더니, 그들은…… 몰래 연락을 주고받고 있었어. 아키를 뜯어먹을 생각이었던 거야."

……뭐?

"중학생이라고 얕본 거야. 자기들이 주는 작업물의 퀄리티를 이해 못 하는 데다, 시세보다 비싼 금액을 준다. 업계에 대해 전혀 모르니 일하기 되게 편하다, 하면서 말이지."

실제로 인터넷으로 조사해본 금액보다 비싸다고는 생각했다.

하지만 SNS에서는 크리에이터에게 더 많은 돈을 줘야 한다는 논조이며, 나도 프로의 작업에 경의를 표하고 싶어서 그걸 받아들였다.

자기들끼리 그런 소리를 늘어놓는 줄은 꿈에도 모른 채, 말이다.

"그래도 뛰어난 결과물을 납품해준다면 문제는 없어. 인격과 작품은 별개잖아. 하지만, 납품한 작업물도 엉망이었거든. ……그래서, 용서 못 한 거야."

오즈가 떨리는 듯한 목소리로 그렇게 말하자, 나는 얼어붙은 채 아무 말도 못 했다.

솔직히 말해, 크리에이터들의 숨겨진 일면에 충격을 받……지는, 않았다.

그것도 신경이 쓰이지만, 그것보다 내 마음에 깊숙이 박힌 것은 오즈가 처음으로 강렬한 감정을 드러냈다는 점이다.

"뭐야. 오즈, 너…… 상냥한 애잖아."

그렇다고 해서, 업무 상대에게 그렇게 날 선 코멘트를 해도 되는 건 아니다.

하지만 그것은 감정이 없는 탓이 아니며, 그의 마음속 깊은 곳에는 감정이 존재했다.

안전장치 없이, 방아쇠를 당겨버리는 점. 아웃풋이, 극단적인 점.

오즈의 문제는, 그것뿐이다.

"알았어. 이번 일은 내 탓이야, 오즈."

"뭐?"

"내가 미숙한 바람에 얕보였어. 내가 어중간하게 구니까 오즈가 전면에 나설 수밖에 없었던 거야."

"아니, 그런 건—."

"배려할 필요 없어! 내가 얼마나 재능이 없는지는, 내가 누구보다 잘 알아!"

뭘 해도 평균점.

시험 성적도 **50점에서 60점 수준**.

체력 테스트도 **반에서 한가운데**.

그림과 연기와 프로그램 지식도 **초보자 중에서 중간 레벨**.

팔방미인? 그런 멋진 단어를 쓰기엔 부끄러운 실력이잖아.

평범 그 자체, 라고.

"이제 와서 천재가 될 수 있을 거라고는 생각 안 해."

그러니…….

"모든 능력을, 평균적으로 끌어올리겠어."

그럴 수밖에 없다.

전부 삼류 이하인 이 상황에서, 전부 일류가 되는 건 무리겠지만…….

전부 이류인 인간은 될 수 있을지도 모른다.

"죽도록 노력해서, 평균점 자체를 끌어올리겠어. 프로그램에 관한 지식도 그래. 오즈 수준에는 도달하지 못하더라도, 평균적인 프로그래머 수준의 지식은 익힐 거야. 그리고—."

—네가 아무도 공격하지 않아도 되는 환경을, 만들고 말겠어.

*

오즈와 이야기를 마치고 방에서 나와 보니, 이로하가 문 바로 옆의 벽에 기대서 있었다.

"뭐야. 듣고 있었어?"

"그야 신경쓰이는 걸요."

"남의 이야기를 몰래 훔쳐 듣는 거냐고. 성격 한번 끝내주네. ……뭐, 큰소리를 쳤으니까 앞으로는 어중간한 수준에 만족할 수 없어. 이로하의 프로듀스도 대충대충할 생각 없다고."

"여러모로 큰일이네요."

"뭐, 열심히 해보겠어."

"오오보시 선배는 점점 성장하고 있네요……."
"왜 자식 쳐다보는 부모 같은 눈길로 보는 건데?"
너는 나보다 어리거든?
"아, 그런 건 아니에요. 그저, 성장하면 할수록 혼자 끌어안아야 하는 것도 늘어날 테니 큰일이겠다 싶어서요."
"그 정도는 각오한 바야."
"만약 오오보시 선배가, 기댈 곳이 필요하다면―."
이로하가, 천천히 손을 내밀었다.
발돋움을 하며, 내 머리를 쓰다듬으려는 듯이…….
이로하의 얼굴이 보였다.
자애와, 상냥함이 담긴 눈빛을 머금고 있었다.
문뜩, 타치바나가 한 말이 생각났다.

『좋아하는 사람한테는 보통 완전 순정파 회로의 치근덕을 할 거라고요. 상냥하게 대해주거나, 귀여운 모습을 보여준다거나요―.』

만약 걔의 연애관이 정상이라면…….
이로하의, 이 행동은…….
가슴이 두근거리며 뛰었다. 눈앞에 있는 여자애의 존재감이, 시시각각 커졌다.
이로하의 손이 내 머리에 닿기 직전…….

"—아, 아하하~. 제가 너무 건방졌죠?"

이로하가 손을 치웠다.

"우선, 제가 오오보시 선배에게 지지 않을 만큼 성장해야겠어요."

"우리 둘 다, 말이지."

그렇다. 들뜰 때가 아니다.

목표로 삼고 있는 자기 자신의 모습을 실현하기 위해서는, 시간이 아무리 많아도 부족하니 말이다.

코히나타 이로하. 친구 여동생.

여러 타인을 경유해서 만났고, 꼬불꼬불한 길을 걸으며 관계를 다진, 귀여운 후배.

주위 환경을 너무 헤아려주다 보니, 자신의 솔직한 마음마저 감춰온 소녀.

길 안내를 하려고 손을 잡았으니, 정이 생기는 것도 무리는 아니다.

하지만 마음속에서 일렁이는 이 감정을 눈치채서는 안 된다.

왜냐하면…….

미아에게 손을 내밀어줬다고 여기는 나 또한, 복잡하기 그지없는 길에서 헤매고 있는 한 마리 어린 양에 지나지 않는 것이다.

"뭐, 내가 힘들어할 때는 도와줘. —동료로서, 말이지."

"네!"

약간 장난스러운 경례와, 활기찬 미소. 그것이 너무나도 눈부신 나머지…….

선배와 후배라는 이 마음 편한 관계에 가능한 한 오랫동안 잠겨 있고 싶은걸, 하고…….

생각하고 말았다.

이때의 나는, 아직 몰랐다.

그렇게 순수하고 귀여웠던 후배가— 코히나타 이로하가, 관계를 다지면 다질수록 짜증나게 굴게 될 거라는 걸—.

*

『꺼내줘! 지금 바로 여기서 내려줘! 아키의 러브 스토리 따위 듣고 싶지 않아아아아!』

『진정해, 마시로! 지금 꼭대기 부근이라고! 내렸다간 죽어!』

『하아, 하아……. 산소. 산소가 필요해……. 이 이야기, 더 이어지는 거야……?』

『안심해. 회상은 이제 끝났어.』

『휴우……. 그런데 이상한 부분이 하나 있지 않았어?』

『어디 말이야?』

『이로하 양에게 열쇠를 건네준 부분. 열쇠를 비상 상황에 대비해 OZ에게 맡겨둔 거 아니었어?』

『아~, 그거 말이구나. 실은 이 시기의 이로하는 아직 상식적이라서 열쇠를 맡길 수 있었는데…… 그 후로 점점 더 짜증나게 굴게 됐거든. 그래서 열쇠를 몰수해서 오즈에게 관리를 맡긴 거야.』

『그런 일이…….』

『참고로 이로하가 짜증나게 굴게 될 때까지의 에피소드도 있는데, 그것도 듣고 싶어?』

『보, 볼륨은 어느 정도인데?』

『문고 서적으로 100페이지가 넘어.』

『됐어.』

『그래. 꽤 유쾌한 이야기도 많아서, 재미있을 것 같은데 말이야.』

『이로하 양 LOVE 인간이라면 읽고 싶어 할지도 모르겠네.』

『뭐, 아무튼 말이지. 이제까지 부모 말을 들어온 이로하를, 내가 나쁜 길로 끌어들인 거야. 【어머니에게 있어서의 좋은 아이】로 있을 권리를 빼앗은 거라고.』

『하지만 그건 좋은 일 아냐? ……오토하 씨가 그런 사람이란 사실에, 충격을 받았어. 하지만 자식의 자유를 빼앗는 건, 옳지 않은 짓이야.』

『어머니와의 관계가 악화될 리스크를 짊어지게 했다고도 할 수 있어. 어느 쪽이 행복할지는, 인생에 마침표를 찍는 순간까지 알 수 없을 거야. ……그러니 하다못해, 절대로 들키지 않게 해주고 싶어. 마시로도, 믿으니까 이 이야기를 해주는 거야.』

『으, 응. 절대로 비밀로 할게. 이로하 양은 라이벌이지만…… 친구이기도 한걸.』

『고마워, 마시로. ……그럼 슬슬 내릴까?』

『……그래. 어느새 밖이 어두워졌잖아. 퍼레이드도 곧 시작할 거야.』

『내가 생각해도 참 오랫동안 옛날이야기를 했네. ……우와, 지금 생각해보니 되게 부끄러워. 나, 자기 흑역사를 마구 늘어놓은 것 같아!』

『아키, 그걸 이제야 깨달은 거구나…….』

달리고, 달리고, 또 달리며, 목적지도 없이 그저 도망치기 위해서만 내달렸다.

마치 인생 그 자체 같다, 하고 나— 코히나타 이로하는 자학적으로 생각했다.

거대한 성이 보이기 시작하자, 내 발끝은 45도 방향 전환을 했다. 그리고 성의 옆에 있는 오두막 같은 건물의 뒤편으로 향했다.

밤이 된 지금부터, 눈부신 조명에 비춰질 화려한 성. 그 빛을 받을 자격이 없는 느낌이 들어서, 빛이 비치지 않는 어둑어둑한 곳에 숨고 싶었다.

커다란 쓰레기통 뒤편에서, 벽에 등을 맡기며 무릎을 끌어안고 앉았다.

버리고 싶은 감정이 가득 담긴 한숨이 입에서 새어 나왔다.

"하아…… 사고 쳤어……."

압도적 자기혐오.

모처럼 선배와 함께 성장했고, 미즈키 씨의 눈에 들면서 자신감도 생겼지만…….

엄마를 보자, 전부 사라지고 말았다.

이제까지 열심히 쌓아온 나무 블록이 허무하게 무너지고 만 듯한, 발밑이 흔들거리고 있는 듯한 느낌이 들었다.

“아아…… 나는 이제까지 뭘 해온 걸까.”

변하려고, 그렇게 열심히 노력해왔는데…….

재능을 인정해준 선배를 실망시키지 않으려고, 그 어떤 인간이라도 될 수 있도록 인간 관찰과 연기 연습을 해왔다.

오빠의 성적에 맞춰 고학력 진학고로 간 선배를 따라가려고, 열심히 수험 공부를 해서 같은 고등학교에 들어갔다.

《5층 동맹》이 위기에 처했을 때는 조금이라도 도움이 되고 싶어서 선배와 함께 아이디어를 짜기도 했다.

그렇게 열심히, 열심히, 노력해왔다.

엄마에게도 당당하게 설명을 할 수 있을 거라고 생각했다.

하지만, 무리였다.

엄마의 슬픈 눈빛을 보자, 연기자의 길을 걷고 싶다는 말을 할 수가 없었다.

왜 그런 눈빛을 머금는 건지, 나는 모른다.

하지만 엄마가 자식에게 심술을 부리고 싶다는 이유로 자유를 속박할 사람이 아니라는 건, 딸인 내가 누구보다 잘 안다.

나에게도 말해줄 수 없는 이유가, 뭔가가 있다. 그것을 알면서도 억지를 부리려고 하는 나 자신이, 참 추악하다는 생각이 들고 마는 것이다.

"이제부터, 어쩌면 좋지……."

엄마에게 들켰다.

연기자가 되기 위해, 활동하고 있다는 것을 들켰다.

지금 도망치더라도 집에 돌아가면 엄마와 얼굴을 마주하게 되고, 연락처 또한 알고 있다. 끝까지 도망칠 수 있을 리가 없다.

내가 무엇을 바라는지 물어볼 것이며, 관둘지 계속할지 선택을 강요받으리라.

엄마가 물어보면, 나는 「연기자가 되고 싶다」 라고 말할 수 있을까?

자신이 없다.

만약 묻지 않는다면, 어떻게 될까.

선배와 《5층 동맹》의 멤버들, 오토이 씨— 음악을 담당하고 있는 타치바나 양들과 함께 작품을 만드는 시간을, 영원히 포기할 수밖에 없는 걸까.

가슴에 구멍이 뻥 뚫린 것처럼 쓸쓸함이 느껴지더니, 몸이 차가워졌다.

이 상실감을, 나는 안다.

—그 날이다.

벚꽃이 흩날리고, 잔잔한 음악이 어울리는, 중학교.

선배의 졸업식 날에 맛본— 감각이다.

*

"졸업 축하드려요, 오오보시 선배."

"응. 고마워, 이로하."

졸업식이 끝난 후. 시끌벅적한 학교 건물에서 좀 떨어진 곳에 있는 벚나무 아래에서, 나는 오오보시 선배와 마주했다.

그는 한 손에 졸업증서가 들어 있는 동그란 통을 들고 있었다.

참고로 벚나무 아래에서 고백하면 커플이 될 수 있다, 같은 전설 같은 건 유감스럽게도 없답니다.

오오보시 선배는 살며시 나무를 만져보더니, 의아한 듯이 눈을 깜빡였다.

"그런데 왜 일부러 이런 장소로 불러낸 거야? 집에서도 얼마든지 만날 수 있잖아."

"학교에서 만나는 건 오늘 뿐이잖아요."

"이제까지도 거의 만나지 않은 것 같은데……."

"만나지 않았다, 와 절대 만날 수 없다, 사이에는 깊디깊은 골이 존재해요."

"그래?"

"그래요."

솔직히 말해, 그것은 단순한 궤변이다. 오오보시 선배를 이 자리로 부른 목적은 따로 있다.

집에서 이야기를 나누는 오오보시 선배는, 나를 엄연히 프로듀스 대상인 연기자로만 여긴다. 나를 대할 때의 말과 행동, 그리고 나와 두는 거리만 봐도 그것은 명백했다.

어디까지나 나는 일개 후배에 지나지 않는다. 그런 나를 선배가 한 명의 여자로 보게 만들 기회는, 학교에만 있다.

—고백하자.

나는 그렇게 결심하고, 오오보시 선배를 불러냈다.

솔직히 말해, 초조함에 사로잡혔다고 생각한다.

일주일 전, 타치바나 양한테서 이런 내용의 LIME이 왔다.

『전에 말했던 거물 프로듀서 건, 진척 있습다! 메이저 데뷔를 시야에 넣으며 본격적으로 저를 육성하겠답다!』

이제까지보다 더 바빠질 테니 만날 수 있는 시간이 줄어든다, 중학교를 졸업하면 고등학교에 들어가지 않고 음악 활동에 전념할 것이다, 게임 제작에는 앞으로도 협력하겠다…… 같은 문장이 이어졌다.

몇 안 되는, 친구, 라 부를 수 있는 애가 나를 두고 가버리는 느낌이 들었다.

그리고 오늘. 오오보시 선배도, 나를 두고 중학교를 떠난다—.

선배와 후배. 영원히 줄어들지 않을 한 살 차이. 바란다고 해서 서로의 시곗바늘 속도가 달라지지는 않을 테지만, 느닷없이 마법 같은 일이 벌어져서 이 문제를 해결해주길 꿈꿨다.

그것도 그럴 것이, 집에서 만나는 것은 어디까지나 게임 제작을 위해서다.

연기자의 길을 나아가려 하는 나와, 그런 나를 프로듀스해주겠다고 말한 그의, 계약서를 쓰지도 않고 입으로만 한 약속. 확실한 것은 하나도 없다. 고등학교에 간 오오보시 선배의 환경이 변한다면, 이 관계 또한 변해버릴지도 모른다. 그런 불안정한 발판 위에서 우리의 관계는 성립되고 있다.

그러니, 우리를 이어줄 무언가를 가지고 싶었다.

나와 오오보시 선배를 이어줄, 일 이외의 무언가를 하나 더 가지고 싶었다.

"저기, 전부터 하고 싶었던 말이 있어요."

"뭐, 뭔데 그렇게 정색하는 거야?"

긴장돼. 나, 얼굴이 새빨개졌을 거야.

긴장했어. 오오보시 선배도 얼굴이 새빨개.

말해, 말해, 말해버려! 콩닥, 콩닥, 심장이 시끄럽게 뛰었지만 상관없다.

이제까지 경험해본 것 중에서 가장 멘탈이 하이한 캐릭터여, 저한테 강림하소서!

전기톱 시동을 걸고, 니트로 엔진이 굉음 내며 텐션

EXPLOSION☆Yeah!

밀어붙여……! 밀어붙여……! 밀어붙여……! 밀어붙여……!

자기 마음을 북돋는 말이, 무한히 머릿속을 맴돌았다.

하지만 마음이 북돋을수록 뇌가 타들어 가더니, 눈앞이 빙글빙글 돌면서 혈액 순환이 멈췄고, 결국 사고회로가 정지되면서 말문이 막혔다.

"저, 저저저저저저기이이이이이이이…… 오, 오오보, 시…… 선배!! 부탁이, 있어요!!"

"그, 그래. 뭐, 뭐야?"

재빨리 고개를 꾸벅 숙인다고 하는, 누가 봐도 사랑 고백을 하는 자세를 취하면서…….

나는…….

"—선배, 라고 불러도 될까요?"

용기를 못 냈다.

그래서 무심코, 그런 어처구니없는 대사를, 내뱉고 말았다.

"응……? 상관없긴 한데, 원래 그렇게 부르지 않았어?"

맞아요. 나이스 태클. 정론 of 정론.

하지만 고백을 포기하고 만 나는 그 딴죽을 이용해서 궤도수정을 시도하지도 못했고, 결국 머릿속에 떠오른 적당한 말을 대충 입 밖으로 토했다.

"오오보시 선배, 가 아니에요. 선배, 예요."

"뭐가 다른데?"

"저한테 선배는 선배뿐이라는 의사 표시죠."

"그, 그래……?"

"선배 위에 선배를 만들지 않을 거고, 선배 아래에 선배를 만들지 않겠다, 는 말이에요."

"영문을 모르겠네."

저도 그래요.

그래도 조금은 가까워진 듯한 느낌이 드니, 됐나.

"벚나무 아래에 시체가 묻혀 있다고, 흔히들 말하잖아요?"

"그렇긴 하지만, 벚나무 아래에서 그런 말을 들으니 섬뜩하네."

"이렇게 벚꽃이 예쁘게 폈으니까, 성불해서 참 영험한 부처님이 됐을 거라고 생각해요."

"스피리추얼한 소리 하지 마. 이로하 교단이라도 만들 거야?"

뭐 그딴 괴상한 교단이 다 있냐고요. 뭐, 저도 영문 모를 소리를 늘어놓고 있다는 건 알고 있지만요.

"그 부처님 앞에서 약속해주세요."

"약속?"

"끝까지 책임감을 가지고, 저를 프로듀스해주기로요."

―그 관계가 이어지는 한, 우리의 유대가 끊어지는 일은 없을 것이다.

설령, 영원히 이 1년이 줄어들지 않더라도…….

"뭐야. 그런 거야?"

오오보시 선배는— 선배는, 이제 와서 무슨 소리를 하느냐는 듯이 훗 하고 웃었다.

어린애 취급을 받는 느낌이 들어서 울컥했다.

하지만…….

"걱정하지 마. 나는 내 모든 청춘을 바칠 각오라고. —절대로, 너를 배신 안 해."

힘찬 목소리로 그렇게 말해줬다.

아아…….

역시, 정말 좋아.

선배를, 평생 따라가야지.

그렇게 생각했다.

*

그날은 마음의 공허함이 채워졌다.

하지만 그것은 손톱으로 살짝 긁기만 해도 바로 벌어질 정도로, 대충 기워둔 것에 지나지 않았다.

《5층 동맹》 활동을 못 하게 되면, 나는 또 외톨이의 바다에 내던져지고 만다.

이제는 일인극을 하며 쓸쓸함을 달래려고 하는 것조차, 괴롭게 느껴질지도 모른다.

그 졸업식 날, 나는 『오오보시 선배』와 굿바이했지만…….

지금 『선배』와 굿바이하는 건, 싫다.

"타치바나 양의 곡……."

뭔가에 매달리고 싶어서, 나는 스마트폰을 꺼내 들었다.

집에서 마련해준 것이 아니라, 선배가 준 비밀 스마트폰이다.

음악 스트리밍 애플리케이션을 켠 후, 찾던 앨범에 들어갔다.

『친구 여동생이 오토 자이로 미소녀』— 타치바나 양이 락 밴드 《아사쿠사 스트리트 메탈》과의 합동 제작으로, 처음으로 낸 인디즈 앨범이다.

나와 선배의 관계에서 착상을 얻었다는 이 곡은, 나에게 있어 소중한 곡이다.

툭하면 선배의 방에서 엄청 크게 틀어놓고 듣는 곡이다.

헤드폰이 없으니, 음량을 가장 작게 틀었다.

고등학교에 들어간 후로는 거의 만나지 못했고, 연락도 취하지 않게 된 중학생 시절 친구.

타치바나 양은 많이 바쁜지, 『검은 새끼 염소가 우는 밤에』의 악곡 레코딩 때도 나와 일정이 맞지 않았다. 오토이 씨를 통해 활약을 들을 만큼 먼 사이가 되고 말았다.

내가 연기자의 길을 포기한다면, 이제 교류할 일도 없을 것이다.

가슴에 구멍이 뚫린 듯한 공허함이 느껴졌다.

"사사라는 내 꿈과는 상관없는 친구이긴 해. ……그래도 가까운 사람이 사사라 뿐인 건 좀……."

『야, 헛소리 마! 나와 친구인 걸 고맙게 생각하란 말이야!』

그런 딴죽이 머릿속에서 자동 재생될 정도다.

짜증스러운 구석이 있는 친구지만, 이렇게 되니 사사라에게 구원받는 느낌이 들었다.

술렁술렁…… 술렁…….

"어?"

등 뒤의 오두막이 소란스러워졌다.

쓰레기통 뒤편에서 고개를 쏙 내밀어 보니, 스태프로 보이는 이들이 바쁘게 뭔가를 준비하고 있었다.

목소리를 들어보니, 야간 퍼레이드를 준비하고 있는 것 같았다.

혹시 여기는 관계자 이외 출입 금지인 장소인 걸까.

주위를 둘러보지 않으며 달리다 보니, 그런 장소에 들어온 걸지도 모른다.

우와아, 마스코트 인형탈을 벗는 모습을 봤어.

안에 사람이 들어가 있지 않습니다, 가 인형탈 업계의 공식 견해다. 그런데 안에 들어가 있는 사람을 목격하고 만 나는 극악무도한 죄인 아닐까?!

어쩌지. 여기 있다가 들키면 제거당할지도 몰라!

그런 초조한 마음은 순식간에 사라졌다.

"…………. 좋겠다……."

퍼레이드를 준비하는 스태프들은, 다들 즐거운 표정을 짓고 있었다.

누군가를 연기하며, 비일상 속에서 춤춘다.

나도 저 눈부신 세상에서, 즐겁게 웃고 싶다.

친구와. 동료와. 그리고, 누구보다도—.

선배와…….

epilgue2 ····· 에필로그 2 ····· 미도리는 봤다

가을의 해는 두레박 떨어지듯 빨리 진다. 머릿속의 사전에서 인용한 그 말에 걸맞게, 일몰은 느닷없이 찾아왔다.

텐치도 이터널 랜드 안의 분위기도 점점 잠잠해지고 있었다.

하지만, 이것은 폭풍 전의 정적이다.

앞으로 10분 후면 한밤의 퍼레이드가 시작된다. 어른들도 아이들도 불가사의한 마법에 걸려서, 게임 속 주민(마스코트)들과 시끌벅적하게 떠들게 된다.

손님의 흥미가 퍼레이드 행렬이 지나가는 중앙— 거대한 성 쪽을 향한 가운데, 수학여행을 온 평범한 고등학생인 나, 카게이시 미도리는 그저 하늘을 올려다보고있었다.

정확하게는, 하늘 쪽에 있는 인공물.

관람차의 곤돌라를 응시하고 있었다.

"오오보시와 츠키노모리 양, 두 시간 넘게 내리지 않아……."

아까 우연히 관람차를 탄 두 사람을 발견하고, 우발적으로 몰래 숨어서 그들을 관찰하고 있었는데…….

관람차가 아무리 돌아도, 두 사람은 내릴 기색이 없었다.

몇 바퀴나, 몇 바퀴나. 몇 바퀴나 몇 바퀴나 몇 바퀴나. 돌고 도는 밀실 안에서, 남자와 여자가 단둘뿐…….

"저건 엉큼한 짓이야."

두 사람이 내리는 순간을 목격할 때까지 눈을 뗄 수 없다는 사명감과, 벌게진 얼굴로 곤돌라에서 내리는 두 사람을 보면 정신이 붕괴될 것 같다는 공포감 사이에서 흔들리는 내 사고회로는 어마어마한 속도로 회전했다. 그리고 IQ 300의 처리능력으로 하나의 결론에 도달하자—.

"오, 오오보시는…… 난봉꾼~!!"

—도주했다.

*

카게이시 미도리가 사라지고 10초 후, 곤돌라에서 내린 오오보시 아키테루는 익숙한 뒷모습과 포니테일을 보고 어라 하고 말했다.

옆에 있는 츠키노모리 마시로는 의아한 듯이 고개를 갸웃거렸다.

"아키, 왜 그래?"

"아니, 방금 미도리 부장을 본 것 같은데…… 기분 탓인가."

두 사람의 목소리는 이미 이 자리에서 사라진 미도리에게 전해지지 않았다.

미도리의 잘못된 인식은 IQ 300인 두뇌의 고속 처리능력에 의해 가속도적으로 부풀어 오르더니, 완전히 어긋난 채, 진실로부터 멀어져갔다.

관람차에서 내린 직후. 귀에 익은 목소리가 들린 것 같아서 고개를 돌려보니, 인파 사이로 섞여드는 포니테일이 보인 듯한 느낌이 들었다.

어라 하고 무심코 중얼거리자, 옆에 있는 마시로가 고개를 갸웃거렸다.

"아키, 왜 그래?"

"아니, 방금 미도리 부장을 본 것 같은데…… 기분 탓인가."

"마시로와 장시간 밀실에 있었으면서, 나오자마자 다른 여자를 신경 쓰는구나. ……저질."

"그, 그런 거 아냐! 삐치지 말라고."

"……흥."

마시로는 언짢은 듯이 고개를 돌렸다. 팔짱을 낀 그 모습은 THE 츤데레 그 자체다.

어떻게 기분을 풀어줄지 고민하고 있을 때, 마시로가 갑자기 입을 열었다.

"하지만 방금 이야기를 들어보면, 이로하 양의 성격은 옛날 친구의 영향……을 받은 거지? 짜증나게 구는 것도, 그녀의 본심이 아니라는 거야?"

"아니, 그렇지는 않을 거야. —이로하는 흉내를 내듯 여러 사람을 연기해왔지만, 자기 안에 완전히 존재하지 않는 타입은 연기하지 못하거든."

애초에 말이다.

"우리 집에서 축 늘어져서 완전히 릴렉스한 모습은, 연기로 표현할 수 있는 수준이 아냐. 타치바나도, 우리 집에 오면 그러진 않을 거라고 생각해."

"그건 그래……."

"하지만, 전혀 영향을 받지 않은 것도 아닐 거야. 어찌 보면, 그 점이 걔의 연기자로서의 과제일지도 모른단 느낌도 드네."

내 앞에서만 짜증나게 구는 상태(지금은 마시로나 토모사카 사사라 앞에서도 그러지만)— 그것은 이로하 본인의 『진짜 캐릭터』를 드러낼 수 있는 기회가 적다는 것을 의미한다.

인간의 본성은 어떻게 정의 내릴 수 있을까? 그 대답은 자기 자신의 내면에 존재하지 않으며, 수많은 제삼자에 의한 공통인식을 통해 확실해진다.

지금 이대로 가면 이로하는 연기가 너무 능숙한 탓에 어느 것이 진짜 자신인지 알 수 없게 될 것이며, 이로하 본인 또한 자기 자신이란 존재의 경계를 파악하지 못한 느낌이 든다.

연기의 본질은, 역할을 통해 자기 자신을 재발견하는 것—.

그렇다면, 자신을 잃기 쉬운 상황을 개선해야만 한다.

그리고 그것이, 이로하가 더 높은 경지로 올라가는 데 있어서 하나의 벽이 되리란 예감이 들었다.
마시로와 그런 이야기를 나누고 있을 때—.
"LVIP 님! 기다려 주세요!"
작업복 차림의 여성이 다급히 뛰어왔다.
관람차 스태프분이다.
"아, 네. 무슨 일인가요?"
"저희 회사의 대표이신 아마치 님께서 전언을 부탁하셨습니다. 지금 바로 운영사무국의 국장실로 와줬으면 한다고 하셨어요. 오오보시 님께서 혼자 와달라고 하셨답니다."
"으음, 시간이 늦었으니 호텔로 돌아가고 싶은데요……."
"지금 바로, 와달라고 하셨어요."
"……혹시 관람차를 너무 오래 탄 건가요? LVIP라고는 해도 비상식적인 행동이었단 생각이 이제 와서 드는데……."
"아, 그건 괜찮습니다. 얼마든지 타셔도 된답니다."
뭐야, 괜찮은 거구나.
그럼 대체 무슨 볼일일까?
"저는 말단 직원이라 자세한 용건을 듣지 못했습니다만……『이로하』란 말을 전해주면, LVIP 님께서 이해하실 거라고 들었습니다."
"……윽."
그래…… 확실히, 이해했다.

불길한 예감이 엄습했다.

이로하.

오토하 씨가 나에게, 그 이름을 전했다— 그것도 긴급한 호출이라고 하는, 매우 시리어스한 국면에서 말이다.

그것이 무엇을 의미하는지 모를 만큼, 나는 둔감하지 않다. 적어도, 일과 얽힌 건에서는 말이다.

"아키…… 이건……."

"괜찮아, 마시로."

불안한 듯이 내 소매를 잡아당기는 마시로를 안심시켜주려는 것처럼, 나는 그녀의 어깨에 손을 얹으며 미소 지었다.

텐치도 이터널 랜드에 막 도착했을 때는, 최종 보스가 대뜸 등장하지 좀 말라고 외치고 싶은 심정이었다. 마음의 준비가 전혀 되어 있지 않았던 탓에, 진짜로 당황했다.

하지만, 관람차 안에서 오랜 시간을 들여 과거를 회상하며…….

자기 자신의 흑역사와 마주한 지금은—.

조금은 준비가 된 느낌이 들었다.

"결판을 내고 오겠어."

아마치 오토하. 또 하나의 이름은, 코히나타 오토하.

최종 던전에서 싸워야 마땅한 최종 보스.

이로하를 옭아맨 사슬의 원흉인 그 사람에게, 프로듀서로서 각오의 검을 겨눌 때가 왔다.

*

화려하게 꾸며진 장엄한 양문형 문을 열자, RPG의 왕실이란 착각이 들 만큼 호화로운 방이 모습을 드러냈다.

바닥에는 새빨간 페르시아 융단이 깔려 있었고, 천장에는 샹들리에가 달려 있었으며, 어처구니없을 만큼 커다란 꽃병도 있었다. 고대의 마법서라도 꽂혀 있을 듯한 낡은 책장과, 분명 아무것도 들어 있지 않을 보물 상자도 있었으며, 벽에는 텐치도의 역대 경영자의 사진이 음악실의 베토벤이나 바흐처럼 줄지어 걸려 있었다.

그냥 돈만 들인 것이 아니라, 가공의 세계 느낌을 살려둔 점에서 게임 기업으로서의 긍지가 느껴졌다.

그 안쪽. 옥좌……는 아니지만 높으신 분이 앉기 위한 자리라는 것을 한눈에 알 수 있는 의자에, 그녀가 앉아 있었다.

아마치 오토하, 혹은 코히나타 오토하.

"용케 도망 안 치고 왔군요~. 대단합니대이~."

"엄청~ 드물게 사투리를 한 번씩 쓰던데, 이유가 뭔가요?"

"어머나. 상대를 경계하면, 무심코 사투리를 씁니더~."

손으로 입가를 가리며 그렇게 말한 오토하 씨는 손을 내밀어서 나에게 소파를 권했다.

나는 경계심을 품으며 자리에 앉았다.

……그러고 보니 오토하 씨가 사투리 같은 억양으로 말했

던 건, 츠키노모리 사장이 주선한 식사 자리에서 처음으로 텐치도 사장으로서의 오토하 씨와 만났을 때뿐이다.

그 외에는 평범하게 정중한 어조로 말했던 것 같다.

그때는 사이가 좋은 츠키노모리 사장과 만나서, 사투리를 쓴 거라고 생각했다.

비즈니스적으로 중요한 이야기를 나눌 때. 상대방을 신용하지 않을 때. 이렇게 사투리를 쓰는 거라면…….

오토하 씨는 지금 나를 꽤 경계하고 있는 거겠지.

그럴 만도 한가.

소중한 딸을 나쁜 길로 끌어들인 망할 쓰레기. 오토하 씨의 눈에는, 내가 그렇게 보일 것이다.

"참 똑똑한 아이군요. 이미 용건은 눈치챘나 보네요?"

"뭐, 네. 이로하에 관해서, 겠죠."

"그 애를 연기자로 만들려고 여러모로 손을 써왔다면서요? 고생이 참 많군요~."

"죄송……하다고는, 말하지 않겠어요. 저는 잘못된 일을, 하지 않았으니까요."

"결론부터 말하겠어요."

오토하 씨는 사투리 같은 억양으로 말을 이어갔다.

"이로하의 연기자 활동을 허락하겠어요."

"…………네?"

방금, 뭐라고 한 거지?

허락하겠어요, 라고 한 거야?

너무 뜻밖의 말이라서, 머릿속에 미리 준비해뒀던 말이 전부 지워지고 말았다.

이로하의 일인극을 보면서 느낀 공허함이라던가…….

연기자의 길을 나아가는 이로하의 즐거워 보이는 모습이라던가…….

다 같이 작품을 만들면서 인간으로서 강하고, 어엿하게, 성장했다는 사실이라던가…….

넘쳐흐르는 재능이라던가…….

오토하 씨에게 이로하의 활동을 허락받기 위한 프레젠테이션을 머릿속으로 수도 없이 시뮬레이션하면서 도전한, 최종 던전.

하지만 아무것도 하지 않고 허락을 받아내다니……. 아니, 그것이 가장 효율적이니 효율충인 나로서는 가성비 최고의 결말이라며 기뻐해야 할 것이다.

그래도 좀 맥이 빠진달까, 매달려 있던 동아줄이 갑자기 끊어진 것 같달까…….

그야말로 허를 찔렸다. 너무나도 강렬한, 그러면서 허탈한 결말이다.

아래턱을 정확하게 얻어맞은 나는 정신적으로 뇌진탕 상태에 처했고, 할 말을 잃은 채 오토하 씨의 입술이 움직이는 모습을 쳐다보고 있을 수밖에 없었다.

단— 하고, 루즈를 바른 어른의 입술이, 한 번 움직였다.

그리고, 안 그래도 휘청거리고 있는 내 복부…… 한복판에, 결정타라는 듯이 묵직한 일격이 꽂혔다.

"오오보시 아키테루 군. 당신은 **프로듀서를 관둬줘야겠어요.**"

■작가 후기

안녕하십니까, 작가인 미카와 고스트입니다. 『친구 여동생이 나한테만 짜증나게 군다』 시리즈의 최신작인 제10권을 구매해주셔서 감사합니다. 그리고 지난 권 이후로 오랫동안 기다리게 해서 죄송합니다! 수학여행 편에서 바로 이어서 돌입한 과거 회상 편이라고 하는 정체불명의 구조입니다만, 재미있게 읽으셨는지요? 과거 편인 만큼 필연적으로 오즈와의 관계 및 오토이 씨와의 만남 등의 에피소드도 다루고 있으며, 작가도 빨리 쓰고 싶어 안달이 나던 이야기입니다. 첫 등장 때부터 열심히 숨겨왔던 오토이 씨의 이름도 밝혀졌습니다만…… 예상이 적중한 독자분은 계시려나요. 만약 계시다면 축하드립니다. 화장실에 갈 권리를 드리겠습니다.

이번 권은 제가 오토이 씨를 너무 좋아해서 오토이 씨를 마구 출연시킨 바람에 담당 편집자로부터 「취향을 너무 반영했잖아」 란 딴죽을 들었습니다. 하지만 저는 지극히 논리적으로 「시끄러워. 오토이 씨에게 스포트라이트를 비추는 게 뭐가 잘못됐는데!」 하며 응석을 부리며 우겼습니다. 매우 만족합니다.

사죄드립니다.

일러스트를 담당해주신 토마리 선생님. 이번에도 최고의 일러스트를 그려주셔서 감사합니다! 중학생 시절의 냉담 이로하가 평소와 전혀 다른 매력 만점이라 최고였습니다. 신 캐릭터인 타치바나도 그야말로 「타치바나~!」 하고 외치고 싶어지는 신급 조형(이해가 안 되신다면, 뉘앙스로 헤아려 주십시오……)이라 최고였습니다. 양아치 시절의 오토이 씨도 정말 매력적이었습니다! 그녀들이 더 빛날 수 있는 이야기를 쓸 수 있도록 노력할 테니, 앞으로도 잘 부탁드립니다.

코미컬라이즈를 담당하고 계신 만화가, 히라오카 히라 선생님. 카게이시 마을 편에 돌입하고 캐릭터들이 생동감 넘쳐서, 매번 즐거운 마음으로 읽고 있습니다. 『동생짜증』의 세계를 재미있게 그려주셔서 감사합니다!

담당 편집자이신 누루 님, 매번 집필이 차질을 빚어서 정말 송구합니다. 마감에 한 달이나 늦은 건 심각하다고 반성하고 있으며, 다음부터는 마감 일주일 연기로 끝낼 수 있도록 노력하겠습니다. 앞으로도 불굴의 의지로 잘 부탁드립니다.

GA문고 편집부 및 관계자 여러분, 항상 책 발매를 위해 힘써주셔서 정말 감사드립니다. 부디 앞으로도 잘 부탁드립니다.

그리고 무엇보다 독자 여러분에게 감사드립니다. 10권을 끝까지 읽어주신 분은 알고 계시겠습니다만, 이제부터 더욱 노도 같은 전개가 펼쳐집니다. 아키테루와 이로하가 어떻게 될지, 앞으로도 기대해주시면 감사하겠습니다.

그럼, 미카와 고스트였습니다.

■역자 후기

안녕하십니까. 근로청년 번역가 이승원입니다.

『친구 여동생이 나한테만 짜증나게 군다』 10권을 구매해 주셔서 진심으로 감사드립니다.

올해는 4월인데도 참 덥습니다.

밤에는 전기장판을 켤 정도로 쌀쌀한데, 낮에는 25도가 넘네요.

제 작업실은 옥탑방이라 그런지 실내 온도가 30도에 육박합니다.

에어컨을 켤까 했습니다만, 아직 청소를 안 했네요……. 이 책 번역을 마치고 나면 에어컨과 선풍기를 싹 분리해서 청소할 생각입니다.

정말 요즘은 봄이 없네요.^^ 동네 산책로에 벚꽃이 폈을 때 좀 봄이라 느꼈습니다만, 벚꽃이 지자마자 바로 여름! 입니다.

독자 여러분은 올해 봄 잘 보내시길 진심으로 빕니다!

그럼 『친구 여동생이 나한테만 짜증나게 군다』 10권에 관해 이야기해볼까 합니다.

스포일러가 포함되어 있을 수 있으니 본편을 안 읽으신 분은 유의해주시길!

갑작스럽기 그지없는 과거 편!

지난 권 마지막에 그렇게 충격적으로 끝내놓고, 뜬금없는 과거 편!

……그래도 이해가 안 되는 건 아닙니다.

최종 던전에서 최종 보스와의 결전만을 앞둔 주인공(아키)이라면, 마지막 싸움 전에 과거 회상을 하면서 전의를 다져야 하지 않겠습니까.

게다가 짜증나게 굴지 않는 친구 여동생! 이라는 레어 캐릭터(어?)까지 볼 수 있는걸요!

아키와 오즈, 이로하, 그리고 오토이. 이 네 남녀의 원점을 다룰 최적의 타이밍은 바로 지금이라고 생각합니다. 그것을 통해 네 사람이 이제까지 이룩한 것과 앞으로 이룩할 것, 그리고 그 너머에 있는 목표까지도 다뤘습니다.

그렇게 철저하게 준비를 마친 후, 최종 보스가 기다리는 보스 방으로 돌격! 그리고 현란하기 그지없는 언변으로 보스를 압도! 결국 보스를 굴복시킨 주인공은 히로인과 함께 해피 엔딩……을 맞이하면 이 작품은 『동생 짜증』이 아니겠죠.^^

아키가 공격을 시작하기도 전에, 보스에게서 거부할 수 없는 제안(즉사기?)을 받고 전투 종료! 지난 권에 이어서 이번 권도 충격적인 결말을 맞이했습니다.^^

아키에게 역전의 비책이 있기를 빌며, 저도 독자 여러분과 함께 11권을 기다릴까 합니다!

그럼 이만 줄이겠습니다.

항상 재미있는 작품을 맡겨주시는 L노벨 편집부 여러분께 진심으로 감사 드립니다. 앞으로도 잘 부탁드립니다!

툭하면 바닷가 사진 보내는 악우여. 바다 갈 거면 나도 좀 데려가~. 바닷가에서 노트북으로 번역할래~.

마지막으로 언제나 제게 버팀목이 되어주시는 어머니와 『친구 여동생이 나한테만 짜증나게 군다』를 읽어주신 모든 분께 진심으로 감사드립니다.

아키와 카나리아라는 금단의 커플링(?!)의 결말이 궁금한 11권 역자 후기 코너에서 다시 뵙겠습니다!

2024년 4월 중순

역자 이승원 올림

친구 여동생이 나에게만 짜증나게 군다 10

초판 1쇄 발행 2024년 7월 10일

지은이_ mikawaghost
일러스트_ tomari
옮긴이_ 이승원

발행인_ 최원영
본부장_ 장혜경
편집장_ 김승신
편집진행_ 권세라 · 최혁수 · 김경민 · 최정민
편집디자인_ 양우연
국제업무_ 박진해 · 남궁명일
관리 · 영업_ 김민원 · 조은걸

펴낸곳_ (주)디앤씨미디어
등록_ 2002년 4월 25일 제20-260호
주소_ 서울특별시 구로구 디지털로32길 30 코오롱디지털타워빌란트 1301-1308호
전화_ 02-333-2513(대표)
팩시밀리_ 02-333-2514
이메일_ lnovellove@naver.com
L노벨 공식 카페_ http://cafe.naver.com/lnovel11

ISBN 979-11-278-7632-6 04830
ISBN 979-11-278-5641-0 (세트)

값 8,500원